대등한
화합

동아시아문명의 심층

조동일

조동일趙東一

　서울대학교 불문학, 국문학 학사, 서울대학교 대학원 국문학 석박사.
계명대학교, 영남대학교, 한국학대학원, 서울대학교 교수 역임.
현재 서울대학교 명예교수. 대한민국 학술원 회원.
　《한국문학통사 제4판 1~6》(2005), 《동아시아문명론》(2010), 《서정시 동서
고금 모두 하나 1~6》(2016), 《통일의 시대가 오는가》(2019), 《창조하는 학
문의 길》(2019) 등 저서 60여 종.
　화집으로 《山山水水》(2014), 《老居樹展》(2018)이 있다.

대등한 화합
- 동아시아문명의 심층 -

초판 1쇄 인쇄 2020. 2. 11.
초판 1쇄 발행 2020. 3. 1

지은이　　조 동 일
펴낸이　　김 경 회
펴낸곳　　(주)지식산업사
　　　　　본사 • 10881, 경기도 파주시 광인사길 53(문발동)
　　　　　전화 (031) 955 - 4226~7 팩스 (031) 955 - 4228
　　　　　서울사무소 • 03044, 서울시 종로구 자하문로6길 18 - 7
　　　　　전화 (02) 734 - 1978, 1958 팩스 (02) 720 - 7900
　　　　　영문문패 www.jisik.co.kr
　　　　　전자우편 jsp@jisik.co.kr
　　　　　등록번호 1 - 363
　　　　　등록날짜 1969. 5. 8.

책값은 뒤표지에 있습니다.

　ISBN 978 - 89 - 423 - 9074 - 8(93910)

이 책에 대한 문의는
지식산업사로 연락 바랍니다.

동아시아문명의 심층

대등한
화합

조 동 일

지식산업사

《동아시아문명론》의 일본어, 중국어, 월남어판

첫말

여기 《동아시아문명론》(지식산업사, 2010)이 새롭게 탄생한 모습이라고 할 것을 내놓는다. 옆의 사진이 말해주듯이, 그 책은 2011년에 일본어, 2013년에 중국어, 2015년에 월남어로 번역되었다. 독자를 생각하고 책임을 의식해야 할 범위가 늘어나, 더욱 힘써 하고 있는 다음 작업의 일부를 간추려 펴낸다.

동아시아는 정치 싸움이나 교역 경쟁의 무대 이상의 의의를 가진 공동의 문명임을 재확인해야 한다. 함께 추구해온 소중한 이상을 망각하지 않고 이어받아 심각한 상태에 이른 불화를 해결하는 지침으로 삼아야 한다. 그 핵심인 '대등한 화합'이 이론과 실천 양면에서 최대의 의의를 가지는 동아시아문명의 심층 자산임을 논한다.

전례가 없는 시도여서, 일정한 내용을 자초지종 고찰해 나아가는 통상적인 방법으로 진행할 수는 없다. 신변잡담을 늘어놓는 듯이 하다가 심각한 논란을 벌이기도 하고, 시야를 아주 넓히는 통찰의 철학을 찾는 데 이르기도 한다. 상황에 맞고 효과 있는 전술을 필요한 대로 구사하고자 하는 것만은 아니다. 연구와 창작을 구분하지 않는 글쓰기의 전통을 되살리면서 동아시아문명의 저력을 찾아낸다.

이용 가능한 언어 자산을 두루 동원한다. 한글 전용으로 글을 쓰다가, 긴요한 한자어는 한자로 적고, 한문 자료를 인용해 깊은 논의를 전개한다. 책을 덮고 물러나려고 하지 말고, 동참자가 되는 즐거움을 누리기 바란다. 조금만 노력하면 가능한 일이다. 한문을 버리면 동아시아문명에 대해서 언급하는 것조차 불가능하다. 이에 관해서는 대안도 편법도 없다.

학문은 독백이 아니고 대화이며 토론이어야 하는 것을 다시 확인한다. 어설픈 원고를 보고 논란을 벌인 벗들 덕분에 획기적인 향상을 이룩할 수 있었다. 기본 발상을 다시 가다듬고 논의를 대폭 보완해, 처음과는 거의 다른 책이 되었다. 적극적으로 참여해 준 안동준·허남춘·윤동재·임재해·이은숙에게 특히 감사한다.

나이가 들어도 언제나 지금이 절정이라고 여기고 포부를 살리는 감격을 누린다. 연륜을 함께 축적해온 지식산업사도 청춘의 열정을 버리지 않기를 바라면서 이 책을 맡긴다. 과거보다 미래는 더욱 찬란하리라고 믿고 설레는 마음으로 나아간다.

2020년 새해 첫날이 밝아올 때

조동일

차 례

대등한 화합 서설

평등론에서 대등론으로

구전 층위의 철학

雨衛互根

18
靑邱

대등한 화합 서설

 사람과 사람의 관계를 말하고, 사회 구성이나 역사 전개의 원리를 논하는 견해는 셋이다. 명명이 필요해 셋을 차등론·평등론·대등론이라고 일컫기로 한다.[1] 이 가운데 어느 것을 택하는가에 따라 이어지는 논의가 아주 달라진다.

 사람은 貴賤(귀천)이나 賢愚(현우)의 구분이 있게 마련이다. 존귀하고 어진 쪽이 그렇지 못한 쪽을 다스리면서 이끌어야 한다. 이런 견해는 차등론이다. 차등의 근거는 형이상으로 치닫는 관념론이다. 구체적인 확인이 가능하지 않은 본원적인 이유로 차등이 있다고 한다. 위대한 민족인가 열등한 민족인가도 결정되어 있다고 한다.

 사람은 누구나 다 같은 사람이므로 예외를 두지 말고 모두 존중해야 한다고 한다. 개인뿐만 아니라 집단도 이와 같다고 한다. 이렇게 말하는 것은, 차등을 거부하고 나서는 평등론이다. 평등을 주장하는 근거는 검증이 필요하지 않다는 신념이다. 모든 사람은 천부의 인권

---

1 차등·평등·대등은 한자로 差等·平等·對等이지만, 전거도 전례도 없으므로 한글로만 적는다. 이 셋에 관한 논의는 용어 선택에서 이론 전개까지 모두 지금 제조한 국산품이다. 국산품을 수출하려면 용어를 한자로 적거나 영어로 번역할 필요가 있다. 영어로 차등은 'hierarchy', 평등은 'equality', 대등은 'equivalence'라고 하는 것이 어떨까 한다. 용어의 의미를 규정하려면 아래의 설명을 옮겨놓아야 한다.

을 타고났다고 하고, 거룩한 절대자가 누구나 사랑한다고 말하기도
한다.

미천하고 어리석다고 멸시받는 사람들은 불리한 조건을 새로운 창
조력의 원천으로 삼아 세상을 뒤집어놓을 수 있다. 이렇게 주장하는
대등론은 평등론마저 넘어선다. 평등론에서는 언술의 차원에서 물리
치려고 하는 차등을 대등론에서는 있는 그대로 두고 밑으로 들어가
전복시킨다. 존귀가 미천이고 미천이 존귀이며, 슬기로움이 어리석음
이고 어리석음이 슬기로움인 현실 체험을 논거로 한다.

차등론은 어느 문명권에나 있다. 비판이 거듭되어도 강자에게 계
속 필요하므로 없어지지 않는다. 평등론을 내세워 차등론을 부정하
는 대전환을 유럽문명권이 선도해 대단한 영향력을 행사해왔다. 대
등론은 동아시아문명 심층의 유산이다. 상극이 상생이고, 상생이 상
극이라고 하는 生克論(생극론)을 사람들 사이의 관계에서 특별히 거
론하는 것이 대등론이다.

차등론은 역사의 전환을 부인하거나 폄훼해 한계를 드러낸다. 평
등론은 막연한 이상론에 머물러 역사의 실상과 유리된다. 평등론의
전도사 노릇을 하는 것이 유럽문명권이 우월한 증거라고 해서 차등
론을 재생하기까지 한다. 대등론은 한 시대가 물러나고 다음 시대가
시작되는 역사의 전환을 정확하게 예견하고 실현하는 주체의 능력을
제공한다. 이에 대한 구체적 고찰을 하는 것이 이 책의 과제이다.

동아시아 여러 나라가 화합을 이루려면 차등론에서 철저하게 벗어
나야 한다. 약자가 강자를 흠모해 차등론을 추종하는 추태도 말끔히
청산해야 한다. 평등론을 대안으로 삼으면 잘못을 분명하게 바로잡
을 것 같지만, 공허한 이상론에 머무른다. 평등의 근거를 절대자의

사랑에서 찾는 형이상학이 낯설어 설득력이 부족한 것을 후진의 증
거로 삼을 수 있다.

문명의 유산인 대등론을 찾아내 발전시키면 동아시아가 화합해야
하는 이유와 방법이 분명해져 널리 모범이 될 수 있다. 대등의 원
리는 어디서나 동일하고 양상은 경우에 따라 상이하다. 지금 필요
한 양상이 무엇이고 어떻게 구현해야 하는지 알아내기 위해 힘써야
한다.

평등론에서 대등론으로

1

앞에서 한 말에 대해서 반론이 제기될 수 있다. 동아시아는 차등
으로 일관해 비난의 대상이 된다고 하고, 유럽문명권에서 제기하는
평등론을 받아들여 잘못을 바로잡는 것이 당연하다고 주장할 수 있
다. 이에 대해 충분히 응답하려고 하면 논의가 너무 번다해진다. 유
럽문명권의 차등론은 어땠는지 실상을 알아볼 수 있는 자료를 몇 개
드는 것이 효율적인 방법이다.

기독교의 《성서》〈창세기〉에서 말했다. "하느님께서는, 우리 모습
을 닮은 사람을 만들자! 그래서 바다의 고기와 공중의 새, 또 집짐승
과 모든 들짐승과 땅위에 걸어 다니는 모든 길짐승을 다스리게 하

자."[2] 사람은 하느님 모습과 닮게 창조되어 우월하고, 그렇지 못해 열등한 다른 모든 생물을 지배할 권한을 갖는다고 했다.

헤겔(Hegel)은 유럽·아시아·아프리카인은 차등이 있고, 그 이유는 정신 발달의 정도가 다르기 때문이라고 했다. 유럽인은 "정신적 통일을 이루면서 문화를 무한히 발전시킨다"고 했다. 아시아인은 "정신적 분열을 겪어, 보편적 이성을 존중하면서 무한한 자유를 요구하기도 한다"고 했다. 아프리카인은 "감성에 지배되기만 하므로 역사 발전을 이룩할 수 없다"고 했다.[3] 이런 차등론을 유럽인이 아시아·아프리카를 침략하고 지배하는 것이 정당하다고 하는 근거로 삼았다.

이런 사고방식에 대한 반성도 있었으나, 직접적일 수 없고 강력하지 못했다. 볼테르(Voltaire)는 어느 유럽인이 멀리 있는 섬에 표류해 충격을 받았다고 하는 가상의 이야기를 남겼다. 그곳에는 "의견이 조금이라도 다른 사람들은 불에 태워 죽이는 神父(신부)들이 없는 것"이 놀랍다고 했다. "약자를 잡아서 털과 고기를 파는" 강자 노릇을 하려고, 유럽에서 "수백만이나 되는 살인마 부대를 편성"한 것을 그곳 사람들은 알고 있다고 했다.[4]

하느님께서 남자의 갈빗대를 하나 뽑아 여자를 만들었다. 선악과를 여자가 먼저 따먹어 원죄를 지었다. 십자군 전쟁에 나가는 열렬한 기독교 전사들이 아내에게 쇠로 만든 정조대를 채웠다. 여자는 남편의 소유물이고, 동물과 다름없는 존재여서 엄하게 다스려야 한

---

2 《성서 공동번역 가톨릭용》(대한성서공회, 1977), 2면

3 Hegel. *Vorlesungen über die Philosophie der Weltgeschichte, erste Hälfte Band 1: Die Vernunft in der Geschichte* (Hamburg: Felix Meiner, 1955), 212면

4 Voltaire, *Candide* (Paris: Librairie Générale Française, 1972), 315·325면

다고 여겼다. "교회는 남편이 아내를 구타할 때 쓰는 몽둥이의 크기를 제한함으로써 아내에 대한 폭력을 줄여보려고 했지만", 소용없었다. "교회의 가르침에 따르면, 여성은 모든 악의 근원이었다."[5] 여자만 魔女(마녀)라고 지목되어 화형당했다.

시대가 흐르자 말이 조금 달라졌다. 《하느님 같은 방식으로 가정 다스리기》(*A Godly Form of Household Government*, 1598)라는 책에서 말했다. "아내와 더불어 편안하게 살고자 하는 남편은 이 세 가지 규칙을 지켜야 한다. 가끔 훈계하라. 이따금 꾸짖어라. 때리지는 말아라."[6]

백인은 우월하고 흑인은 열등한 인종이라고 한다. 양쪽의 피가 섞였으면 열등한 인종인 흑인으로 분류되었다. 미국의 백인이 흑인 여자 노예를 강간해 낳은 자기 자식을, 흑인이고 노예 신분인 분명한 이유가 있어 돈을 받고 파는 것이 정당하다고 여겼다. 알렉스 헤일리(Alex Haley)의 《뿌리》(*Roots: The Saga of an American Family*)에서 이런 사실을 알고 전율하지 않을 수 없었다.

---

5 브라이언 타이어니 외, 이연규 역, 《서양중세사》(집문당, 1986), 169면
6 《소설의 사회사 비교론》 3(지식산업사, 2001), 48~51면에서 이에 관해 자세하게 고찰했다. 추가해 논의한 자료도 함께 든다. 여성의 행실을 가르치는 교본인 《가정의 의무》(*Domestical Duty*, 1622)라는 책에서는 남성이 여성을 지배하는 이치는 《성서》에 근거를 두고, 자연의 법칙과도 합치된다고 했다. 여성은 "어느 경우에든지 겸손해야 존중될 수 있다" 하고, "그렇기 때문에 겸손을 마음속에 간직하고, 자기 자신보다 남편을 더 생각해야 한다"고 했다. 《기독교도 교범》(*A Christian Directory*, 1673)에서는 남편에 대한 아내의 의무를 조목조목 열거했다. 그 가운데 몇 가지를 들면 다음과 같다. "자진해서 남편에게 종속되어 복종하면서 살아라. 남편을 스승으로 삼아 의지하면서, 자기 스스로 판단해 알았다든가 똑똑하다든가 하고 생각하지 말고, 남편의 가르침을 경청하라."

유럽문명권 프랑스에서 시민혁명을 일으키고 1789년에 〈인간과 시민의 권리선언〉(Déclaration des droits de l'Homme et du citoyen)이라는 인권선언을 발표했다. 총칙에 해당하는 제1조를 보자: "모든 사람은 자유롭게 태어나고 살아가며 법에서 평등하다. 사회적 차별은 공공의 이익에 근거를 두어야만 이루어질 수 있다."7 법에 의한 평등을 사람마다 누리지는 못하므로 시민(citoyen)이라는 한정어가 필요했다. 사회적 차별을 인정할 수 있는 근거를 말했다.

1948년 국제연합에서 결의할 때에는 말이 조금 달라졌다. "모든 인간 존재는 존엄성으로나 법률에서 자유롭고 평등하다. 이성과 의식이 주어져 있어, 박애의 정신으로 상호 간의 관계를 가져야 한다."8 위에서 지적한 한정과 결함을 없애고, 박애를 강조한 것이 큰 변화이다.

1789년에 인권선언을 하고 유럽문명권의 제국주의 침략은 지속되고 강화되었다. 인권은 유럽인의 전유물이고, 다른 문명·민족인종에게는 해당되지 않는다고 여겼다. 인권선언을 하고 인권이 보장하는 방향으로 나아가는 것이 유럽인이 우월한 증거라고 하면서, 세계적인 범위의 새로운 차등론을 만들어냈다.

1948년의 두 번째 인권선언은 세계 모든 곳에서 받아들여 보편화되었으나 세상을 바꾸어놓을 힘은 없다. 실현될 수 없는 이상을 제

---

7 원문을 들면 "Les hommes naissent et demeurent libres et égaux en droits. Les distinctions sociales ne peuvent être fondées que sur l'utilité commune."라고 했다.
8 원문을 들면 "Tous les êtres humains naissent libres et égaux en dignité et en droits. Ils sont doués de raison et de conscience et doivent agir les uns envers les autres dans un esprit de fraternité."라고 했다.

시해, 차등에 대한 반론이 필요하지 않은 듯이 여기도록 하고, 차등을 합리화하는 결과에 이른다. 차등론은 부정하거나 비판하는 데 그치지 말고, 뒤집어엎어야 한다. 인권선언에서 제시한 평등론은 그럴 힘이 없다.

2

논의하고 있는 방법을 점검해보자. 유럽문명권의 차등론을 말해주는 위의 자료를 자세하게 고찰하려면 많은 지면이 필요해 이 책의 초점이 흐려질 염려가 있다. 비교고찰에 필요한 자료를 어느 정도 확보했으므로 다음 논의를 진행하자.

차등론은 평등론이 아닌 대등론으로 뒤집어야 한다. 차등론이 지배하는 역사의 오랜 기간 동안 어디서나 대등론이 있었다. 차등론이 지배하는 표층 저 아래의 심층에 대등론이 있어 차등론을 뒤집어엎고자 했다. 동아시아도 이와 다르지 않으면서 심층의 대등론이 특히 선명하고 치열했다. 이에 관한 우리 선인들의 노력이 각별했다.

이에 관해 밝혀 논하는 것이 지금부터 힘써 감당해야 할 과제임을 확인하고, 적절한 방법을 찾는다. 개념을 분명하게 하고 논리를 엄정하게 펴는 철학 논설을 쓰는 것은 적합하지 않고, 두 가지 잘못을 저지른다. 말이 너무 어렵게 되어 이해를 막는 것은 작은 잘못이다. 화합을 위한 논의를 싸움하는 방식으로 전개하는 것은 자가당착이어서 크게 잘못된다.

그러면 어떻게 해야 하는가? 철학이 아닌 철학을 하는 것이 마땅한 방법이다. 비유나 일화를 들어 재미있는 말을 하는 문학 작품은 누구나 좋아할 수 있다. 그 속에 생생한 철학이 있는 것을 알아차리고 읽어내면, 대등론 서설을 알차게 마련할 수 있다. 문학에서 철학 읽기를 잘 하면, 개념과 논리에 갇힌 철학을 해방시켜 창조력을 신선하게 발휘하도록 할 수 있다.[9]

대등론은 동아시아의 심층 유산이다. 그 유산이 철학 논설보다 문학 작품에 더욱 풍부하게 간직되어 있다. 문학으로 철학을 하는 것이 동아시아의 오랜 전통이다. 철학 논설에서만 철학을 찾는 유럽문명권의 관습이 잘못 수입되어 소중한 유산이 망각된 것을 찾아내야 한다. 문학으로 철학을 한 유산을 우리 선인들이 많이 남겼다. 철학 논설은 중국의 전례와 밀접한 연관을 가졌으나, 문학으로 철학을 하는 작업은 그렇지 않고, 좋은 방법을 스스로 창안해 아주 발랄하고 흥미롭게 했다.

소중한 유산이 한문으로 쓴 글에 있으므로 한문을 알아야 찾아낼 수 있다. 한문이라면 질색을 하는 독자가 책을 덮지 않도록 하려면 어떻게 해야 할 것인지 고민하다가 최소한의 수습책을 강구한다. 한문 원문은 참고로 하라고 제시해 두고, 번역문을 음미하자고 한다. 작자나 출전은 밝히기만 하고 설명하지는 않아 번거로움을 줄인다. 누가 어디서 한 말인가는 잊어버려도 된다. 세상에 떠도는 말이 신통해 잊지 않고 써먹는다고 하면 된다.

---

9 이에 관해 상론하려고 《문학에서 철학 읽기》라고 하는 책을 쓰고 있다.

天地之間　萬物之衆　惟人最貴　所貴乎人者　以其有五倫也　是故　孟子曰　父
子有親　君臣有義　夫婦有別　長幼有序　朋友有信　人而不知有五常　則其違禽獸
不遠矣

　　천지 사이 만물 가운데 오직 사람이 가장 귀하다. 사람이 귀하다고 하는 것
은 오륜이 있기 때문이다. 그러므로 맹자는 부자유친·군신유의·부부유별·장유유서·
붕우유신을 말했다. 사람이 다섯 가지 도리를 모르면 금수와 거리가 멀지 않다.

아동용 학습 교재《童蒙先習》(동몽선습) 서두에 있는 이 말이10 동
아시아 차등론의 논거를 알기 쉽게 설명한다. 사람은 오륜이 있어
다른 생물보다 우월하다고 했다. 이것은 사람이 하느님과 비슷한 모
습으로 창조되어 다른 생물을 지배할 수 있다고 한 것과 상당한 거
리가 있다. 유럽에서 차등론의 근거로 삼은 하느님은 신앙의 대상일
따름이지만, 동아시아의 차등론은 치밀한 논증이 필요한 이론이어서
다음과 같이 말하는 데까지 이르렀다.

　　人物之生　有精粗之不同　自一氣而言之　則人物皆受是氣而生　自精粗而言　則
人得其氣之正且通者　物得其氣之偏且塞者　惟人得其正　故是理通而無所塞　物得
其偏　故是理塞而無所知　且如人　頭圓象天　足方象地　平正端直　以其受天地之
正氣　所以識道理　有知識　物受天地之偏氣　所以禽獸橫生　草木頭生向下　尾反
在上11

　　사람과 동물의 삶은 精(정)과 粗(조)에서 같지 않다. 一氣(일기)에서 말한
다면, 사람이든 동물이든 모두 이 氣를 받아서 생겨났다. 精과 粗에서 말한다
면, 사람은 그 氣가 바르고 통한 것을 받았고, 동물은 그 氣가 치우치고 막힌

---

10 어릴 적에 할아버지에게서《童蒙先習》을 배워 서두에 있는 이 말이 아주 선명
　하게 기억된다.
11 朱熹,〈人物之性氣質之性〉,《朱子語類》권4 性理1

것을 받았다. 오직 사람만 그 바른 것을 받았으므로 理가 통하고 막힘이 없다. 동물은 치우친 것을 받았으므로 理가 막히고 지식이 없다. 또한 사람은 머리가 둥글어 하늘의 모습이고, 발은 모나서 땅의 모습이며, 平正(평정)하고 端直(단직)해서 天地(천지)의 바른 氣를 받았으므로 道理(도리)를 알고, 지식이 있다. 사람이 아닌 다른 생물은 천지의 치우친 氣를 받았으므로, 짐승은 橫生(횡생)하고, 식물은 머리를 아래로 하고 살며 꼬리는 도리어 위로 둔다.

사람과 다른 생물의 차이를 두 가지로 말했다. 하나는 氣가 바르고 통했는가 아니면 치우치고 막혔는가 하는 것이다. 또 하나는 생긴 모습이다. 누구나 보고 알 수 있는 생긴 모습을 氣가 어떤 상태인가 하는 숨은 이유를 밝히는 증거로 삼았다. 사람은 머리를 위로 하고 움직인다. 짐승은 머리와 몸을 같은 높이에 두고 움직인다. 식물은 머리에 해당하는 뿌리를 아래에 박고 거꾸로 서 있다. 그런 특징을 直生·橫生·逆生(역생)이라고 하고, 셋이 각기 지닌 氣가 바르고 통하는가, 아니면 치우치고 막히는가 하는 차이가 있어 생긴 결과라고 했다.

사람만 五倫이 있다는 주장을 두고 탈춤 대사에서 심하게 야유했다. 개에게도 오륜이 있다고 했다. "毛色相似(모색상사)하니 父子有親(부자유친)이오, 知主不吠(지주불패)하니 君臣有義(군신유의)요, 孕後遠夫(잉후원부)하니 夫婦有別(부부유별)이요, 小不敵大(소불적대)하니 長幼有序(장유유서)요, 一吠衆吠(일패중패)하니 朋友有信(붕우유신)이라." 앞에 붙인 말에서 무어라고 했는지 번역해보자. "털빛이 비슷하니 父子有親이요, 주인을 알아보고 짖지 않으니 君臣有義요, 새끼 밴 다음에는 지아비를 멀리 하니 夫婦有別이요, 작은 것이 큰 것에게 대들지 않으니 長幼有序요, 한 마리가 짖으면 뭇놈들이 짖으니 朋友有

信이라."

오륜이라고 하는 것들은 다름 아니라 생물이 살아가는 모습이다. 사람만 오륜이 있다는 것은 사람만 살고 있다는 말이니 부당하다. 이렇게 주장하면 큰일 난다. 윤리적 질서의 근본을 부정하는 대역죄를 저지르니 목숨을 부지할 수 없었다. 탈춤은 정체를 드러내지 않은 유격전이거나 검열에 걸리지 않는 지하방송이어서, 무슨 말이든지 과감하게 했다.

⑺ 五倫五事 人之禮義也 羣行呴哺 禽獸之禮義也 叢苞條暢 草木之禮義也 以人視物 人貴而物賤 以物視人 物貴而人賤 自天而視之 人與物均也...

⑻ 天之所生 地之所養 凡有血氣 均是人也 出類拔華 制治一方 均是君王也 重門深濠 謹守封疆 均是邦國也 章甫委貌 文身雕題 均是習俗也 自天視之 豈有內外之分哉 是以各親其人 各尊其君 各守其國 各安其俗 華夷一也[12]

(가) 五倫(오륜)이나 五事(오사)는 人의 예의이고, 무리를 지어 다니면서 서로 불러 먹이는 것은 금수의 예의이고, 떨기로 나며 가지가 뻗어나는 것은 초목의 예의이다. 人으로써 物을 보면 人이 貴하고 物이 賤하며, 物로써 人을 보면 物이 貴하고 人이 賤하다. 하늘에서 보면 人과 物은 均(균)하다.

(나) 하늘이 내고 땅이 길러주며, 무릇 혈기가 있는 자는 모두 人이고, 여럿에 뛰어나 한 나라를 맡아 다스리는 자는 모두 이 임금이고, 문을 거듭 만들고 해자를 깊이 파서 강토를 조심하여 지키는 것은 다 같은 국가요, 章甫(장보, 殷代 갓) 委貌(위모, 周代 갓)이든 文身(문신) 雕題(조제, 조각 장식)이든 모두 습속이다. 하늘에서 본다면 어찌 內와 外의 구별이 있겠느냐? 이러므로 각기 그 사람을 친하고, 각기 그 임금을 존숭하고, 각기 그 나라를 지키고, 각기 그 풍속에 안주하는 것이 華든 夷든 같다.

---

12 洪大容,〈毉山問答〉,《湛軒書 內集補遺》권4

드러내놓고 하는 반론은 이렇게 제기되었다. (가)에서 人은 貴하고 物은 賤하다는 것을 부정했다. 貴와 賤이 다르지 않아 人과 物의 차등이 없다고 하는 평등론을 말한 것은 아니다. 人이 人은 貴하고 상대방인 物은 천하다고 하듯이, 物도 物은 귀하고 人은 천하다고 한다고 한 것은 대등론이다. 양쪽을 공평하게 아우르면 人과 物은 均하다고 하는 人物均論(인물균론)으로 대등론을 구체화했다.

(나)에서는 華夷(화이)와 內外(내외)를 연결시켜 검토했다. 문화가 어느 쪽은 우월하고 어느 쪽은 저열하다는 華夷는 의식의 차원에서 부정할 수 있어, 차등론을 평등론으로 바꾸어놓을 수 있다. 內外는 의식 이전 존재의 영역이어서 단순 부정은 가능하지 않고, 위치를 이동하면 內가 外로 되고, 外가 內로 된다고 하는 상호부정만 가능하다. 차등론이 아닌 대등론을 대안으로 제시해야 한다. 內라고 여기는 자국 문화는 華이고, 外로 보이는 타국의 문화는 夷임을 서로 인정해야 한다고 했다. 이렇게 이룩한 內外均論(내외균론)이 사람들 사이의 대등한 화합을 이룩하는 핵심 원리이다.

위에서 전개한 논의는 너무 어렵고 복잡하다. 같은 말을 쉽게 하면, 사람과 사람의 대등한 관계는 사람과 다른 생물의 대등한 관계를 근거로 한다는 것이다. 사람과 다른 생물은 차등이 있다고 하면서 사람과 사람은 대등하다고 할 수는 없다. 대등은 천지만물의 공통된 원리이므로 일관되게 인정해야 한다. 사람이 대등한 것이 그 가운데 하나임을 사람과 다른 생물이 대등함을 살펴 알 수 있다. 이에 관한 말을 들어보자.

禽獸魚龍 皆有運化之教 以遂其生 既 與人 形質異 所習異 言語文字 不與
人相通 驟觀之 雖若無敎 潛究 其知機動靜 不可謂自相無敎 人詳見 其一二捕
捉之禽獸魚龍 不見山海空曠之地 羣居優游之容態 自相教誨之有無詳畧 何以
質言 易地思之 禽獸魚龍 見一二人失所誤死者 不見衆人起處動作 何能知人之
有敎也 只以人敎言之 人類之中 有不率敎者 禽獸之中 有能率人馴敎者 烏可
謂 惟人有敎 而禽獸無禽獸之敎 魚龍無魚龍之敎¹³

금수어룡도 모두 運化(운화, 운동과 변화)를 가르치는 것이 있어 살아간다.
짐승은 사람과 형질이 다르고, 익힌 것이 다르며, 언어와 문자로 사람과 서로
통하지 않는다. 얼핏 그것을 살피면 가르침이 없는 것 같으나, 깊이 탐구해 그
낌새와 움직이고 멈추는 것을 알면 스스로 서로 가르치는 것이 없다고 할 수
없다.

사람이 자세하게 보는 것이 어쩌다가 한둘 사로잡힌 금수어룡이기만 하고,
보지 못하는 것은 산이나 바다, 넓게 트인 땅에서 무리를 지어 여유 있게 노니
는 모습이다. 서로 가르치고 타이르는 것이 있고 없고, 상세하고 소략하다고 무
엇으로 딱 잘라 말하겠는가? 처지를 바꾸어 생각하면, 어룡이나 금수가 한둘
제자리를 잃고 잘못 죽은 사람만 살피고, 많은 사람이 일어나고 살고 움직이고
일하는 것은 보지 못하면, 사람에게 가르침이 있는 것을 능히 알 수 있겠는가?
다만 이로써 사람 가르침을 말하겠는가?

사람의 무리 가운데도 가르침을 따르지 않는 자가 있다. 금수 가운데에도 능
히 사람을 따르고, 가르침에 순응하는 자가 있다. 어찌 사람만 가르침이 있고,
금수에게 금수의 가르침이 없으며, 어룡에게 어룡의 가르침이 없다고 말할 수
있겠는가?

대수롭지 않은 것 같은 말로 중대 발언을 했다. 사람은 가르침이
있어 다른 생명체보다 우월하다고 하고, 가르침에 더욱 힘써 우월함

---

13 崔漢綺, 〈禽獸有敎〉, 《人政》 권10

을 확고하게 해야 한다고 하는 것이 오랜 기간 동안 막강한 힘을 행사해온 관념론이었다. 가르침이 소중하다는 이유를 들어 사람은 다른 생명체를 얕보는 것이 당연하고, 가르침을 베푸는 유학자는 예사 사람들 위에 군림할 자격이 있다고 하는 이중의 불평등을 합리화했다. 이에 대해 반론을 제기하고 사고의 혁신을 요구했다.

사람은 우월하다는 주장을 재론하려면 사는 방식을 문제 삼아야 한다. 모든 생명체는 그 나름대로의 사는 방식이 있고, 사는 방식에 적합한 능력을 갖추고 있다. 사는 방식이 각기 다르니 어느 능력이 우월하다고 할 수 없다. 사는 능력은 타고나기도 하지만 가르침을 통해 전수된다. 가르침이 잘 전수되지 않기도 하는 것은 사람뿐만 아니라 짐승에게도 있는 일이다.

이런 주장이 충분한 설득력을 갖추려면 사실 인식의 방법을 확립하는 것이 긴요한 과제이다. 이에 관해 두 가지 원칙을 말했다. 첫째 어느 예외적인 부분만 보지 말고 본래의 모습 전체를 알아야 한다. 둘째 이쪽의 관점에서 저쪽을 일방적으로 이해하지 말고, 입장을 바꾸어 저쪽의 관점에서 이쪽을 이해하는 상호조명을 해야 한다.

첫째 원칙은 과학의 발전을 이끈다. 사로잡은 짐승 몇 마리를 해부해보고 안다고 하지 말고, 산이나 바다, 넓게 트인 땅에서 무리를 지어 여유 있게 노니는 모습을 살펴야 한다는 것이 오늘날의 생태학에서 소중하게 여기는 지침이다. 살아가는 능력 가운데 어느 것은 타고나고 어느 것은 가르침을 통해 습득하는지 밝혀내려고 많은 노력을 하고 있다.

둘째 원칙은 철학으로 나아가게 한다. 사람과 짐승의 처지를 바꾸어, 짐승의 견지에서 사람들이 살고 움직이고 일하는 모습을 살펴야 한다고 한 것은 과학에서 하는 작업을 넘어선다. 상이하다고 하는 둘을 상호조명에 의해 서로 이해하고, 차등을 넘어서서 대등함을 인식해 둘이 하나일 수 있는가 묻는 것이 철학의 긴요한 방법이고 내용이다.

남녀 관계에 대해서는 위에서 말하지 않았으므로 보충할 필요가 있다. 조선왕조 제9대 국왕 成宗(성종)의 어머니 昭惠王后(소혜왕후, 1437-1504)가 부녀자들을 훈육하기 위해 편찬하고 국역한 교본《內訓》의 한 대목을 들어보자. 부부 사이의 도리를 다음과 같이 말했다. [ ] 안에 적은 것은 원문의 주이다.

> 夫婦의 道ᄂ 陰과 陽과이 마ᄌ며 神明에 ᄉᄆᄎ니 眞實로 하ᄂᆯ과 ᄯᅡ괏 큰 義며 人倫의 큰 ᄆ디라... 陰陽이 性이 다ᄅ고 男女ㅣ 힝뎌기 다ᄅ니 陽ᄋᆫ剛으로써 德을 삼고 [剛은 구들시라], 陰은 부드러오ᄆ로써 用ᄋᆞ 사ᄆ며 남지ᄂ 세요ᄆ로써 호ᄆᆯ 삼고 겨지븐 弱ᄒᆞ요ᄆ로써 아름다오ᄆᆯ 삼ᄂᆞ니
>
> 부부의 도리는 음과 양이 만남이 신명에까지 이름이어서, 진실로 하늘과 땅과 같은 큰 의리이며, 인륜의 큰 마디이다 … 음양은 성격이 다르고, 남녀는 행적이 다르니, 양은 강함으로 덕을 삼고 [강함은 굳음이라], 음은 부드러움으로 용을 삼으며, 남자는 센 것으로 홈통으로(장기로) 삼고 계집은(여자는) 약함으로 아름다움을 삼나니.

'夫婦有別'을 음양의 원리에 따라 풀이했다. 남자는 양의 특성을 지녀 강함을 장기로 삼고, 여자는 음의 성격을 갖추어 부드러움을 아름다움으로 삼는다고 했다. 이것은 유럽에서 "여성은 모든 악의 근원"이라고 한 것과는 많이 다르다.[14]

남자만 굳세고 여자만 아름답다고 하는 것은 부당하다고 평등론자는 주장한다. 남성의 편견을 말해주는 잘못된 견해는 버리고, 남자도 아름답고 여자도 굳세다고 해야 한다고 한다. 대등론은 이에 찬성하지 않는다. 남자와 여자는 차별이 없어야 하지만 구분은 있는 것이 당연하다. 구분되어 맞물리는 관계여서 서로 필요로 하고, 서로 돕는 것이 천지만물에 공통된 음양의 원리이다.

음양은 구분에 근거를 두고 대등의 원리를 구현한다. 男女·天地·日月을 말하는 각론에서는 陽을 먼저 들기 때문에 陰陽을 한꺼번에 일컫는 총론에서는 陰을 앞세워, 구분이 어느 한쪽으로 기울어지지 않고 대등하게 한다. 대등론에서는 양쪽이 서로 필요로 하므로 화합이 이루어진다. 평등론은 평등하지 않은 양쪽을 평등하게 하느라고 계속 충돌을 일으킨다.

오늘날 온 세계에 충돌이 날로 커지는 것은 차등론의 잘못을 평등론으로 시정하려고 하고, 대등론은 망각하고 있기 때문이다. 방향을 돌리려고 분투하지 않을 수 없다. 모든 일을 한꺼번에 할 수는 없어, 동아시아 각국이 대등론의 전통을 되살려 화합을 이루는 것을 우선

---

14 흥미로운 자료를 하나 든다. "어느 대장이 아내를 호되게 무서워했다. 어느 날 부하 장졸들은 어떤가 알아보기 위해서, 아내를 무서워하지 않은 사람이 있으면 따로 세운 기 앞에 서라고 했더니, 그렇게 한 사람이 하나뿐이었다. 어째서 그런 용기를 가졌는가 하고 칭찬하자, 그 사람은 자기 아내가 사람 많이 모인 데 가면 여색에 관한 말이나 하니 조심하라고 해서, 아내가 시키는 대로 따랐을 따름이라고 했다." 이것은 徐居正(1420-1488)의 《太平閑話滑稽傳》에 있는 말이다.(박경신, 대교·역주, 국학자료원, 1998, 261-262면) 군대를 지휘하는 대장뿐만 아니라 부하 장졸들도 모두 아내를 무서워한다고 했다. 용맹스러운 군인들이 그러니 다른 사람들은 말할 것도 없다고 했다. 부부관계는 표면에서 남존여비이고, 이면에서는 여존남비라는 말이다.

과제로 삼아야 한다. 그 뒤에 세계 전체를 바로잡아야 한다.

3

지금까지의 논의를 정리해보자. 지위가 높고 힘이 있는 사람은 지위가 낮고 힘이 없는 사람을 위에서 내려다보면서 다스리는 것이 당연하다고 한다. 이런 사고방식이 차등론의 핵심을 이룬다. 이에 대해 반론을 제기해 지위와 힘을 평준화하자는 평등론의 주장은 실현 가능성이 없으며, 실현된다고 해도 주어진 상태에 머무르고 앞으로 더 나아가지 못한다. 세상을 더 좋게 하고 역사를 발전시킬 수 있는 동력이 없기 때문이다.

그러면 어떻게 해야 하는가? 이 의문을 대등론이 풀어준다. 대등론이 무엇인지 더욱 분명하게 해야 한다. 이론 전개를 더욱 철저하게 해서 철학다운 철학을 갖추자는 것이 아니고, 방향을 바꾸고자 한다. 이론은 공허한 말싸움처럼 보일 수 있다. 정반대의 이론을 교묘하게 구성해 논의를 뒤바꾸자 하면 싸움이 복잡해진다. 우리 선인들은 불필요한 논란을 없애고 논의를 명쾌하게 하는 방법을 알고 실행했다. 철학이 아닌 글로 철학 이상의 철학을 했다. 다음 글을 읽어보자.

蜣蜋自愛滾丸 不羨驪龍之如意珠 驪龍亦 不以如意珠自矜驕 而笑彼蜋丸[15]
쇠똥구리는 쇠똥 뭉치를 자기 나름대로 사랑하고, 검은 용의 여의주를 부러워하지 않는다. 검은 용 또한 여의주를 가지고 스스로 자랑하면서 저 쇠똥구리의 뭉치를 비웃지 말아야 하리라.

짧은 글이 많은 것을 말해준다. 쇠똥구리의 쇠똥 뭉치와 검은 용의 여의주를 비교하다니. 이 둘은 최하이고 최상인 차이점이 있다고 하지만, 둥근 물체라는 공통점이 있다. 공통점을 근거로 비교하면서 차이점을 재검토하는 기발한 발상이 충격을 주어, 편견을 깨고 진실을 밝힌다. 구체적인 의미를 몇 차원에서 읽어낼 수 있다.

쇠똥구리든 검은 용이든 가식을 버리고 자기 삶을 즐겨야 한다. 각기 사는 방식이 다르고, 필요한 것이 따로 있으므로 남들을 부러워할 필요가 없다. 삶의 실상은 무시하고, 일률적인 기준에서 서열이나 지체를 구분하는 관습은 부당하다. 이것은 일차적인 의미이다.

쇠똥구리는 쇠똥을 먹이로 삼아 누구에게 피해를 주지 않고 환경을 정화한다. 용 가운데 으뜸이라고 하는 검은 용은 권능을 높이고 약자들을 멸시하고 두렵게 여기도록 하려고 여의주라고 하는 요상한 물건이 필요하다. 쇠똥구리 같은 하층민은 선량하기만 하고, 검은 용 같은 지배자는 악독하다고 하지 않을 수 없다. 이런 이차적인 의미도 있다.

여의주를 희롱하면서 하늘에 날아오르는 용은 잠시 동안 득세한다. 중력의 법칙을 어기는 짓을 오래 할 수 없다. 추락하지 않으려면 자취를 감추어야 한다. 땅에 붙어 천천히 움직이는 쇠똥구리는 천지만물이 천연스럽게 움직이는 모습을 있는 그대로 보여주고 있다. 자

---

15 李德懋, 〈蜣蜋〉, 《靑莊館全書》 권63

연을 거역하는 강자는 단명하고, 순응을 일삼는 약자는 삶을 무리 없이 이어나가 승패가 역전되는 것이 필연이다. 이런 삼차적인 의미도 있다.

그래도 강약은 부정할 수 없는 사실이므로 차등론이 확고한 타당성을 가진다고 한다. 불만을 가지는 것은 용인할 수 있지만, 다른 소리를 하는 것은 부당하다. 이에 대해 어떤 불만을 제기할 것인가? 강약의 승패가 역전되는 것이 필연임을 아주 분명하게 밝힌 글이 있으니 읽어보자.

余靜觀 隣叟搗米爲屑 而歎日 鐵杵 天下之至剛者也 濡米 天下之至柔者也 以至剛撞至柔 不須臾而爲纖塵 必然之勢也 然 鐵杵老則莫不耗而挫矮 是知 快勝者 必有暗損 剛强之大肆 其不可恃乎16

나는 이웃 노인이 쌀을 빻아 가루를 만드는 것을 조용히 바라보고 탄식해 말한다. 쇠공이는 천하의 가장 강한 것이고, 젖은 쌀은 천하의 가장 부드러운 것이다. 가장 강한 것으로 가장 부드러운 것을 치니, 잠깐도 아닌 사이에 가루가 되는 것이 필연적인 형세이다. 그러나 쇠공이는 늙도록 쓰면 닳아서 쭈그러지지 않을 수 없다. 통쾌하게 이기는 자는 반드시 드러나지 않게 손상된다. 강하다고 크게 방자한 것은 신뢰할 수 없다.

쇠공이로 젖은 쌀을 빻아 가루로 만들면 쇠공이도 닳는다고 하고, 그 이치를 생각하도록 했다. 쇠공이가 닳는 것은 쌀이 강해서가 아니다. 쌀을 빻느라고 쇠공이가 쇠절구에 닿아 닳는다. 이것은 물이 오래 흘러 바위가 마멸되는 경우와 같으면서 다르다. 약한 것이 강하

---

16 李德懋, 〈鐵杵〉, 《靑莊館全書》 권48

고, 강한 것이 약한 점에서는 둘이 같다. 강약이 직접 부딪치지 않고, 약자 때문에 강자들끼리 부딪치는 자기모순이 생기는 점은 다르다.

강자는 약자를 괴롭히는 과정에서, 약자의 반격이 없더라도 강하기 때문에 생기는 자기모순으로 손상을 겪는다. 가해에는 자해가 필연적으로 따른다. 강하다고 방자하게 구는 자를 신뢰하는 것은 어리석다. 이런 이치에 따라 사회나 역사가 달라진다. 강자의 필연적인 멸망이 반드시 다가올 발전의 계기가 된다.

많고 적은 것은 차등을 가져온다. 많으면 좋고, 적으면 나쁘다고 하면 차등은 시정할 수 없다. 많고 적은 것 때문에 생기는 갈등을 해결할 수 없고, 둘의 화합은 불가능하다. 이렇다고 우기면 어떻게 대처해야 해야 하는가? 이에 관한 글이 있다. 아주 짧아 깨우쳐주는 바가 크다.

移爾所蓄 納人之腹 汝盈而能損 故不溢 人滿而不省 故易仆[17]
네게 모아놓는 것을 옮겨 사람의 배에서 받아들인다. 너는 가득 차면 덜어낼 줄 알지만, 사람은 가득 차도 알아차리지 못하니 쉽게 넘어진다.

술병에 들어 있는 술을 사람이 마신다는 평범한 사실을 예리하게 관찰하고, 사람은 술병만도 못하다고 하는 뜻밖의 말을 했다. 술병처럼 가득 찬 상태가 되면 가진 것을 덜어내야 하는데, 가진 것이 충분해도 알아차리지도 못해 쉽게 넘어지는 사람은 어리석다고 했다. 지나친 소유욕을 경계하고, 많이 가진 것이 있으면 나누어주어야 자

---

17 李奎報, 〈樽銘〉, 《東國李相國集》 권19

멸을 면한다고 하는 준엄한 교훈을 전했다.

무엇을 지나치게 소유한다는 말인가? 재물을 지나치게 차지하려고 하면 탐욕의 폐해에 사로잡혀 온전하게 살 수 없다고 한 것만은 아니다. 지식이 많다고 뽐내는 교만 때문에 인품이 비뚤어지는 것도 이와 다르지 않다. 재물만 나누어주어야 하는 것이 아니고, 지식도 누구나 가질 수 있게 내놓아야 한다.

가진 자가 가진 것을 나누어주는 시혜를 베풀어야 한다는 것이 아니다. 지나쳐서 넘어지는 자멸을 막고 무사하게 지내려고 하면 가진 것을 덜어내 무게를 줄이는 자구책을 강구해야 한다는 말이다. 하중이 과도하지 않아야 배가 안전하게 운항할 수 있다는 비유를 들면 이치가 더욱 명백하다.

강력하고 부유해 우월하다고 자부하는 자는 욕심을 더 내다가 스스로 망하게 되어 있다. 가진 것을 덜어내 미약하고 가난하고 열등한 쪽에게 나누어주면 평형을 되찾아 위기에서 벗어날 수 있다. 강자가 약자를 살리는 표면, 약자가 강자를 살리는 이면에서, 둘이 이중으로 얽혀 서로 돕는 대등한 화합을 하는 것이 마땅하다.

4

지금까지의 논의를 정리해보자. '대등한 화합'이라고 줄여서 일컫는 '대등한 관계에서 이룩하는 화합'은 원리이면서 실천이다. 해야 할 많은 일 가운데 가장 긴요한 하나를 선택한다. 동아시아문명의 저력인 대등 화합의 원리를 전통의 심층에서 찾아내, 동아시아 각국은 지금의 충돌이 대등 화합을 위한 동력이게 하는 실천의 과제를 수행해야 한다.

대등한 화합을 각국이 나라 안에서 평가하고 실행해야 동아시아문명권에서도 이루어진다. 동아시아문명권의 대등 화합은 원리에서든 실천에서든 다른 문명권에 널리 모범이 되어 인류를 위해 크게 기여하는 것을 기대한다. 이에 관한 논의는 이 책에서 본격적으로 하지 못하고 후속 작업으로 미룬다.

학문의 길은 아득하고 해야 할 일이 너무 많아 불만이라고 할 것은 아니다. 道伴(도반)을 만나 힘을 합치고, 미완의 과제를 듬뿍 물려주어 후진이 분발하도록 하면, 내가 할 수 있는 일을 다 한다. 여기서 펴는 논의가 엉성하고 미비한 것은 물러날 준비를 하고 있기 때문이다.

구전 층위의 철학

1

有無 識(유무식)이 차등에 크게 관여한다. 권력과 재산을 소유한 쪽이 유식하기까지 하면 위세가 더 커진다. 유식하면 무식을 멸시해

도 된다고 여겨 횡포를 자행한다. 권력이나 재산을 넘볼 수 없게 지키듯이, 유식에도 방어선을 쳐둔다. 유식하려면 적지 않은 대가와 장기간의 노력이 필요하니 아무나 넘보지 말도록 한다.

이에 대해 반론을 제기하기 어렵다. 사람은 누구나 평등하게 태어났으므로 유무식도 평등하다고 하면 말이 되지 않는다. 유식은 타고나는 것보다 습득하는 것이 더 많기 때문이다. 유식을 습득을 위한 기회가 평등해야 된다는 요구는 가능하고 어느 정도 실현되고 있지만, 유무식 차등론의 횡포를 제어하기에는 역부족이다. 평등론이 무력한 것을 다시 절감하지 않을 수 없다.

그러면 어떻게 해야 하는가? 대등론이 나서서 유무식 구분의 통념을 뒤집고, 유식이 무식이고, 무식이 유식임을 밝혀야 한다. 스승에게서 배워 기존의 지식을 전수받아 유식하다는 것은 실제 경치가 아니고 경치 그림에 지나지 않아 卷裏風光(권리풍광)이라고 할 수 있다. 그래서 유식이 무식이다. 실제 경치인 本地風光(본지풍광)은 책 공부와는 다른 인생 공부를 하면서 실제로 체험해야 알아낼 수 있다. 그래서 무식이 유식이다.

유식이 무식이고, 무식이 유식임을 밝히는 논의를 글로 써서 전개한 것은 찾기 어렵다. 유식해 글을 쓰는 사람이 권력이나 재산의 허위는 뒤집어놓을 수 있어도, 자기를 지탱하고 있는 보루를 스스로 무너뜨리지는 못하기 때문이다. 글에는 기대를 걸지 말고 이야기를 들어보면 사정이 달라진다. 유식해 이름이 드높은 사람이 모르는 것을 무명의 무식꾼이 안다고 하는 이야기가 파다하게 전한다.[18] 구비

---

18 《인물전설의 의미와 기능》(영남대학교출판부, 1979); 《동학설립과 이야기》(홍

전승의 층위에서 놀라운 철학을 발견하도록 한다.

알 만한 데 모르고, 모를 만한 데 알아, 높다고 자부하면 낮고, 낮다는 쪽이 높다. 이렇게 말하면서 높고 낮고 알고 모르는 허상을 전복하는 이야기 유형이[19] 심층의 전승으로 이어져오면서 지혜의 원천 노릇을 계속해서 한다. 구비철학에서 생겨나고 자라난 기록철학이 유식을 자랑하다가 근본을 망각한 잘못을 시정해야 한다.

2

青泉(청천) 申維翰(신유한)은 대단한 시인이었다. 중국에서 三國文章(삼국문장)을 뽑는 데 참여하니, 중국 시인이 "大旱逢甘雨 他鄕逢故人 登科掛名時 洞房無月夜"(크게 가물 때 단비를 만나고, 타향에서 옛 벗을 만나며, 과거에 급제해 이름이 걸릴 때, 잠자는 방에 달이 없다)라고 지었다. 청천보다 시를 더 잘 짓는 마부 하인이 귀띔해준 덕분에, 거기다 두 자씩 더 붙여 "七年大旱逢甘雨 萬里他鄕逢故人 少年登科掛名時 華燭洞房無月夜"(칠년 크게 가물 때 단비를 만나고, 만리타향에서 옛 벗을 만나며, 소년이 과거에 급제해 이름이 걸릴 때, 혼인하고 잠자는 방에 달이 없다)라고 하자, 삼국문장으로 뽑히게 되었다.

돌아오는 길에 어느 주막에 들리니, 주막집 처녀가 말했다. "삼국문학 뽑을 때 지고 원통하게 죽은 중국 시인의 귀신 변소에서 대변을 보고 있을 때 나타

성사, 1980, 모시는사람들, 2011);〈구전설화에 나타난 이인의 면모〉,《한국설화와 민중의식》(정음사, 1985) 등에서 든 자료와 편 논의를 간추려 활용한다.

19《한국설화유형분류집》(한국정신문화연구원, 1986)에서 "23 모를 만한데 알기" 그 하위의 "231 숨은 이인 나타나기"라고 분류한 유형이다.

나 '魑魅魍魎 四大鬼'(이매망량은 네 큰 귀신)에 대구를 맞추지 못하면 불알을 잡아당겨 죽인다고 할 것이니 '琵琶琴瑟 八大王'(비파금슬은 여덟 큰 왕)이라고 해서 위기를 모면해야 합니다." 시키는 대로 해서 살아났다.

높고 낮고 알고 모르는 허상이 역전되는 단순형이다. 안다는 것이 무엇인지 한문 문구로 나타내 명확하게 알리면서, 이야기하는 사람 자기도 유식하다고 자처했다. 한문이란 별것 아니고 누구나 다 아는데 안다고 거들먹거리는 것이 가소롭다고 하는 생각도 나타냈다.

이름난 시인 신유한보다 마부 하인이 시를 더 잘 지었다. 신유한은 모르는 위기를 주막집 처녀가 깨우쳐주고 해결책까지 일러주었다. 이렇게 말한 것이 미천하고 이름 없는 사람들 가운데 뛰어난 인재가 얼마든지 있는 것을 알려주는 아주 효과적인 방법이다.

숙종대왕은 백성을 사랑하는 군주이고, 무엇이든지 잘 아는 異人이어서 변복을 하고 민정을 시찰하러 다녔다. 어느 곳에 가니 아주 흉한 자리에 무덤을 쓰고 있어 잘못을 일러주었더니, 풍수가 말했다. "白衣君王(백의군왕)이 白晝(백주)에 와서 보니 이곳은 명당입니다."

그 풍수는 평소에 움막에서 기거하고 짚신을 삼아 살아가는 사람이었다. 점심 때 식사를 하라면서 대추 굵은 것을 내놓고 "진상을 하려고 둔 것이니 드세요"라고 해서 숙종대왕이 다시 놀랐다.

"왜 이런 데서 군궁하게 지내십니까?"

이렇게 물으니 대답했다.

"이 움막은 터가 좋지요. 여기 있으면 백의군왕이 찾아옵니다."

숙종대왕은 자기가 누군지 숨기고 민정을 시찰하고 다니고, 異人이라고 자처하면서 알 것을 알고, 도울 것을 돕고자 했다. 그런 군주가 있어야 한다는 민중의 소망을 반영한 이야기에 한층 높은 발상이 추가되었다. 높고 낮고 알고 모르는 것이 역전되는 유형이 조금 복잡하게 전개되었다.

異人은 풍수의 지식을 지니고 예견을 하는 능력이 있다고 했다. 풍수는 과학이 아닌 미신이라고 나무라는 것은 무얼 모르고 하는 말이다. 설명하기 어려운 뛰어난 능력이 무엇인지 명확하게 말해주는 상징으로 풍수보다 더 나은 것이 없다. 이름 없는 백성이 숙종대왕을 능가하는 능력을 지녔다고 하려고, 풍수를 아는 수준을 비교했다.

숙종대왕은 풍수의 일반적 원리나 짐작하는데, 이름 없는 백성은 그 이상의 특수한 원리까지 꿰뚫어보았다. 숙종대왕이 와서 볼 것을 짐작하고 무덤 자리를 잡았으며, 자기 거처를 정했다. 白衣君王이 白晝에 나타나면 밝음이 중첩되어 어둠을 물리치는 힘이 있는 것까지 알았다. 숨은 진실을 낱낱이 밝혀내, 위장하고 민심을 살피던 숙종대왕을 당황하게 했다. 가난하고 미천한 사람이 위대한 능력을 지녔다고 하는, 예사롭지 않은 철학을 흥미로운 이야기를 통해 나타냈다.

謙菴(겸암) 柳雲龍(유운룡)과 西厓(서애) 柳成龍(유성룡) 형제는 차이가 많았다. 형인 겸암은 관직이 풍기군수에 그쳐 아는 사람이 많지 않고, 아우는 서애는 李舜臣(이순신)을 발탁하도록 하는 知人之鑑(지인지감)이 있고, 영의정이 되어 임진왜란의 국난에 잘 대처한 공적이 있어 널리 칭송된다. 그런데 어리석은 것 같은 겸암이 서애를 깨우쳐주었다는 이야기가 파다하게 전한다.

어느 날 겸암이 서애더러 바둑을 두자고 했다.

"동생 한번 우리 바둑 한번 두지 않겠느냐?"

"아이고, 형님하고 두면 판판이 내가 이기지. 무슨 말씀을 그렇게 하시는가요?"

"한번 두어보자구. 내가 지더라도."

두어보니 첫판에 서애가 겸암한테 졌다. 경암은 "한 번 더 두자"고 하고 비겨주었다. 세 번째 판에 다시 경암이 이겼다.

서애는 장기는 자신이 있다고 했다. 그런데 장기도 겸암이 세 판 다 이겼다. 그제서야 서애는 "우리 형님이 뭐든지 낫구나"고 깨달았다. 그러자 겸암이 말했다. "동생, 너무 아는 척을 하면 못 쓴다."

임진왜란이 일어나기 전에 일본에서 경상도 안동 하회 땅에서 상서로운 기운이 뻗쳐오르고 있음을 알고, 서애를 죽이려고 玄蘇(현소)라는 중을 자객으로 보냈다. 이를 감지한 겸암은 어느 날 서애를 불러 바둑을 두자고 했다. 國手(국수)로 불리는 서애였지만 궁지에 몰려 크게 지고 말았다. 겸암은 서애에게 36수를 훈수해 주었다.

그리고 "오늘 해질 무렵 어떤 중이 와서 바둑 내기를 하자고 하며 하룻밤 묵어갈 것을 청할 것이니, 절대 재우지 말고 나에게 보내라"라고 당부했다. 그 말대로 서애의 집에 낯선 중이 찾아와 대국을 청하자, 서애는 겸암에게 배운 36수를 동원해 크게 이겼다. 중이 하룻밤 묵어갈 것을 청하자 서애는 거절하고 겸암에게 보냈다. 겸암은 중을 재운 후 한밤중에 중의 짐을 뒤져 나온 칼을 목에 대고 호통을 쳤다.

중은 도망쳤지만 아무리 가도 제자리였다. 겸암이 술법을 쓴 것을 알게 된 중은 겸암에게 백배 사죄하며 빌었다. 그러자 겸암은 신이 떨어진 중에게 엽전 두 냥을 주면서 "서쪽으로 10리에 있는 장터에 가서 신을 사라."고 했다. 과연 겸암의 말대로 豐山(풍산) 구담 장터로 가서 신을 사 신으니, 중의 발에 꼭 맞았다고 한다.

하루는 달밤인데 경암이 서해를 찾아오더니 "동생, 오늘 중국 瀟湘江(소상강) 구경가지 않겠느냐?"고 물었다.

서애가 "형님 미쳤소? 거길 어떻게 가는가요?"고 하니,

"내가 축지법을 조금할 줄 아니 소상강 구경을 가자"고 했다.

"그럼 갑시다. 어떻게 갑니까?"

그러니까 경암이 서해더러, "동생은 아무 데도 보지 말고 내 발자국만 따라오면 된다. 만약에 한 발자국이라도 틀리면 몇 백리씩 차이가 날 테니까 큰일

난다."

그래서 몇 발자국 안 가서 가니까 거기가 소상강이었다.

"소상강 구경을 다 했냐?" 이러더니, "여기 蕭湘班竹(소상반죽)이 있으니 가져 가라"고 했다.

소상반죽이 무어냐 하면, 예전에 요임금이 죽어 황후들이 비통하게 울다가 눈물이 다 말라서 없어지고 피물이 대나무가 묻어, 소상강변 강가에 대나무는 핏자국이 지금도 나 있다고 한다.

"거기 소상반죽을 언제든지 써 먹을 날이 있으니까 그걸 筆囊(필랑)에다 넣어 도포 속에다 간직하고 다니라"고 했다.

"형님! 왜 그러는가요?"

"언제든지 한번 써 먹을 날이 있으니까 꼭 준비를 해가지고 다녀라."

겸암이 이렇게 당부했다. 형님을 그때부터 믿으니까 시키는 대로 했다.

임진왜란이 터지고 李如松(이여송)이 들어와 전쟁을 할 땐 용의 간을 먹는다고 하면서, 용의 간은 소상반죽으로 먹어야 하니 내놓으라고 트집을 잡았다. 서애가 두말 않고 筆囊(필낭)에서 소상반죽을 꺼내 주니, 이여송이 놀라서 "조선에 이런 인물이 있느냐?"고 했다.

높고 낮고 알고 모르는 허상이 역전되는 양상이 단순하지 않은 복합형이다. 아는 것이 문구나 풍수 정도가 아니고, 여러 가지로 나타나는 능력이다. 바둑이나 장기를 잘 두고, 하룻밤에 중국을 다녀오고, 전란에 대처하는 방법을 아는 것까지이다. 이 이야기는 많이 안다는 사람보다 더 아는 사람이 있고, 유식 위에 무식이 있다고 일반적인 의미만 지니지는 않았다. 유성룡이 이순신을 발탁하도록 하는 知人之鑑이 있고, 임진왜란의 국난에 잘 대처하는 명재상이었던 이유가 무엇이었던가 하는 의문을 형의 가르침을 들어 풀어준다.

위의 여러 이야기는 유식 위에 무식이 있다고 하는 데에 더 보태, 존귀하고 미천하고, 유명이고 무명인 차별도 전복시켰다. 유식이 무식이고 무식이 유식이며, 존귀가 미천이고 미천이 존귀이며, 유명이 무명이라고 했다. 이것은 생극론이다. 생극론이 세상을 대등하게 하는 이치를 명확하게 말해준다.

3

李之菡(이지함)은 움막에서 살고 있어, 호를 土亭(토정)이라고 했다. 무위도 식하는 작은아버지가 있어, 돌아다니며 비결을 봐 주고 밥이나 얻어먹게 하려고 비결책을 만들어 주었다. 그것이 《土亭祕訣》(토정비결)이다. 너무 적중해 몇 군데 틀리게 고쳐 놓았다고 한다.

토정이 보니까, 당진 기시지리에서 얼마 안 가 한진나루가 있는데, 그 일대가 바다가 밀려와 물에 잠길 것 같다고 했다. 그래도 주민들은 별로 믿지 않았다. 토정은 날짜와 시간을 기다리면서 물가에서 하루 묵었다. 소금장사 한 사람이 한 집에서 투숙을 하게 되었다. 토정은 시간이 곧 될 것을 예상하고 문을 열었다 닫았다 해가며 들락날락 노심초사했다. 소금장사가 아랫목에서 노상 쿨쿨 자는 것을 보고, "당신 일어나서 피신 준비를 해야지 잠만 자면 어떻게 하겠느냐?"라고 했다. 그러니까 소금장사는 "아직 시간이 멀었어."라고 했다.

얼마 있다가 소금장사가 일어나 말했다. "아, 이제 시간이 됐으니 피신해야겠다." 소금장사가 소금 짐을 지고 산에 올라가는 것을 보고 토정도 따라갔다. 소금장수는 그 중간 자리에 가다가 "여기면 된다"하고 작대기로 선을 그었다. 물이 거기까지만 들어왔다고 한다. 삽교천을 막은 그곳이 전부 육지였는데, 그 때에 물이 들어왔다. 지금은 삽교천 제방을 막아 육지가 되었다.

토정이 牙山(아산) 원으로 있을 때 읍내 뒷산에 아전을 데리고 순찰을 나갔다. 순찰을 나가다가 금덩어리가 있는 것을 알아보고 아전에게 말했다. 그러자 아전은 욕심이 생겼다. 토정은 늘 지네 생즙을 먹고, 生栗(생률)로 해독을 했다. 아전은 그 금에 욕심이 나서, 미루나무를 깎아 생률처럼 만든 것을 올렸다. 해독할 수 있는 시간이 지나 토정이 죽고 말았다.

이런 이야기는 여러 층위의 의미를 지닌다. 유식 위에 무식이 있다고 하는 데에 더 보태, 존귀하고 미천하고, 유명이고 무명인 차별도 전복시켰다. 무엇이든 다 안다고 자부하는 토정이 자기보다 더 아는 소금장사를 만나보고도 반성하지 않고 화를 당한 것을 보고 교훈을 찾게 한다.

《토정비결》을 조금 고친 것은 세상을 두려워할 줄 아는 처신이어서 다행이다. 지네 즙을 먹고, 금덩어리를 알아보고 하는 것은 지나친 짓이어서 죽음을 자초했다. 자기가 죽게 되는 것을 모르는 이인은 이인이 아니다. 과신과 허명을 경계해야 한다고 준엄하게 일러준다.

4

格庵(격암) 南師古(남사고)는 풍수를 잘 보는 異人(이인)으로 이름이 크게 났다. 《格庵遺錄》(격암유록)이라는 秘記(비기)를 남겼는데 해독하는 사람이 드물다. 그런데 자기 아버지 무덤을 최고의 명당에 쓰려고 아홉 번 이장을 해도 열 번째 또 실패했다. 욕심이 눈을 가렸기 때문이다.

열 번째 자리는 飛龍上天(비룡상천, 나는 용이 하늘에 오르다) 자리인 줄 알

앉는데, 일꾼들이 노래하는 말을 듣고 다시 보니 枯蛇掛樹(고사괘수, 마른 뱀이 나무에 걸려 있다)였다. 그 자리에서 피를 토하고 죽었다.

畏窩(외와) 崔琳(최림)은 異人이지만 능력을 드러내지 않고 숨어 지냈다.[20] 먹을 것이 없다고 아내가 불평을 심하게 하니, 밖을 내다보라고 했다. 마당에 쌀가마니가 그득하게 쌓여 있었다.

아내가 헐어서 한 되로 밥을 짓고 나니, 쌀가마니가 다 없어졌다. 당황해 하는 아내를 위로하면서 말했다. "들판에 널려 있는 落穀(낙곡)은 새들이 먹을 것이라. 거두어들였다가 다시 보냈다. 우리가 먹으면 새들은 굶으니, 어려운 대로 견디자."

반대가 되는 이 두 이야기는 거듭 말하는 이치를 확인하고, 결론을 분명하게 내리는 작업을 함께 한다. 욕심이 눈을 가리면, 명풍수라는 사람이 무덤 일꾼들도 아는 사실조차 모르게 된다. 화를 자초해 처참하게 된다. 능력을 있는 대로 발휘하면 피해를 끼칠 수 있으니 감추어두어야 한다. 어려움을 견디면서 겸허하게 살아야 한다.

자기를 돌보려고 하지 말고, 남들을 배려해야 한다. 새들도 사람만큼 소중하게 여겨야 한다. 들의 낙곡을 거두어들일 수 있는 능력보다 새들의 먹이를 건드리지 말아야 하는 것을 아는 능력이 더욱 소중하다. 이것이 많이 아는 사람이 살아가는 자세이다.

---

20 崔琳은 崔濟愚의 친척이고 득도해 동학을 이룩하는 데 도움이 되었음을 《동학 성립과 이야기》에서 밝혀 논했다.

5

책 공부는 헛된 것이 예사이고 삶 공부가 더욱 알차다. 그래서 유식이 무식이고 무식이 유식이다. 유무식에 관한 대등론은 이것을 기본으로 한다.

지나치면 무너진다. 권력이나 재물뿐만 아니라, 지식도 지나치면 생겨나지 않을 수 없는 자부심이 자해 작용을 해서 스스로 무너지게 된다. 이렇게 말하는 대등론은 생극론의 한 영역이다.

이름이 나면 그 이름이 자기가 주인이라고 자처하고 나서서, 패거리를 모아 세상을 어지럽히는 횡포를 함부로 저지를 염려가 있다. 이름을 숨길 줄 아는 경지에 이르러야 異人일 수 있다. 알려질 만한 이름이 없는 萬百姓은 異人이 되려고 애쓸 필요가 없다. 대등론이 무명론이다. 이에 관한 논의를 나중에 제대로 한다.

동아시아 공동체를 위하여

일본인과 속 넓게 화합하자

이순신 이야기 새로 해야

패권주의와 결별하는 행복

동아시아공동체를 위하여

하나였던 동아시아

天下同文(천하동문)이라고 옛 사람들은 말했다. 이 말로 동아시아
는 하나임을 나타냈다. 文은 한문이다. 한문을 함께 사용해 공동문어
로 삼는 곳이 동아시아이다. 공동문어는 국가의 경계를 넘어서서 문
명 공동체를 이루었다.

그 내력이 옛 사람들의 글에 잘 나타나 있다. 9세기의 당나라 시
인 溫庭筠(온정균)이 발해 왕자에게 지어준 시를 보자.[1]

> 疆理雖重海 나라 사이는 비록 바다가 여러 겹이어도,
> 車書本一家 수레와 글에서는 본디 한집안이네.
> 盛勳歸舊國 성대한 공훈 세우고 고국으로 돌아가면서,
> 佳句在中華 아름다운 글귀는 중국에 남겨두셨다.

바다가 여러 겹 가로막혀 있다는 말로 일컬은 먼 나라 발해의 왕
자가 당나라에 머물면서 아름다운 글귀를 남겼다고 했다. 수레라고
일컬은 제도, 같은 글로 나타내는 정신이 상통해 쉽사리 가까워질

---

1 〈送渤海王子歸本國〉 처음 네 줄을 든다.

수 있었다. 문명의 동질성은 국가 구분을 넘어선다는 사실을 분명하게 확인했다.

동아시아의 범위는 중국과 한국을 넘어서서, 일본이나 월남에까지 이르렀다. 그 전 영역에서 같은 생각을 했다. 17세기 일본인 학자 藤原惺窩(등원성와, 후지와라 세이카)의 언행을 제자 林羅山(임라산, 하야시 라잔)이 기록한 데 다음과 같은 말이 있다.[2]

> 理之在也 與天之無不幬 似地之無不載 此邦亦然 朝鮮亦然 安南亦然 中國亦然 東海之東 西海之西 此言合此理同也 南北亦然 是豈非至公至大至正至明哉
> 理(이)가 있음은 하늘이 덮지 않은 것이 없고, 땅이 싣지 않은 것이 없음과 같다. 이 나라에서도 그렇고, 조선에서도 그렇고, 안남에서도 그렇고, 중국에서도 그렇다. 동해의 동쪽이나 서해의 서쪽에서도 이 말이 이 理와 합치되는 것이 같다. 남북에서도 그렇다. 이것이 어찌 지극히 공정되고, 지극히 크고, 지극히 바르고, 지극히 밝지 않겠는가.

이것은 알차게 간추린 동아시아문명론이다. 모든 것을 하늘이 덮고 땅이 싣는 것만큼 보편적인 理가 있다고 하는 데서 문명론이 시작된다. 그런 보편적인 理를 공유해야 문명이 이루어진다. 어느 지역, 어떤 사람들에게만 통용되는 특수하거나 배타적인 사고는 문명일 수 없다.

동일한 理를 일본·조선·안남·중국에서 함께 인정한다고 하면서, 동아시아문명권의 범위를 밝혔다. 일본을 가장 먼저 든 것은 자기가 일본 사람이기 때문만이 아니고, 일본이 동아시아문명권의 일원임을

---

2 〈惺窩問答〉, 《林羅山文集》 권32

강조해서 말할 필요가 있었던 것이 더 중요한 이유일 수 있다. 조선은 가까이 있고 일본에서 하는 학문의 직접적인 원천을 제공했으므로 두 번째로 들었을 것이다. 안남을 빼놓지 않은 것은 식견이 넓은 증거이다. 중국을 맨 뒤에 둔 것은 무슨 까닭인가? 중국은 중심에 있다거나 우월하다든가 하는 생각을 버리고, 네 나라가 모두 대등하다고 해야 동질적인 보편주의가 온전하다고 알려주었다고 할 수 있다.

"동해의 동쪽이나 서해의 서쪽에서도", "남북에서도"라고 한 것은 동아시아 밖의 세계를 거론한 말이다. 구체적인 지명을 열거할 필요는 없다고 여기고 방위만 들었다. 그 어느 곳에서도, 동아시아 문명의 理는 지극히 공정하고, 크고, 바르고, 밝다고 인정해야 하는 보편적인 타당성을 가진다고 했다. 동아시아가 다른 여러 문명권의 인류까지 깨우쳐주어야 한다고 여긴 것으로 이해할 수 있다.

중세문명의 보편성

동아시아문명을 이해하려면 문명의 개념을 분명하게 해야 한다. 사람이 살아가면서 이룩한 가치관 및 그 실현방식 가운데 보편적인 성격의 상위개념이 문명이고, 개별적 특성을 지닌 하위개념이 문화이다. 문명은 민족이나 국가의 구분을 넘어서서 함께 이룩하고 향유하는 공유재산이다. 문화는 민족이나 국가 또는 집단이나 지역에 따라 특수화되어 있다.

이런 의미의 문명은 중세의 산물이다. 고대문명은 아무리 놀라워도 중세인이 수용하지 않은 것들은 유적이나 유물로만 남아 관광의 대상이 될 따름이다. 중세문명은 가시적인 외형보다 내면의 의식이나 가치관에서 더욱 생동하는 기능을 수행했으며 중세가 끝난 뒤에도 지속적인 영향을 끼치고 있다.

문명은 공동문어와 보편종교를 갖추었다. 동아시아의 보편종교는 유교와 불교이다. 유교만으로 부족해 불교를 받아들였다. 한문 대장경을 만들고 간행해 함께 이용하면서 문명권의 결속을 다졌다. "모든 중생은 불성을 지니고 있다"는 불교 공통의 사상을, 한문의 특성에 맞게 간결하면서도 깊이 있게 나타내 보편주의 사고의 수준을 높였다.

동아시아의 한문·유교·불교문명은, 남·동남아시아의 산스크리트·힌두교·불교문명, 서남아시아북·동아프리카의 아랍어·이슬람문명, 유럽의 라틴어·기독교문명과 나란히 형성되고 주목할 만한 공통점을 지녔다. 네 문명은 천여 년 동안 공존하면서 유사한 변천을 겪었다. 그 시기를 중세라고 하는 것이 합당한 시대구분이다. 이렇게 하면 세계사를 통괄해서 서술할 수 있다.

고대문명은 좁은 지역 특정 집단의 독점물이었으나, 중세문명은 광활한 영역에서 다수의 집단 또는 민족의 합작으로 이루어졌다. 동아시아에서 한문을 공동문어로 만드는 작업을 중국 밖의 여러 민족이 담당했으며, 고구려가 5세기초에 〈廣開土大王陵碑〉(광개토대왕릉비)를 이룩해 그 선두에 나선 증거를 남겼다. 여러 북방민족이 오늘날의 중국 강역에 들어와 불교를 정착시킨 것 또한 획기적인 진전이었다. 鮮卑族(선비족)이 세운 나라 北魏(북위)에서 雲崗(운강)과 龍門

(용문)의 석불을 만들어 동아시아 불교미술의 전형을 창조한 것도 주목하고 평가할 만하다.

동아시아문명은 창조에 참여한 여러 나라, 많은 민족의 공유재산이다. 각기 상이한 특성을 지닌 다양한 민족문화와 만나 더욱 생동하게 된 후대의 변화가 또한 소중하다. 동아시아는 하나이면서 여럿이고, 여럿이 모여 더 큰 하나를 이루었다.

모든 문명권에는 중심부·중간부·주변부가 있다. 동아시아에서 중국은 중심부이고, 한국과 월남은 중간부이고, 일본은 주변부이다. 중심부에서는 공동의 문명이 일찍 자리 잡아 높은 수준으로 발전하고, 주변부에서는 민족문화의 전통이 오랜 기간에 걸쳐 적극적인 작용을 했으며, 중간부는 양자의 특징을 함께 지녔다. 공동문어문학은 중심부·중간부·주변부 순으로 발전하고, 민족어문학은 그 반대로 주변부·중간부·중심부 순으로 성장한 것이 여러 문명권에서 일제히 확인되는 공통된 사실이다.

중심부·중간부·주변부의 우열은 시대에 따라 달라졌다. (1) 중심부가 일방적인 우위를 자랑하는 시대가 있다가, (2) 중간부가 크게 발전하는 단계에 이르고, (3) 주변부가 분발해 새로운 시대를 창조하는 데 이른 과정을 어디서나 확인할 수 있다. 이러한 사실에 입각한 시대구분론을 정립해, 나는 (1)을 중세전기, (2)를 중세후기, (3)을 중세에서 근대로의 이행기라고 일컫는다.[3]

어느 국가가 강성해지면 독자적인 문명을 이룩할 수 있는 것은 아

---

3 《세계문학사의 전개》(지식산업사, 2002)를 내놓아, 이런 시대구분에 입각해 세계 문학사를 통괄해 서술하는 데까지 이르렀다.

니다. 일본에서 문명을 논한 대표적인 저작에서[4] 중국문명에서 일본문명이 독립되었다고 한 것은 이중으로 부적절하다. 동아시아문명을 중국문명이라고 한 것이 명칭 사용의 잘못이라면, 일본문명이 독립되었다는 것은 문명의 본질에 대한 오해이다. 공동문어와 보편종교를 이룩해 여러 민족이 공유할 수 있게 하는 작업을 하지 않아 일본문명이라고 할 것은 없다.

미국이 강성해졌다고 해서 유럽 라틴어·기독교문명에서 벗어나 독자적인 문명을 이룬 것은 아니다. 문명의 충돌에 관한 문제작에서[5] 유럽과 미국은 같은 문명권임을 강조해서 말하면서, 일본은 독자적인 문명을 이루었다고 했다. 문명의 이론을 다시 만들어 일본의 경우를 논한 것은 아니다. 저자가 국제정치학자여서 깊은 이치를 찾으려고 하지는 않고 당면한 문제 해결에 기여하는 정책을 내놓으려고 했다. 문명의 충돌에서 자기네가 유리한 위치를 차지하려고 동지는 단합시키고 적은 분열시키는 작전을 마련했다.

문명은 충돌하기만 하는 것은 아니다. 문명은 충돌하면서 화합하고, 화합하면서 충돌한다는 양면을 함께 파악하면서, 과거와 현재, 현재와 미래를 일관되게 연결시키는 문명론을 마련해야 한다. 동아시아문명을 제대로 알려면 다른 여러 문명과 비교해 문명 일반론을 이룩해야 한다.

---

4 伊東俊太郎, 《比較文明》(東京: 東京大學出版會, 1985)

5 Samuel P. Huntington, *The Clash of Civilization and the Remaking of World Order* (New York: Simon and Schuster, 1996)

근대 이후의 변화

보편주의 시대인 중세를 무너뜨리고 민족주의를 이념으로 한 근대가 시작된 것은 세계사의 대변동이다. 중세에는 상대적으로 뒤떨어졌던 유럽문명권이 배타적인 우월성을 자랑하는 근대국가를 먼저 만들어 다른 나라와 치열하게 경쟁하는 것이 선진이라고 했다. 그 충격이 지구 전역에 미쳐 뒤떨어진 곳들이 분발하지 않을 수 없게 했다.

근대유럽이 내세운 이념은 'nationalism'이라고 통칭된다. 번역해 '민족주의' 또는 '국민주의'라고 하는 것인데, 구체적인 양상은 경우에 따라 달랐다.[6] 문명권 주변부인 영국은 근대국가를 만드는 데 앞장서서 후진이 선진임을 입증했으면서, 고립을 자랑으로 삼고 자기네의 애국주의는 민족주의의 일반적인 개념으로 이해할 수 없는 특수성이 있다고 했다.[7] 중심부의 프랑스는 민족주의를 보편적 가치로 고양시켜, 자유·평등·박애에 관한 인류의 이상 실행이 자기 나라의 사명이라고 했다. 중간부라고 할 수 있는 독일은 민족주의의 실현을 위해 통일을 최상의 과업으로 삼았다.

동아시아 각국은 유럽의 전례에 따라 후진에서 벗어나 선진의 길을 가야 한다고 여겨 문명권의 동질성을 버리고 민족문화를 발전의 동력으로 삼고자 했다. 그 작업을 수행하는 구체적인 방법은 나라에

---

6 Anthony D. Smith, *National Identity*(Reno: University of Nevada Press, 1991); Daniel Baggioni, *Langues et nations en Europe*(Paris: Payot & Rivages, 1997)

7 Krishan Kumar, *The Making of English National Identity*(Cambridge: Cambridge University Press, 2003)

따라 달랐다. 동아시아문명에서 차지했던 위치와 근대에 들어서서 새롭게 형성된 처지라는 두 가지 요인이 결합되어 상이한 노선을 선택하도록 했다.

동아시아의 주변부 일본이 먼저 변화를 보이면서 영국의 전례를 받아들여 더욱 극단화했다. 문명의 공유재산은 발전에 장애가 된다고 여겨 폄하하고, 자기네 고유문화가 배타적인 우월성을 지닌다고 했다. 萬歲一系(만세일계)의 天皇(천황)이 이어온 신성국가의 정신이 절대적 가치를 지닌다고 자부하고, 'nationalism'은 별개의 개념으로 여겨 일본어로 번역하지 않고 'ナショナリズム'이라고 하는 것이 관례이다. 자기 인식에 지나치게 신경을 쓰다가 자폐증이라고 의심할 수 있는 증상에 사로잡혀, 일본인론을 거듭 저작하고 지나칠 정도로 탐독한다.[8]

다른 한편으로는 새 시대의 공유재산이 유럽문명에 있다 하고, 아시아에서 벗어나 유럽의 일원이 되어 미개한 이웃을 다스릴 자격을 가진다고 했다. 이것이 바로 脫亞入歐(탈아입구)의 논리이다. 福澤諭吉(복택유길, 후쿠자와 유키치)는 古來舊習(고래구습)에 머무르고 있는 "두 惡友(악우)" 중국 및 조선과 결별하고, 음양오행 같은 미신을 버리고, 일본은 유럽의 과학을 새로운 가치로 삼아야 한다고 했다.[9] 그 뒤에 일본인은 백인의 혈통을 지녔다고도 하고, 일본의 언어를 영어로 바꾸어야 한다는 주장이 나왔다.

---

8 船曳建夫, 《'日本人論'再論》(東京: 日本放送出版協會, 2003); Yumiko Iida, *Rethinking Identity in Modern Japan, Nationalism and Aesthetics*(London: Routledge, 2002)

9 〈脫亞論〉, 《福澤諭吉全集》 2(東京: 岩波書店, 1933)

중국은 문명권 중심부의 영역을 최대한 확대하고, 위세를 한껏 높인 근대국가를 만들었다. 선구자 孫文(손문)은 民族主義(민족주의)을 삼민주의 이념의 하나로 삼고 정당 이름은 國民黨(국민당)이라고 해서, 'nationalism'의 두 가지 번역을 함께 사용했다. 중국 대륙에서 이룩된 문명의 전폭을 자기네 민족문화라고 하고, 상이한 거주자를 모두 포괄하는 거대한 국민국가를 만들어 중화민국이라고 했다. 중화인민공화국이 그 뒤를 이어 국민을 인민이라고 했다.

동아시아 공유재산을 모두 중국이 독점해 마땅한 사유재산이라고 했다.[10] 한문고전 經史子集(경사자집)에 대한 탐구가 모두 중국의 國學(국학)이라고 하는 주장을 계속 편다. 중국의 국학이 동아시아학과 어떤 관련을 가지는지 말하지 않고, 동아시아학은 존재하지 않는다고 여긴다.

중국의 국민 또는 인민은 지배적인 위치에 있는 다수자 漢族(한족)만이 아니다. 많은 민족이 공존한다는 것을 공식적으로 인정한다. 문학사 서술에서는 중국문학은 한족의 문학이라고 하고, 소수민족의 기여는 무시한다.[11] 소수민족문학은 무시하다가 중국의 용어로 民間文學(민간문학)이라고 하는, 구비문학으로 남아 있는 것들만 인정하고 문학사의 주변영역으로 고찰한다.

중화민족이라는 가상의 민족을 만들어 중국문학은 중화민족의 문

---

10 이미 고전이 된 錢穆,《國學槪論》(1931)부터 근래 대만에서 나온 杜松柏,《國學治學方法》(臺北: 五南圖書, 1998)에 이르기까지 일관되게 보이는 주장이다.

11 鮮卑族인 元稹, 元吉, 元好問, 위그르족인 貫云石, 몽골족인 薩都剌, 蒲松齡, 回族인 李贄, 만주족인 曺雪芹을 모두 한족이라고 한다. 문학사의 주역으로 활동한 뛰어난 작가는 모두 한족이라고 이해하도록 한다.《동아시아문학사비교론》(서울대학교출판부, 1993)에서 이러한 사실을 지적하고 비판했다. (196-198면)

학이라고 하기도 한다.12 국가와 민족을 동일시해 중국인을 중화민족이라고 하는 것이다. 한족과 다른 여러 민족의 집합체가 한 민족일수 없다는 사실을 무시하고, 여러 민족이 각기 지닌 문학의 상이한유산을 모두 중화민족문학이라고 한다.13

월남은 앞의 두 나라와 다른 길을 택했다. 식민지 통치자 프랑스가 유럽문명의 우월성을 내세워 통치를 정당화하는 데 맞서서, 자기네 사유재산만으로는 역부족인 것을 알고 동아시아의 공유재산까지들어 반론을 제기했다. 프랑스가 자랑하는 자유·평등·박애의 이상이식민지 통치에서는 허위임을 潘佩珠(반패주, 판보이쩌우)가 《越南亡國史》(월남망국사)에서 증언했다.

월남인은 대응 논리를 마련해야 했다. 위선적인 통치가 악랄하게자행되는 것을 비판하는 데 그치지 않고 프랑스가 표방하는 자유·평등·박애에 대응하는 가치관을 제시해야 했다. 유교에서 추구하는 이상이 중국의 것이라고 하지 않고 월남인의 자랑이며 능력의 원천이라고 했다.

널리 알려진 월남사 개설서에서는14, 유학자 가운데 한쪽은 국왕을위하고 민중을 억누르고 특권을 옹호했으나, 다른 쪽은 올바른 도리

---

12 《中國大百科全書 中國文學》(北京: 中國大百科全書出版社, 1986) 서두의 周揚·劉再復, 〈中國文學〉에서 "中國文學, 卽中華民族的文學", "中華民族, 是漢民族和蒙, 回, 藏, 壯, 維吾爾等55個少數民族的集合體"라고 했다.

13 근래에 《中華文學通史》(北京: 華藝出版社, 1997) 전10권을 다시 내서 중화문학사는 다민족문학사라고 하고, 소수민족문학의 의의를 인정했으나 변화의 폭이 제한되어 있다.

14 Nguyen Khac Vien, *Vietnam, une longue histoire,* Hanoi (Éditions en Langues Étrangères, 1987)

에 입각해 국가와 사회를 위한 책임을 수행하고자 했다고 했다. 외세의 침공을 물리치고 주권을 되찾을 때에는 둘이 하나가 되었다가, 왕조가 쇠망의 길에 들어서서 민중을 억압하기만 하면 뒤의 유학자들이 항거의 선두에 섰다고 했다.[15] 같은 논자의 월남유교론에서는,[16] 월남은 무인이 아닌 유학자가 존경받고 국가 요직을 담당하는 나라라고 하고, 시골 선비들이 유학의 인간주의와 도덕주의에 입각해 왕조의 폭정에 항거하는 민중운동의 선두에 섰다고 했다.

월남 학계에서는 학문하기 어려운 여건을 무릅쓰고 당대인의 정신적 각성을 촉구하는 학문적 저작을 거듭 내놓았다. 동아시아문명의 유산을 민족문화로 발전시킨 성과를 소중하게 여기고, 공유재산의 가치를 드높인 것을 자랑으로 삼았다. 사상사를 특히 중요시해 힘써 내놓은 것이[17] 그 때문이다. 그 가운데 사회과학원 철학연구소에서 낸 공동저작 《월남사상사》를 대표적인 업적으로 삼을 수 있다.[18] 거기서 몇 대목을 든다.

"월남은 여러 강대국의 침략을 당한 천여 년 동안 동포이면 서로

---

15 같은 책, 93-94면.

16 Nguyen Khac Vien, "Le Confucianisme", Alain Ruscio ed., *Viet Nam, L'histoire, la terre, les hommes*(Paris: L'Harmattan, 1989)

17 Tran Van Giau, *Su phat trien tu tuong o Viet Nam tu the ky XIX den Cach mang Thang Tam*(월남 사상의 발전 19세기부터 8월혁명까지)(Hanoi: Nha xuat ban khoa hoc xa hoi, 1973); Nguyen Tai Thur 편, *Lich su tu tuong Viet Nam*(월남사상사)(Hanoi: Nha xuat ban khoa hoc xa hoi, 1993); Quang Dam, *Nho giao xua va nay*(유교, 과거와 현재)(Hanoi: Nha xuat ban hoa, 1994); Phan Dai Doan, *Mot so van de ve nho giao Viet Nam*(월남 유교의 몇 가지 문제)(Hanoi: Chinh tri Quoc gia, 1998) 이 가운데 《월남사상사》는 이 책 후반부의 〈월남사상삼를 거울로 삼아〉에서 자세하게 고찰한다.

18 위의 주에서 두 번째로 든 것이다.

사랑하고 비호하는 의무가 있으며, 단결하면 힘이 있고, 힘을 합쳐서 협력하면 산을 움직이고 바다를 메울 수 있다는 원리를 정립했다." "중세시대의 유럽 각국의 세계관은 천주교라면, 옛적 월남의 세계관은 유교·불교·도교의 결합체이다. 이 셋은 서로 다른 종교여서 다툴 때도 있었지만, 친밀한 관계를 가지고 서로 보완해 하나의 세계관을 이루는 것이 예사였다." "월남인은 사회와 인생 문제에 관심을 많이 기울이고, 정치나 사회윤리를 중요시했다."[19]

일본이 사유재산의 가치를 주장하고, 중국이 공유재산에 대해 독점권을 주장하면서 자부심을 키우고자 한 것은 극단적인 선택이다. 그 때문에 공유재산의 의의가 무시되고, 공유재산과 사유재산의 관계 인식이 흔들렸다. 이런 잘못을 둘 다 바로잡는 길을 월남이 제시했다. 동아시아 공유재산에서 방어력을 찾은 것이 그 가치를 높이는 적절한 선택이었다. 한국은 방향을 정하지 못하고 방황을 겪었다.

일본의 침략에 맞서 싸우는 동안에는 동아시아 공유재산의 가치를 들어 새로운 공유재산은 유럽문명에 있다는 일본의 주장을 반박하고자 했다. 의병의 지도자 柳麟錫(유인석)은 《宇宙間答》(우주문답)에서 "正學術 以正人心之不正而一之也"(학술을 바르게 해서 바르지 못한 마음을 바로잡아 하나가 되게 해야 한다)고 했다. 동아시아 사상의 정수를 이어받아 그릇된 세상을 바로잡아야 한다고 했다. 이것은 지나친 이상주의여서 설득력이 부족했다.

그 다음 세대는 일본의 전례를 따라 민족고유문화인 사유재산만 소중하게 여겨 마땅하다고 하면서, 사유재산이 일본보다 못하다고

---

19 21–23면

여겨 내심으로 고민했다. 일본보다 풍족하게 지닌 공유재산을 중국의 사유재산이라고 여겨 넘겨주고 가난을 자초했다. 그래서 일본에 대항할 힘이 약화되고, 유럽문명을 주체적으로 수용할 수 있는 능력을 많이 잃었다.

일본과 중국이 빚어낸 양극단의 일탈을 바로잡고 한국의 혼미를 깨우치기까지 하려면, 월남의 선택에서 교훈을 얻어 공유재산의 가치를 재발견해야 한다. 문명권의 중간부가 이미 지닌 강점을 살리면서, 유럽문명권과 정면으로 맞서 동아시아 전체의 각성을 선도한 것을 평가하고 따라야 한다. 동아시아철학의 전통을 적극적으로 활용해 근대를 넘어서서 다음 시대로 나아가는 커다란 작업을 확인하고 함께 분발해야 한다.

동아시아 다시 알기!

동아시아에 대한 인식이 본고장에서는 흐려진 동안, 유럽문명권에서 동아시아에 대한 고찰에 열의를 가지면서 범위를 세 가지로 잡는 저작을 내놓았다. (가) 중국·한국·일본이 동아시아라고 한다. (나) 중국·한국·일본·월남이 동아시아라고 한다. 두 경우에는 동아시아가 동남아시아나 남아시아와 구별된다. (다) 중국·한국·일본·월남에다 동남아시아 여러 나라를 보태 동아시아라고 하기도 한다. 이 경우에는 동아시아가 남아시아나 서아시아와 구별된다.[20]

(가)는 정치사 위주의 관점이다. 중국과 일본이 힘겨루기를 하는

사이에서 한국인은 힘겹게 살아왔다고 말했다. (나)는 지리학의 관점에서 문명의 내력을 고찰했다. 사실 정리 이상의 작업은 하지 않았다. (다)는 오늘날의 경제 상황을 말할 때 흔히 사용하는 개념이다. 동아시아의 경제 발전이 유럽에 위협이 된다고 경계하는 것을 흔히 볼 수 있다.

유럽문명권에서 관심을 가지기 전에 동아시아문명은 (나)의 범위에서 존재했다. 동아시아는 한문을 공동문어로 삼은 한문문명권이다. 한자문명권이라고도 하는 것은 적절한 용어가 아니다. 한자를 사용하지 않아 월남이 동아시아에서 벗어나 다른 문명권으로 이주한 것은 아니다.

현재가 아닌 과거에 근거를 두어, 중세시기에 한문을 공동문어로 하던 곳이 동아시아라고 해야 한다. 공동문어와 민족어가 兩層言語(양층언어, diglossia)의 관계를 가진 시대가 중세이다. 공동문어를 규범화된 문학어로, 보편종교의 경전어로 함께 사용하는 여러 민족이 한 문명을 이루어, 그 유산이 오늘날까지 계승된다.

동아시아 전체의 모습을 새롭게 고찰하는 작업을 나는 《동아시아문학사비교론》(서울대학교출판부, 1993), 《하나이면서 여럿인 동아시아문학》(지식산업사, 1999)을 비롯한 여러 책을 써서 시도했다. 《동아시아문명론》(지식산업사, 2010)을 다시 내서 지금까지의 논의를 총괄했다.

---

20 (가)는 Edwin Reishauer and John K. Fairbank, *East Asia, the Great Tradition* (Boston: Mifflin, 1960), (나)는 Albert Kolb, *Ostasien: China, Japan, Korea, Vietnam, Geographie eines Kulturerteiles* (Heidelberg: Quelle & Meyer, 1963), (다)는 Hélène Briones et Cédric Tellenne, *L'Asie orientale, puissance en expansion*(Paris: Ellipses, 2004)이 좋은 예이다.

오늘날의 동아시아 각국 상호 관련에 관해 정치나 경제를 들어 고찰하면서 협력의 필요성을 말하는 언설은 흔히 들을 수 있다. 동아시아가 하나이게 하는 오랜 내력은 관심 밖에 두어 피상적인 수준에 머무르는 것이 예사이다. 논의를 심화하려면 동아시아문명론을 제대로 갖추어야 한다. 문명 일반론에 입각해 동아시아의 과거와 현재를 연결시켜 고찰하는 데 힘써온 성과를 널리 알리지 않을 수 없다.

근대국가를 만들고 민족주의를 주장하는 데 앞장선 유럽이 이제 하나가 되고 있다. 두 차례 세계대전을 일으켜 피를 흘린 과거를 잊고 통합을 실현하고 있다. 동아시아 각국이 단독으로 그 쪽과 맞서 경쟁하는 것이 더욱 난감하게 된 상황이다. 동아시아의 통합도 필연적인 과제로 등장한다. 동아시아가 하나가 되어야 유럽과 선의의 경쟁을 하면서 세계가 하나가 되도록 하는 데 적극적으로 기여할 수 있다는 것을 누구나 인정하기를 바란다.

동아시아 여러 나라는 크기, 정치체제, 경제 형편이 서로 많이 달라 통합이 어렵다. 정치나 경제의 통합을 앞세운다면 실현이 가능할지 의문이다. 정치·경제와 구별되는 문화가, 문화를 대상으로 하는 학문이 앞서서 문화공동체 또는 학문공동체를 만드는 것이 실현 가능하고 효과가 큰 방법이다.

이런 지론을 자세하게 풀어 밝히는 작업을 《동아시아문명론》에서 다섯 부분으로 나누어 진행했다. 1부는 서장이다. 〈논란을 벌이면서〉에서 중국에서 한 강연 원고를 수록하고 동아시아문명 재인식을 위한 전반적인 문제점을 검토했다. 제2부에서 제4부까지에서는 文史哲(문사철) 순서로 각론을 전개했다.

제2부에서는 어문을 고찰했다. 〈한문의 유산 재평가〉, 〈한문학과

민족어문학〉에서 광범위한 논의를 폈다. 〈華夷(화이)와 詩歌(시가)의 상관관계〉는 중국에서 열린 국제학술회의에서 발표한 한문 논문이며 동아시아 시가사 전개의 핵심 맥락을 제시했다. 〈한일 시가의 산과 바다〉는 일본에서 열린 학술회의에서 발표하고 두 나라 시가사의 공통된 전개를 찾았다.

제3부에서는 역사에 관한 논의를 했다. 〈책봉체제와 중세문명〉에서는 천자와 국왕 사이의 책봉체제와 같은 것이 동아시아뿐만 아니라 다른 여러 곳에도 모두 있던 중세문명의 공통된 특징이었음을 광범위한 비교고찰을 통해 밝혔다. 〈한월 국사서의 근접 양상〉에서는 책봉체제 인식의 공통점을 중심으로 두 나라 국사서를 고찰했다. 〈신분제 해체 과정 비교〉에서는 동아시아 각국의 양상을 유럽 여러 나라와 견주어 살폈다.

제4부에서는 철학을 문제 삼았다. 〈儒(유)·佛(불)·道家(도가)의 사고형태〉에서는 철학의 연원을 찾았다. 〈동아시아 철학사를 위하여〉에서는 동아시아 철학이 하나이면서 여럿인 양상을 들어 철학사 서술의 방향을 제시했다.

제5부는 마무리이다. 〈동아시아학문의 길〉이라는 표제를 내걸고 동아시아 각국의 학문이 각기 장점을 살려 협동하면서 유럽문명권 학문보다 앞서 나아갈 수 있는 길을 찾았다. 그 요지가 이 글 후반에 제시된다.

동아시아학문을 이룩해야

동아시아는 하나이면서 여럿이었다. 문명은 하나이면서 문화는 각기 달라 차이가 있었다. 근대에 이르러서는 차이가 더 커졌다. 차이는 인정하면서 넘어서야 한다. 和而不同(화이부동)의 원리를 오늘날 학문에서 살려야 한다.

동아시아 각국의 학문이 잘못되고 있다고 비판하면 끝이 없다. 중국은 대국주의의 환상에 사로잡혀 있다. 일본은 침략을 일삼던 시기의 착각을 버리지 않는다. 한국의 대학은 미국 학문 수입업에 치우쳐 차질을 빚어낸다. 월남은 전쟁의 피해가 너무 심해 학문을 깊이 있게 할 여력이 남아 있지 않은 것 같다. 이런 말을 길게 되풀이하면 비관에 빠져 동아시아 학문은 희망이 없는 것처럼 보인다. 동아시아의 학문이 유럽문명권과 대등한 수준에 이르리라고 기대하지 말자. 이렇게 생각하기 쉽다. 동아시아 각국은 각기 그 나름대로 장점이 있다. 장점의 이면은 단점이다. 단점을 고치려고 하지 말고 장점을 살려야 한다. 서로 다른 장점을 함께 살려야 동아시아학문이 큰 규모에서 역동적인 발전을 한다. 유럽문명권의 학문은 함께 나아가는데 동아시아 각국이 각기 고립되기만 해서는 뒤떨어지지 않을 수 없다. 각국의 장점을 서로 받아들여 동아시아 학문을 이룩해야 유럽문명권과 선의의 경쟁을 하고 앞서 나아갈 수도 있다.

일본의 장점은 정확한 지식이다. 다루는 대상을 세분하고 특수화해서 사실 고증을 엄밀하게 한다. 천 년 가까운 기간 동안 노력한 결과 한문고전에 대한 정밀한 고증과 번역을 큰 자랑으로 삼는다. 불교학에서 한 걸음 더 나아가 인도철학을 공부하면서 산스크리트를 열심히 익혀, 한역 불교경전을 원전과 대조해서 검토하는 작업을 다른 어느 곳보다 먼저 대단한 수준으로 한다. 유럽 학문을 수용하면서도 번역 주해를 정확하게 해 기초를 철저하게 다진다.

중국은 서쪽이 열려 있어 서역, 인도, 유럽 등지의 문명과 문화를 계속 받아들였다. 이슬람교가 당나라 시절 이래로 면면하게 살아 있다. 또한 각기 자기 언어, 풍속, 문학 등을 간직하고 있는 많은 소수민족이 있다. 중국인이라는 사람들, 중국어라는 언어도 지역에 따라 크게 다르다. 소수민족의 삶에 대해 자료를 조사하는 작업이 이어지고 있다. 다양한 경험 자체가 높이 평가해야 할 장점이다.

월남이 프랑스의 식민지 통치와 투쟁해 해방을 얻고, 미국의 침공에 맞서서 승리한 충격을 잊지 말아야 한다. 신구 제국주의의 주역인 유럽문명권의 두 강자에 대한 승리를 다른 어디에서도 성취하지 못했으므로 충격을 교훈으로 삼는 것이 마땅하다. 정치 노선은 상이하더라도 강약과 우열을 뒤집는 용단이나, 비결을 밝혀서 얻는 성과는 동아시아학문을 비약적으로 발전시키고 유럽문명권의 세계 제패를 종식시키는 학문혁명을 이룩하는 데 활용하는 것이 마땅하다.

한국은 이치의 근본을 따지면서 과감한 설계를 하는 것이 소중한 전통임을 알고 이어받아야 한다. 장점을 주고받으면서 서로 도우면 힘이 커진다. 과감한 설계, 정밀한 고증, 다양한 문화체험, 세계사를 바꾼 충격까지 보태면 빠진 것이 없다. 그 이상 바랄 것이 없다. 다른 어느 문명권에도 없는 행복한 조건을 동아시아는 갖추었다. 그러나 이 넷을 그냥 합칠 수는 없다.

각자의 장점은 아주 이질적이어서 상극의 관계를 가진다. 과감한 설계는 다른 셋을 무시해야 가능하다. 정밀한 고증, 다양한 문화체험, 세계사를 바꾼 충격에 관해서도 같은 말을 할 수 있다. 바로 그 배타성이 결정적인 단점이다. 단점을 시정하려면 상극의 관계를 가진 다른 것들과 만나 상생을 이루어야 한다. 상극을 초래한 단점이 장점이 되어 상생을 이룬다. 이 작업을 한국에서 선도할 수 있다.

한국은 철학적 논란을 과도하게 한 나라라고 한다. 공리공론에 치우치고 실리실용을 등한하게 여기다가 나라가 망했다고 한다. 일본과의 비교에서 이러한 사실이 아주 분명해진다. 공리공론으로 보이는 철학적 논란이 한국의 장점이다. 이 장점을 이어 나는 한국에서 동아시아로, 동아시아에서 세계로 나아가는 학문적 탐구의 방대한 작업을 과감하게 해왔다. 相克(상극)이 相生(상생)이고 상생이 상극이라는 生克論(생극론)을 새롭게 전개하면서 새로운 시야를 열고 있다. 동아시아문명론이 그 가운데 하나이다.[21]

그러나 이룬 성과가 엉성하다. 동아시아 학계가 함께 해야 할 일을 혼자 나서서 서둘면서 미숙한 결과를 내놓았을 따름이다. 토론과 비판이 일어나 논의가 확대되고 수정되어야 하는 것이 당연하다. 이치가 이렇다고 밝히면 할 일을 다 하는 것은 아니다. 이론을 실천에 옮기려면 비상한 노력이 필요하다.

지식을 확대하고 교류를 빈번하게 하면서 상호 간의 이해를 증진하는 것이 필수적인 과제이다. 학술회의를 자주 열어 발표하고 토론하는 데 힘쓰면서 서로 다른 견해를 모아 더 크고 훌륭하게 만들어

---

21 생극론을 실제 연구에 적용한 성과 가운데 《철학사와 문학사, 둘인가 하나인가》(지식산업사, 2000); 《소설의 사회사 비교론》(지식산업사, 2001)이 특히 소중하다. 《창조하는 학문의 길》(지식산업사, 2019)에서 생극론에 대한 새로운 논의를 폈다.

야 한다. 공동연구를 해서 이룬 저작을 함께 출판해야 한다.

근래 '베세토하'(BESETOHA)라는 약칭을 사용하면서 북경·서울·동경·하노이대학이 공동의 행사를 개최하는 것은 평가할 일이다. 그러나 서로 상대방에 대해서 잘 알지 못하고, 여러 방향의 통역을 거쳐 의사교환을 한다. 동아시아학문으로 나아갈 수 있는 준비를 어느 하나도 하지 못한 행정책임자나 다른 문명권 학문 수입업자들이 모임을 주도하니 친선을 도모하는 것 이상의 성과가 있는지 의문이다.

각국의 학문을 제대로 하는 전문가들이 교류를 빈번하게 하고 공동연구를 진행하는 단계를 넘어서서, 동아시아 학자를 길러내야 한다. 동아시아 각국의 언어에 능통하고, 서로 다른 학풍을 깊이 이해해 통합할 수 있는 학자가 동아시아 학자이다. 北京·서울·東京·하노이대학 또는 네 나라의 다른 네 대학이 짝을 지어, 협력을 강화하고 유학생의 상호 교류에 힘쓰는 것이 좋은 대책이다. 네 나라에서 모두 공부하고 네 나라 학문에 모두 정통해야 동아시아학자가 된다.

학문은 동아시아의 자랑이고 희망이다. 동아시아는 정치나 경제 통합에 상당한 난관이 있으므로 문화를 앞세우고 그 중심을 이루는 학문 통합을 위해 먼저 노력해야 한다. 유럽문명권학문의 지배에서 벗어나 자립하는 과업을 동아시아 각국의 개별적인 역량으로는 성취하기는 어려우므로 협동해야 한다.

동아시아학문은 그 정도에 그치지 않고 한층 적극적인 사명을 달성하고자 한다. 유럽문명권이 선도한 근대학문의 한계를 극복하고 다음 시대 학문을 이룩하는 데 동아시아가 앞서서 다른 문명권의 분발을 촉구하는 것이 마땅하다. 국가끼리의 쟁패를 청산하고 보편적인 진리를 위해 하나가 되는 새로운 학문을 하는 모범을 보여 근대

다음 시대를 설계하는 지침이 되게 해야 한다.

다음 시대로 나아가자

선진과 후진의 교체는 일방적인 희망이 아니고, 역사의 실상에 근거를 두고 파악한 사실이다. 고대에서 중세로, 중세에서 근대로 전환할 때 후진이 선진이 되고, 선진이 후진이 되는 변화를 겪었다. 고대의 후진이었던 아랍인이 이슬람교를 만들어내 주변의 선진을 아우른 것을 잘 알고 있다. 그러다가 선진이라는 자만이 후퇴를 가져와 근대에는 후진이 되었다. 중세 동안 유럽에서 후진이었던 영국은 근대를 이룩하는 데 앞섰으므로 근대를 극복해야 하는 지금에 와서는 어려움을 겪고 있다.

문명과 문명의 관계에 관해서도 같은 원리가 있다. 유럽문명권은 중세에는 다른 여러 문명권보다 후진이었으므로 근대에는 선진이 되었다. 동아시아문명권은 중세에 유럽문명권보다 선진이었으므로 근대에는 후진이 되었다. 선진이 후진이 되고, 후진이 선진이 되는 변화는 다시 일어나 근대를 넘어선 다음 시대를 열 것으로 예상한다. 있었던 일이 다시 일어나면서 역사는 앞으로 나아간다. 순환이 발전이고 발전이 순환이라는 것도 생극론에서 일깨워준다.

이제 역사가 종말에 이르렀다는 것은 오판이다. 지금까지 선진이었던 곳이 파탄을 일으켜 만들어낸 착각이다. 과거에도 한 시대의 지배자는 누구나 자기 시대가 역사의 종착점이라고 주장했으나 그 말대로 되지 않았다. 그렇게 말하는 것 자체가 물러날 때가 되었다는 증거이다. 역사종말론은 내세우는 주장과는 반대로 선진이 후진이 되고 후진이 선진이 되는 변화가 다가왔음을 입증한다.

다음 시대로 나아가는 전환은 근대에 후진인 곳에서 선도해 근대의 평가기준에서는 가치를 인정할 수 없는 방법으로 시작된다. 유럽문명권의 침해를 받고 위축되어 있던 동아시아가 분발의 선구자가 되는 것이 당연하다. 군사력이나 경제력의 열세를 극복하는 문화나 학문을 추진력으로 삼아 역사 창조의 방법을 바꾸는 것이 마땅하다. 학문 내부에서는 인문학문이 앞서서 사회학문을, 다시 자연학문을 혁신하는 것이 적절한 순서이다.

이런 생각을 가지고 나는 전환의 원리를 밝히고 교체를 실현하는 데 기여하는 학문을 한다. 생극론을 이어받아 오늘날의 철학으로 삼고 학문원론을 마련해 문학사를 비롯한 여러 영역의 많은 문제를 다루는 것이 구체적인 작업이다. 그러나 혼자 애써 왔으므로 얻은 성과가 많이 모자란다. 공유재산인 생극론을 사유재산인 것처럼 오해하게 한 잘못도 있다. 다각적인 협력을 통해 더 크고 보람 있는 작업을 해야 한다. 전공이 상이한 한국 학자들의 광범위한 참여를 촉구한다. 동아시아 여러 나라 학자들이 각기 지닌 장기를 살려 동아시아학문을 함께 이룩하는 것이 더욱 적극적인 소망이다.

생극론은 동아시아문명의 공유재산 가운데 오늘날 학문의 발전과 혁신을 위해 가장 큰 기여를 할 수 있다고 나는 주장한다. 이에 동의하면 생극론을 내가 해온 작업과는 다른 측면에서 한층 새롭게 활용해 힘을 보태기 바란다. 생극론이 아닌 다른 무엇을 핵심이론을 삼고자 한다면 토론을 통해 전체 역량을 키울 수 있다. 이론에 실제

를 보태 동아시아학문을 더욱 다지는 작업을 위해 광범위한 참여가 요망된다고 다시 강조해 말한다.[22]

일본인과 속 넓게 화합하자

1

일본의 식민지 통치의 만행에 항의해야 한다. 사죄와 배상을 요구하는 것이 당연하고, 정당한 권리의 행사이다. 그러나 강경하게 밀어붙이기만 하면 뜻을 이룰 수 있는 것은 아니다. 한 걸음 물러나 다시 생각해야 할 필요가 있다.

싸움에는 분풀이를 위한 싸움도 있고, 이기기 위한 싸움도 있다. 분풀이를 위한 싸움은 용기와 열정을 가지고 밀어붙이면서 하면 된다고 하겠으나, 분은 풀려고 하면 더 커지는 것이 문제이다. 분을 풀려면 이기는 싸움을 해야 한다. 싸움에서 이겨야 분이 풀린다.

이기는 싸움을 하려면 강경과 온건 양면의 작전이 필요하다. 상황과 국면에 따라 그 어느 쪽을 선택해야 한다. 식민지 통치 만행에 항의를 하며, 사죄와 배상을 요구하는 것은 강경 작전이다. 강경 작

---

22 《세계·지방화시대의 한국학》 1-10(계명대학교출판부, 2005-2009)에서 한국학이 동아시아학으로, 동아시아학이 세계학으로 나아가 근대를 극복하는 다음 시대 학문을 선도해야 하는 과업에 대해 다각적인 논의를 했다.

전은 성격이 분명해 수행하는 데 차질이 없다. 온건 작전은 무엇인지 불분명해 잘하기 어렵다.

일본은 잘못된 나라이기만 하고, 일본인은 모두 나쁘다고 하는 견해는 오판이고 유해하다. 식민지 통치가 자행되는 기간 동안 대다수의 일본인도 군국주의 횡포로 처참한 피해를 겪은 점에서 우리 민족과 많이 다르지 않다. 식민지 통치에 대해 책임이 없으면서도 양심의 가책을 느끼고 사죄하는 일본인이 적지 않다. 이들은 소수의 범죄자와 구별되는 선량한 다수이다. 선량한 다수와 깊은 유대를 가지고 소수의 범죄자를 협공하는 것이 온건 작전이다.

소수의 범죄자를 밀어내고 선량한 다수가 전면에 나서서 일본을 좋은 나라로 만들도록 하는 데 도움이 되는 것이 우리가 힘써 할 일이다. 소수의 범죄자를 밀어내는 작전에 참여하는 강경 투쟁은 일시적인 전술이고, 선량한 다수와 함께 친근하게 살아가고자 하는 온건노선은 항구적인 전략이다. 일시적인 전술에 매달려 항구적인 전략을 망각하는 것은 용납할 수 없는 과오이다.

2

일본인과 속 좁기 경쟁을 하면 백전백패를 한다. 지금 강경 투쟁을 일삼으면서 우리가 일본인보다 속이 더 좁은 것을 보여주려고 하니 잘못이다. 속 좁기 경쟁을 하지 말고, 속 넓기 경쟁을 하면 우리가 백전백승을 한다. 일본인과 속 넓게 화합하는 지혜를 발휘하는 것이 한일 문제의 최종 해결 방안이다. 이렇게 해야 양쪽 다 편하고 즐겁게 살 수 있다.

일본인은 지진, 화산, 태풍 등의 자연재해가 지나쳐 경계하느라고 마음이 좁아지지 않을 수 없었다. 그런 조건에서 절대적인 권위를 자랑하는 삼엄한 통치가 이어져왔다. 사적인 영역에서도, 지배자인 사무라이는 농민이 건방지게 굴면 칼을 빼서 목을 칠 수 있는 권한을 행사했다. 피해자는 최대한 조심하느라고 선량함을 누르고 속을 좁히지 않을 수 없었다.

우리는 어떤가? 자연재해가 적은 땅에서 편안하게 살아 저절로 생긴 특성 이상으로 태평스러웠다. 국가 권력 행사가 느슨한 편이고, 시비와 비판이 가능했다. 하층민이라도 열린 마음으로 서로 돕고, 낯선 사람을 경계하지 않았다. 와서 볼 기회가 있는 외국인들이 이런 점이 너무나도 놀랍다고 하는 기록을 남겼다.

러시아 외교관 미하일 알렉산드로비치 포지오(Михаил Алекс андрович Поджио)는 1880년대 와서 보고 《조선개관》(Очерки Кореи)이라는 책을 1885년에 낸 데서 말했다. "조선인은 자신이 아무리 가난할지라도 어떠한 경우든 다른 사람에게 잠자리를 제공하기를 거절하지 않으며, 오막살이에 자신의 가족을 먹일 만큼의 식량밖에 안 남은 경우에도 지나가는 행인에 대한 식사 제공을 회피하지 않는다."23

독일의 지리학자 겐테(Siegfried Genthe)는 1901년에 전국을 일주하

---

23 미하일 알렉산드로비치 포지오 지음, 이재훈 옮김, 《러시아 외교관이 바라본 근대 한국》(동북아역사재단, 2010), 91·292면

다시피 하고 《조선: 여행 소묘》(*Korea: Reiseschilderungen*)를 1905년에 냈다. 금강산에 갔을 때 "친절하고 따뜻한 마음을 지닌 승려들은 다른 종족이며 다른 언어와 다른 신앙을 가진 외국인에게, 어떤 적대감이나 편협한 내색도 없이 사찰과 승방의 생활을 구경시켜주었다"고 했다. 이것은 "다른 어떤 불교 국가에서도 상상할 수 없는 일이다", "유별난 관심을 가진 학자가 그렇게 자유로이 구석구석을 구경할 수 있는 곳은 이 세상에 더 없을 것이다"고 했다.24

이처럼 속이 넓은 사람들이 식민지 통치를 받는 동안 일본인들에게 시달려 속이 조금 좁아지지 않을 수 없었으나, 증세가 심각한 것은 아니다. 본연의 자세를 되찾아 넓은 속을 쉽게 회복할 수 있다. 일본인과 넓기 경쟁을 해서 일본인의 좁은 속을 넓히는 데 기여하면 우리 속이 더 넓어진다. 일본인은 속이 오직 좁기만 하면 넓히기 어렵다. 일본인도 속이 좁기만 하지 않고 넓기도 했다. 넓은 것은 망각하고 왜곡해 남들을 못 살게 하고 스스로 불행하게 되었다는 사실을 일깨워주어야 한다.

3

일본인 또한 속이 넓기도 했다는 것은 무슨 소리이냐? 이에 대해

---

24 지그프리트 겐테 지음, 권영경 옮김, 《신선한 나라 조선, 1901》(책과함께, 2007), 184면

대답하기 위해서 18세기의 사상가 安藤昌益(안등창익, 안도 쇼에키)를 만나보자. 사람은 원래 自然世(자연세)의 좋은 세상에서 근심 없이 살았다고 했다. "직접 농사를 짓는 것 밖의 다른 생업이 없었으므로, 상하·귀천·빈부의 구별이 생겨나지 않았다"고 했다. 聖人(성인)이라는 사람들이 나타나 "사사로이 法을 세우자 임금·공경대부·제후가 나누어지고, 士農工商(사농공상)이 구분되었다", "법에 어긋나는 자는 형벌로 죽이는", 그래서 法世(법세)라고 하는 나쁜 시대가 시작되었다고 했다.[25]

세상을 잘못되게 했다는 성인의 교설 가운데 일본의 神道(신도)도 포함된다고 했다. 아이누인은 자연세에 살고 있어서 일본인보다 훌륭하다고 했다. 이런 말을 하면서, 自然世의 유풍을 이어 직접 농사를 짓고 사는 만백성이 법세의 지배자들에게 시달리는 것을 안타깝게 여기고 최대한 포용해 있는 힘을 다해 위로하고 격려했다. 농민들이 '守農大神'(수농대신)이라고 일컫고 세운 추모비를 神社(신사)에서 철거했으며, 지금 복원해놓았다. 그 현장에 가서 깊은 감회를 느꼈다.

安藤昌益은 깊이 깨달아 얻은 자기 철학을 "自然(자연)은 互性(호성)의 妙道(묘도)를 일컫는 것이다"라는 말로 나타냈다. 천지만물의 운행이 바람직하게 이루어지고 있는 상태인 自然은 互性이라고 일컬어 마땅한 오묘한 원리의 발현이라고 한 말이다. 互性이란 대립되는 것들이 맞물려 돌아가면서 서로 필요로 하는 관계를 가지는 것이다. 天과 地, 男과 女, 上과 下, 貴와 賤 등을 내세워 차등의 질서를 확립하려고 하는 것은 부당하다고 하고, 둘로 나누어 지칭된 것들이 서

---

25 〈安藤昌益〉, 《학자의 생애》(계명대학교출판부, 2009), 254-255면

로 필요로 하는 관계를 가져 대등하다고 했다.

이것은 하나인 氣가 둘로 나누어져 서로 다투면서 화합하는 生克(생극)의 관계를 가진다고 하는 氣철학의 원리 정립에 참여한 업적이다. 한국에서 洪大容(홍대용)이 內外(내외) 구분은 상대적이므로 華夷(화이)가 정해져 있을 수 없다고 한 것과 상통하는 작업을 자기 나름대로 철저하게 했다. 학문교류가 없는 상태에서 서책 밖의 현실과 절실하게 부딪쳐 독자적인 용어를 창안하고, 차등을 대등으로 바꾸어놓는 원리를 정립하려고 절박하게 노력했다. 안으로는 일본인이 누구나 대등한 관계를 가지도록 하고, 밖으로는 한국을 비롯한 어느 외국과도 대립이 대등한 화합이게 하는 지침을 마련했다.

이처럼 훌륭한 사상가 安藤昌益을 근대 이후 일본에서 망각했으며, 가까스로 찾아내고도 적극적으로 평가하지 않는다. 배타적인 노선의 군국주의와 맞지 않기 때문이다. 그 대신 일본은 神道의 나라여서 신성하고 우월하다고 한 本居宣長(본거선장, 모토오리 노리나가)를 높이 받들고 이어받는다. 그래서 빗나간 일본이 이제는 속 넓은 사상의 가치를 알아차리고 이어받아야 한다.

安藤昌益을 정당하게 이해하려면 동아시아철학사를 제대로 써야 한다. 이 일도 우선 우리가 맡아야 한다. 일본에서 이루어진 개별적이고 미시적인 연구를 활용해 우리가 제시하는 커다란 구상을 구체화해야 뜻한 바를 이룰 수 있다. 동아시아철학사를 보라는 듯이 쓴 성과를 활용해 세계철학사 서술을 바로잡고 인류가 미망에서 깨어나게 해야 한다. 이를 위해 엄청난 일을 하는 일꾼들이 많이 나타나기를 바라고, 적극적인 지원을 촉구한다.

4

한국과 일본이 동아시아문명의 유산을 대등하게 공유하고 있다는 사실을 밝혀 논하면 두 나라가 갈등을 넘어서서 화합을 이룩하는 데 크게 도움이 된다. 이 작업은 일본에서 먼저 했으리라고 생각되지만 그렇지 않고, 한국에서 내가 맡아 나섰다. 《동아시아문학사비교론》(1993), 《하나이면서 여럿인 동아시아문학》(1999)을 비롯한 여러 책을 써서 필요한 작업을 하고자 했다. 《동아시아문명론》(2010)에서 논의를 총괄했다. 이 세 책이 모두 일본어로 번역되고, 마지막 책은 중국어와 월남어로도 번역되었다.

두 번째 책에는 〈日本 讀者를 위한 序文〉일본어 번역이 있다. 내가 써서 보낸 원문을 자료로 제시한다. 일본어로 번역하기 쉽게 한자어는 한자로 적은 것을 그대로 두고, 괄호 안에 독음을 적지도 않는다. 일본을 알기 위해 노력한 경과를 말하고, 대등한 관점에서 일본에 접근해 동아시아에 대한 이해를 얻은 성과를 설명했다.

나는 1945년 戰爭이 끝나고 祖國이 光復한 다음 初等學校에 入學한 첫 學年이다. 大學을 卒業할 때까지 日本語는 "아이우에오"조차 몰랐다. 工夫를 더 하고 學問의 길에 들어서려고 日本語를 私設學院에서 두 달 동안 배웠다. 會話는 따르지 못하는 걸음마 水準의 讀解力으로 關心 있는 冊을 더듬으면서 日本을 알겠다고 나섰다.

내가 修學하고 敎授로 在職한 서울대학교에는 京城帝大 時節에 모아둔 日本 冊이 상당히 많아 크게 도움이 되었다. 東京大學 比較文學科에 2개월, 朝鮮文化硏究室에 1년 招聘되어 硏究하고 講義하는 동안 日本 學問에 관한 學習을 日課로 삼았다. 先入見을 排除하고 알아야 할 것을 찾아내기 위해, 東京

大學 圖書館 所藏 日本 學術書를 書架에 꽂혀 있는 順序대로 뒤적이면서 머나먼 探究 旅行을 했다.

知識이 늘어나는 것을 보람으로 삼다가 길을 잃지 않도록 警戒했다. 알아야 할 것이 많아질수록 觀點 定立에 더욱 힘써야 한다고 다짐했다. 朝鮮王朝 文士들의 優越感, 開化 以後 知識人들의 劣等感, 그 兩極端을 버리고 日本 學問을 있는 그대로 對等의 觀點에서 탐구하고, 한국과의 異質性보다 同質性을 더욱 重要視해서 열심히 찾았다. 얻는 成果를 中國이나 越南까지 包括하는 東아시아文明의 總體에 관한 새로운 理解를 豊富하게 하는 데 活用하고자 했다.

그러던 어느 날 대단한 發見을 했다. 藤原惺窩의 말을 弟子 林羅山이 "理之在也 與天之無不幬 似地之無不載 此邦亦然 朝鮮亦然 安南亦然 中國亦然 (理가 있다는 것은 하늘이 덮지 않은 것이 없고, 땅이 싣지 않은 것이 없음과 같으니, 이 나라에서도 그렇고, 朝鮮에서도 그렇고, 安南에서도 그렇고, 中國에서도 그렇다)"이라고 記錄한 것을 보고 깊은 感銘을 받았다. 日本·朝鮮·越南·中國이 같은 文明圈이라고 分明하게 認識한 先覺者를 만나 내 학문의 進路를 더욱 分明하게 할 수 있었다.

그래서 얻은 所得의 하나가 이 책 《하나이면서 여럿인 동아시아문학》이다. 豊福健二 교수가 《동아시아문학사비교론》과 《동아시아문명론》에 이어서 이 책도 飜譯해주어 勞苦에 거듭 感謝한다. 日本語 飜譯은 다른 어느 言語의 경우보다 한층 쉽게 이루어지는 親緣性을 두 나라의 共同資産으로 적극 評價하자는 말을 덧붙인다.

일본과 한국의 "異質性보다 同質性을 더욱 重要視해서", 탐구해 "얻는 成果를 中國이나 越南까지 包括하는 東아시아文明의 總體에 관한 새로운 理解를 豊富하게 하는 데 活用"하는 것이 내 학문의 지속적인 작업이다. 유럽 각국이 유럽 연합을 이루듯이, 한국과 일본이 긴밀한 관계를 가지고 동아시아 공동체를 함께 이룩하는 데 필요한 학문적 지표를 마련하려고 노력한다. 많은 역군이 동참해 연구를 확대하고, 국제적인 공동작업을 광범위하게 수행하게 되기를 갈망한다.

일본 학계의 자랑인 미시적 고찰의 성과가 크게 도움이 된다. 방대하게 구상한 설계를 가지고 시공을 하려면 일본산의 부품이 반드시 필요하다. 나는 일본에 가서 우수한 부품을 구하려고 왔다고 했다. 일본이 아닌 다른 여러 나라에서 제조한 부품까지도 일본 도서관에서 조달해야 했다. 부품을 구하기만 하면 되는 것은 아니고 다루는 기술을 정밀하게 갖추어야 하는데, 내 솜씨는 너무 성글다.

내 책을 번역하는 豊福健二(풍복건이, 토요후쿠 겐지) 교수는 내가 펼치는 전체적인 구상에는 거듭 감탄한다고 하면서, 책이 부분적으로 잘못된 것들을 빨갛게 고쳐주어 낯이 뜨거웠다. 두 나라는 학풍이 달라 서로 협력해야 한다. 한국은 망원경 학문을, 일본은 현미경 학문을 장기로 삼고 있어, 협력하면서 서로의 단점을 보완하고 장점을 살려야 한다.

나는 동아시아문학사를 이룩하고, 세계문학사를 고쳐 쓰려고 애쓰고 있다. 동아시아문학은 여럿이면서 하나인 것을 밝혀 나라들 사이의 갈등을 넘어서고, 인류는 어디서나 대등한 자격을 가지고 세계문학을 이룩한 내력을 고찰해 차등의 시대에 자행된 잘못을 시정하는 방안을 제시하려고 한다. 혼신의 힘을 기울여 노력했어도 얻은 성과가 아직 크게 모자란다. 동참자들의 등장을 고대하고, 지원도 요망한다.

학문을 전문가의 영역을 넘어서 대중으로까지 확장하려면 관심을 넓혀야 한다. 대중문화에서 한국과 일본이 가까워져 속 넓게 화합하는 것이 더욱 바람직하다. 이를 위해 대중가요가 큰 구실을 한다. 대중가요는 일본에서 온 것이 한국에서 재창조되어 일본에 충격을 준다. 그 내력을 밝히려면 몇 단계의 고찰이 필요하다.

대중가요 유행가는 일본에서 한국으로 왔다. 일본 특유의 애수를 띤 자학적인 노래 演歌(엔카)가 일제 강점기에 건너와 인기를 얻고 모방작을 낳은 것은 치욕이라고 할 수 있으나 규탄하기만 할 것은 아니다. 그런 풍조의 유행가로 식민지 백성의 슬픔이나 한탄을 나타낸 것이 전환의 시발점이었다. 진통을 한참 겪은 다음, 일본에서 온 유행가가 한국 예술의 전통인 신명풀이와 접맥되고 생동감이 넘치게 재창조되어 일본의 청중들까지 사로잡는다.

일본의 演歌와 한국의 민요는 서로 아주 다르며, 적대적인 관계이다. 그것이 들어와 유행가를 산출하자, 민요는 충격을 받아 한편으로는 위축되면서 다른 한편으로는 아리랑을 키워 민족의 노래로 삼았다. 아리랑은 외침에 능동적으로 저항해 창조했다. 외침을 각성의 계기로 삼고 능동적인 저항의 커다란 성과가 이루어졌다.

유행가가 생겨난 것은 이와 반대로 외침에 수동적으로 굴종한 결과이다. 수동적 굴종을 한다고 본래의 가치를 완전히 상실한 것은 아니다. 모방한 것을 재현하려고 노력하는 동안에, 주체성이 최소한이라도 작용해 본래의 능력을 변형시켜 활용하지 않을 수 없었다. 모방작이 성장해 원작과 경쟁하려고 하게 되어, 이질적이어서 상극인 내외의 요소가 상생하는 관계를 가지게 되었다.

恨(한)이 신명이고 신명이 恨인 노래 공연이 뜨고 있다. 수입된 恨이 원래의 恨을 불러일으킨 창조물을 일본에 가서 공연하자, 恨을 매개로 일단 환영을 받고, 오랫동안 억눌려 망각되어 있던 신명을 깨워내 일본인들을 뒤흔들었다. 혼성 모방에 지나지 않다고 나무라야 마땅할 한류공연이 세계 도처에서 그곳 사람들 마음 한 구석에 말라비틀어져 있던 신명풀이에 불을 붙이는 충격을 일본에서 가장 극적으로 실현했다.

아리랑은 민족이 하나이게 하고, 한류공연은 인류가 소통하게 한다. 화합을 이루는 범위가 더 넓은 점에서는 한류공연을 한층 높이 평가해야 하지만, 아리랑을 치열하게 창조한 내적 응축이 밖으로 나가 폭발해 이질적인 것들을 휘감아 널리 환영을 받는 한류공연이 된다. 응축만 소중하게 여기고 폭발은 폄하할 것이 아니고, 폭발이 대단하다는 이유에서 응축은 없어도 그만이라고 착각하지 말아야 한다.

아리랑과 한류공연은 널리 적용될 수 있는 본보기이다. 예술뿐만 아니라 학문에도, 기술이나 산업에도, 사회 활동이나 역사 창조에도 아리랑 같은 유형도 있고, 한류공연 같은 유형도 있다. 둘은 本末(본말)이나 體用(체용)의 관계를 가져 함께 소중하다. 아리랑 유형의 창조물에서 민족의 역량을 키워 한류공연 같은 것을 많이 만들어내 먼저 가까운 이웃 일본과 속 넓게 화합하고, 더 나아가서 동아시아 전체를 위해 힘써 봉사하고, 인류를 행복하게 하는 데 기여하자.

앞에서 일본인 가운데 침략의 만행을 자행해온 소수의 범죄자가 아닌 대다수는 선량한 피해자라고 했다. 이것이 논리상의 필요로 만든 명제가 아니고 명백한 사실임을 입증할 책임이 있어 글을 더 쓴다. 자료를 수집하고 고증하거나 설문 조사를 해서 통계를 내자는 것은 아니다. 사람들을 만나 하는 말을 듣고 마음이 통해서 얻은 바를 더 확실한 근거로 삼는다. 수치를 들어 객관화할 수 있는 표층보다 체험해 알아낸 심층이 더 큰 증거력을 가진다고 믿는다.

대학 교수 세 분을 든다. 대학 교수면 혜택을 받고 살아간다고 할 수 있는데, 선량한 다수의 삶을 불만을 참고 어렵게 이어가는 것을 만나보고 알았다. 무엇이 어떻다는 말인지 납득할 수 있게 말해야 하겠는데, 미리 양해를 구할 사항이 있다. 세 분의 인적 사항은 밝히지 않고, 있었던 일도 사실을 명시하지 않으면서 이야기하기로 한다.

인적 사항을 명시하지 않고 사실을 밝히지도 않는 가장 큰 이유는 세 분의 사생활을 보호하려는 것이다. 공개할 수 없거나 말하기 거북한 사실을 나를 믿고 은밀하게 알려준 것을 글에다 옮겨 적을 수는 없다. 그런 내용은 빼고 써야 한다면 이 글이 필요하지 않다.

난점은 피하면서 내용은 허술하지 않게 하는 적절한 방법을 택한다. 마치 허구로 이루어진 소설인 듯이 이야기를 전개한다. 기억 부실을 윤색으로 메울 수 있고, 구체적인 내용을 갖추려고 상상을 동원하지 않을 수 없어 소설에 더 근접한다.

처음 한 분은 A교수라고 하자. A교수는 나를 자기네 대학에 와서 학생들에게 강연을 해달라고 초청했다. 강연에서 한국문학을 동아시아문학으로 이해해야 하는 것이 일본문학의 경우에도 다를 바 없다고 했다. 일본문학은 별나서 훌륭하다고 하지 말고, 한국문학과 많은 공통점을 지니고 동아시아문학을 이루는 것을 알아야 한다고 했다. 이런 말을 학생들에게 들려주고 싶어 나를 초청했다.

강연을 마치자, A교수는 지도하는 학생들과 함께 하는 여행에 동참해달라고 했다. 하룻밤 같이 지내면서 강연에서 한 말을 보충했다. 다음 날 학생들은 보내고, A교수는 자기 차를 몰고 그리 멀지 않은 몇 곳을 구경하라고 나를 안내했다. 안내한 곳들이 어떤 의미를 지니는지 한참 뒤에 알아차렸다.

"征夷大將軍"(정이대장군)이라는 글자를 크게 새겨놓은 비석을 보여주어, 받은 충격을 오래 잊지 못한다. "征夷"의 "夷"은 아이누인이다. 아이누인의 정벌을 맡은 대장군이 일본의 국권을 장악한 통치자임은 이미 알고 있는 사실인데, 그 비석을 보고 아이누인이 가엾고, 일본인은 자랑스러울 것이 없다는 생각이 새삼스럽게 들었다.

과거 어느 시기에 전투하는 장면을 아주 실감나게 만든 밀랍 인형을 이용해 좋은 구경거리를 만들어 놓은 전시관에 들렸다. 안내문을 자세하게 들여다보고 깊이 추리를 하니 진상을 짐작할 수 있었다. 오늘날의 일본 東北(동북) 지방 어느 곳에 아이누인이 세운 나라를 일본인이 쳐들어와 멸망시킨 역사를 재현해놓은 것이었다. 처절하게 피를 흘리는 장면이 엽기적인 흥미를 자아내, 아이누인의 비극이 더욱 처참하게 느껴졌다.

이런 것들을 왜 구경시키는지 A교수는 밝혀 말하지 않았다. 흥미로운 것을 즐기라고 하는 것 같았다. 대수롭지 않은 수작을 이것저

것 나누다가 불쑥 던진 한 마디가 내 마음에서 불꽃을 일으켰다. 자기 할머니가 고양이를 '주페'라고 했는데, 나중에 알고 보니 아이누 말이더라고 했다.

그렇다. A교수는 자기 뿌리를 찾아가는 과정에 나를 동참시키고, 드러내놓고 말할 수 없는 비밀을 공유할 수 있도록 허락했다. 말은 하지 않고 보여주는 것으로 내 눈을 열어주고, 일본을 다시 보게 했다.

다른 대학의 B교수도 나를 강연해달라고 불러, 저녁을 같이 하면서 깊은 이야기를 나누었다. 내가 가 있던 동경대학에는 책이 많아 부럽고 이용하니 다행이라고 했더니, 감추어놓았던 불만을 토로했다. 동경대학을 보고 일본을 판단하지 말라고 했다. 정부가 국립대학에 주는 예산 절반을 동경대학이 차지하고, 나머지 절반을 경도대학이 가져가고, 그 나머지 전체의 4분의 1을 다른 여러 국립대학이 나누어가진다고 했다. 동경대학에는 책이 넘쳐나지만, 자기 대학은 기근에 시달린다고 했다.

이어서 말했다. 일본은 차등을 자랑하는 나라이고, 차별받는 대중이 불평을 하지 못하도록 엄히 다스려 위신을 차린다고 했다. 국립대학 교수가 私信(사신)에서라도 연호를 쓰지 않고 서기를 쓰는 것은 잘못이므로 주의하라는 공문을 문부성에서 대학으로 자주 보낸다고 했다. 자기는 그대로 따르고 싶지 않고 항거할 용기는 없으므로 干支(간지)를 사용한다고 했다.

국가의 지시를 어기면 공식적인 문책을 받기도 하지만, 극우세력 애국당이 협박하고 괴롭히는 것이 더 무서워 조심하지 않을 수 없다고 했다. 이른 시기에 한반도에서 일본으로 간 사람들을 歸化人(귀화인)이라고 해온 것은 일본에 변변한 나라가 없었으므로 마땅하지 않아 渡來人(도래인)이라고 고쳐 일컫자고 한 학자가 "國賊(국적)을 처단하겠다"는 협박장을 받은 것이 널리 알려진 사실이다. 연호를 사용하지 않은 것은 그 정도는 아니지만, 위협을 각오하는 용단이 있어야 가능하다.

동경대학 정년퇴임 교수 명단에서 발견한 사실을 내가 말했다. 출생 연도가 거의 다 昭和(소화, 쇼와) 몇 년이고, 극소수만 서기 몇 년이었다. 같은 해를 본인의 신고에 의거해 다르게 표기했다. 서기 몇 년이라고 한 사람은 모두 자연과학 계통이었다. 인문사회 분야 교수들은 아무도 연호 대신 서기를 사용할 용기를 가질 수 없었음을 말해준다. 무서운 나라에서 조심스럽게 살아가는 사람들이 측은하다.

B교수는 말을 이었다. "일본인이 자유를 잃고 협박에 시달리는 것은 보도될 기회가 없어 대외적으로 알려지지 않은 사실이다. 외국에서 문제를 삼고 떠들어주면 숨쉬기가 조금 나아질 수 있겠는데…" 더할 말이 많은 것 같았는데, 자기가 한 말이 밖으로는 전달되지 않고 일본 안에서만 알려질까 염려해 조심하는 것 같았다.

위의 말을 듣고 와서 여러 사람에게 옮겨 조금이라도 도움이 되고자 했다. 지금 여기서는 글로 써서 일본이 어떤 나라인지 밝히는 자료로 삼고, 협박받고 사는 대다수 선량한 사람들을 조금이라도 도와주려고 한다. 일본인은 누구나 모두 나쁘다고 하는 사람이 있으면 부당하다고 나무라는 데 더욱 힘쓴다.

C교수는 일본 안팎에서 자주 만났다. 아내가 재일조선인이고 제주도 출신이라고 했다. 그런 인연이 있어 재일조선인과 깊은 유대감을

가지고 조선문학을 연구하면서, 제주도문학에 대해 특별한 애정을 가졌다고 했다. 우월감을 버리고 천대받는 사람들 편에 서서 사람은 누구나 대등하다고 하는 깨달음을 확인하는 작업을 한국 본토와 제주도의 관계에까지 확대했다.

尹東柱(윤동주)가 누구인지 알고 작품을 깊이 이해하기 위해 생애를 조사하는 작업을 일찍 시작했다. 한중 수교 전이어서 한국인은 갈 수 없는 시기에, 중국 연변에 들려 윤동주의 무덤을 찾았다. 그때 있었던 일을 나는 연변대학에 가서 들었다. 일본인 교수가 와서 윤동주에 관해 물었는데, 잘 알지는 못해 자세하게 대답하지는 못했으며, 사상 검증이 이루어지지 않아 무어라고 할 수 없었다고 했다.

C교수가 무덤을 발견했다고 널리 알린 덕분에, 연변대학에서도 윤동주에 관심을 가지기 시작했다. 무덤 발견과 함께 생애에 대한 조사가 널리 알려져 국내 학자들도 한중 수교 후에 연변으로 달려가 윤동주와 마음속에서 다시 만나는 감격을 누렸다. 나도 그 가운데 하나이다. 일본인인 C교수가 한국학자가 하지 못한 일을 하고, 한국인을 일깨워준 공적을 길이길이 평가할 만하다.

일본인 가운데 군국주의 침략전쟁에 반대하다가 투옥되고 옥사한 희생자들도 있었다. 침략전쟁을 규탄하고 사죄를 요구하는 운동을 전개하는 분들이 이어지고 있다. 대다수는 신념이 투철하지 못하고 용기가 모자라 시키는 대로 살아가거나 하므로 특별히 칭송할 것이 없다고 무시할 것이 아니다. 평범하게 살아가는 다수는 무력하지만, 죄가 없으며 선량하다. 이것이 가장 중요한 사실이다.

위에서 든 세 교수는 무력하고 선량한 다수의 본보기이다. 무엇을 하는지는 어느 정도 알려져 있어도, 선량하게 살아가는 것이 얼마나 힘이 드는지는 내심을 나눌 기회가 없으면 드러내지 않는데, 개인적인 친분 덕분에 가까이 갈 수 있었다. 교수가 아닌 사람들과는 마음을 터놓을 기회를 얻지 못했으나, 일본과 속 넓게 화합할 수 있는 상대가 얼마든지 있다는 것을 입증할 수 있었다고 해도 무리가 없을 것이다.

7

2019년 7월에 예기하지 않던 사태가 벌어졌다. 내 홈페이지에 "일제강제징용 배상을 거부하는 일본이 무역 보복의 포문을 열었습니다", "이에 대한 선생님의 고견을 듣고자 합니다"라는 질문이 올라왔다. 이에 대해 대답했다. "좋은 교훈을 얻어, 원천 기술 개발에 힘써 산업을 정상화하고 대일 무역 적자를 줄여야 할 것입니다. 일본을 잘 알고, 성숙된 자세로 적절하게 상대하는 것도 깊이 유의해야 할 일입니다. 비난의 수위를 높이기만 하는 것은 잘못입니다."

이 대답은 아주 미흡해 논의를 더 해야 한다. 깊은 생각을 자세하게 펴야 한다. 사령관이 선봉장이 되어 용맹을 뽐내려고 하지 말아야 한다. 이 말부터 해야 한다. 용맹을 뽐내 칭송을 받는 영광은 선봉장에게 양보하고, 사령관은 뒤로 물러나 있으면서 強穩(강온) 양면 작전을 구상하고 실행하는 여유와 지혜를 갖추어야 한다.

지난 일을 다시 말해보자. 강제징용 피해를 보상해야 한다고 아무리 강경하게 주장해도 잘못이 없다. 이 주장을 민간에서는 아무 때나 할 수 있지만, 정부가 맡아 나서려면 준비가 필요하다. 보복을 예상하고 대응할 방도를 미리 마련해야 한다. 강제징용 피해를 보상하라고 대법원에서 판결을 한 것은 전적으로 정당하지만, 얼마나 적절한가에 관해서는 검토가 필요하다. 선택의 여지가 없는 결정을 분명하게 하면 운신의 폭이 좁아진다. 대법원이 판결을 내렸어도 통고하는 데 그칠 수 있다. 국내에 있는 일본 재산을 매각해 실행에 들어가겠다고 한 것은 재고의 여지가 있다.

싸움은 오래 준비하고 깊이 생각해 이길 수 있게 해야 한다. 이것이 元均(원균)과는 다른 李舜臣(이순신)의 노선이다. 지금은 상황이 한층 복잡해 이순신보다 더 나아가야 한다. 어떤 싸움을 하고, 어떻게 이겨야 할지 슬기롭게 판단해야 한다. 싸움에는 종류가 많고, 하는 방법도 다양하다. 실상을 잘 파악하고 최상의 선택을 해야 한다. 이 단계에서 强穩 양면 작전이 하나가 되어야 한다.

군사력을 동원해 전쟁을 하면 쌍방의 피해만 크고 어느 한쪽이 이겨 결말이 날 수 없다는 것을 알고, 이 방법은 생각하지도 않는다. 상대방이 군사력 대신 경제력으로 무역 전쟁을 하겠다고 도발을 감행하니 분연히 일어나 무역 전쟁으로 맞서는 것이 정당하다고 할 것인가? 무역 전쟁 또한 쌍방의 피해만 크고 어느 한쪽이 이겨 결말이 날 수 없다. 기간산업이 황폐하게 되어도 굴복하지 않고 적대감정을 더욱 고조시키는 데 이르고 말 수 있다.

이제 무역 전쟁을 회피할 수는 없어, 슬기롭게 진행해야 한다. 확대하거나 고조시키지 않으면서 차분하게 대응하면서, 싸움의 양상을 조금씩 바꾸어야 한다. 반일 감정을 쏟아놓는 외침은 방해가 되는 줄 알아야 한다. 목소리를 낮추고 흥분은 걷어내 사실에 더 관심을 가지도록 하면서, 여론 싸움이 유리하게 전개되도록 해야 한다. 세계 여론도 중요하지만, 일본 안에서 우호적인 여론이 일어날 수 있게 하는 것이 더욱 긴요하다. 대다수의 선량한 일본인이 자기네 정부의 횡포에 동조하지 않도록 해야 한다. 보편적인 사고를 하도록 도와주어야 한다.

싸움을 확대하거나 고조시키지 않으면서 차분하게 대응해야 하는 더 큰 이유는 전세를 유리하게 이끌고자 하는 데 있다. 이번 사태에서 좋은 교훈을 얻어, 원천 기술 개발에 힘써 산업을 정상화하고 대일 무역 적자를 줄이면. 타격이 기회이고 패배가 승리일 수 있다. 이를 위해 정부의 전폭적 지원이 필요하고 피나는 노력을 해야 한다는 수준의 언설이나 늘어놓으면 되는 것은 아니다. 흥분을 진정시키고 지혜를 얻어야 한다.

이번 사태는 해결되어도 다시 닥쳐올 것을 알고 철저하게 대비해야 한다. 근본적인 해결책을 마련해야 한다. 일본에 대한 무역 적자 누적이 700조에 이른 이유가 기술력 부족에 있는 것을 뼈아프게 반성하고 시정방안을 찾는 것이 근본적인 해결책이다. 기술은 따로 놀지 않고 자연학문이 발전해야 바람직하게 개발할 수 있다. 자연학문 발전은 독주할 수 없고, 학문하는 역량이 전반적으로 향상되어야 기대하는 수준에 이른다.

논의를 너무 확대하지 말고 초점을 분명하게 하자. 학문하는 역량의 향상에서 일본보다 앞선 사례를 알아내고 확대가 가능한지 연구해야 한다. 이런 사례의 하나가 내가 하는 동아시아비교문학 연구이고, 문학사 일반이론 정립이다. 내 연구가 일본 학계에 충격을 주고 분발을 촉구하도록 한 일을 실제로 벌어진 현장에서 확인하기 바란다.[26] 이 책에서 그런 성과를 발전시킨다. 일본을 공격해서 앞선 것은 아니다. 일본의 특수성과 우리의 특수성을 비교해 우리 특수성이 더 우수하다고 하는 것도 아니다. 특수성을 넘어서는 보편성을 발견하고 확인해 동아시아가 하나이게 하고, 인류를 위해 더 큰 기여를 하게 한다. 이런 연구를 일반화해야 한다.

일본은 오늘날 세계 전역에서 문제가 되고 있는 자연학문 편중이 가장 심한 나라이다.[27] 당장 이익이 되는 분야의 발전을 가속화하려고 선택한 편법이 지나쳐, 학문이 비정상에 이른 본보기를 보여준다. 경제력이나 연구 투자액에서는 앞서면서도, 일본은 유럽의 선진국, 불국, 영국, 독일 등과 대등한 수준의 학문을 하지 못하는 결격사유를 청산하지 못하고 확대하기까지 한다. 자연학문의 발전은 다소 진전이 있는 반면에, 인문학문은 무용하다고 여겨 추종을 일삼고 수입학을 자랑하기나 해서 많이 뒤떨어져 있다. 학문의 불균형이 심각해 온 국민이 균형 잡히고 성숙된 사고를 하지 못하게 방해한다.

일본의 전례를 추종해 자연학문을 일방적으로 육성해서 경쟁력을 기르려고 서두르면 기대하는 성과가 나타나지 않고, 왜곡이나 불균형의 질병을 수입하기나 한다. 우리는 일본과는 반대가 되는 길을

---

26 《통일의 시대가 오는가》(지식산업사, 2019)의 〈문학사의 내력과 진로〉에서, 내가 주제 발표자로 참여한 대한민국학술원과 일본학사원 공동 학술회의의 경과와 내용을 말한 것을 찾아보기 바란다.

27 일본에서 발표한 통계에 의하면, 자연학문 분야 박사학위 취득자의 비중이 일본은 86.1%여서, 독일 74.6%, 영국 67.3%, 불국 58.4%, 미국 44.8%보다 훨씬 많은 것이 구체적인 증거이다. 《학문의 정책과 제도》(계명대학교출판부, 2008), 364-365면에서 이에 관해 고찰했다.

택해야 희망이 있고, 일본을 도와줄 수 있다. 인문학문이 학문 발전을 획기적으로 선도해 자연학문을 일깨우는 것이 마땅하다. 양쪽 학문이 기본 원리를 공부하면서 함께 발전하도록 해야 한다.

지금 하는 대로 두어도 잘될 수 있는 것은 아니므로 학문 정책을 바꾸어야 한다. 전인미답의 창조를 완전한 재량권과 충분한 시간을 가지고 할 수 있게 하는 것이, 추종자 학문을 버리고 선도자 학문으로 나아가 학문의 획기적인 발전을 이룩하기 위한 최상의 방법이다. 이에 관해 필요한 정책을 자세하게 입안해 제시한 것이[28] 이 기회에 평가되고 실현되기를 바란다.

연구해서 얻은 결과가 일본에게도 크게 도움이 되어, 일본 학문을 정상화할 수 있도록 하는 설득력을 가져야 한다. 보편적 가치를 가진 학문이 어떤 것인지 분명하게 알려, 균형 잡히고 성숙한 사고를 하도록 도와주어야 한다. 학문에서 우리에게 뒤떨어진 줄 알아차리고 자존심이 상하는 고통을 심각하게 느끼도록 하는 것이 일본이 착각에서 벗어나도록 하는 좋은 자극제이다. 차등의 관념을 청산하고 대등의 가치를 발견하도록 하는 치료 효과가 이보다 더 큰 것을 생각하기 어렵다.

우리가 이미 지니고 있으며, 더 개발하기 위해 힘쓰는 인문학문의 역량으로 싸움을 넘어서서 싸우지 않는 것이 가장 큰 승리임을 밝혀야 한다. 상극이 상생이고 상생이 상극인 생극론이 동아시아문명의 소중한 유산이고 인류를 위해 널리 도움이 될 수 있으니 함께 이어받아 발전시키자고 한다. 일본어로 번역된 내 책, 《동아시아문학사비

---

28 이에 관해 《통일의 시대가 오는가》에서 구체적인 입안을 제시했다.

교론》, 《동아시아문명론》, 《하나이면서 여럿인 동아시아문명》을 읽는 일본인 독자들이 이에 동의하고 동참할 것을 기대한다. 이 책도 번역되면 더 좋을 것이다.

일본에서는 학자들이 미세한 주제를 세밀하게 고찰하는 현미경 작업에 몰두하는 탓에 미개척으로 남아 있는 총체적이고 거시적인 논의를 평론가라는 사람들이 맡아 나선다. 학문적 검증을 거치지 않은 허황된 논의를 아무렇게나 펼치는 책을 쉽게 써서 현란한 문장으로 독자를 사로잡는다. 일본 특유의 이런 파행 현상을 서양서 번역으로 시정하려고 하면 자아 상실을 부추기기나 한다. 유럽 중심주의를 넘어서서 동아시아문명을 재평가하면서 일본의 각성을 촉구하는 망원경 수준의 역사철학을 우리가 먼저 이룩하면서 일본 학계의 동참을 유도하는 것이 마땅하다. 이것이 내가 해온 작업이다.

당면한 과제를 앞에 두고 논의가 너무 멀리 나아가고 지나치게 추상화되었다는 비난을 들을 수 있다. 막연한 이상주의는 문제 해결에 도움이 되지 않는다고 할 수도 있다. 그러나 급할수록 여유를 가지고, 꽉 막힌 난관은 접근 방법을 바꾸어 풀어야 한다. 과학기술의 발전에서 일본을 따를 수 없다고 여기지 말아야 한다. 일본 수준으로 연구비를 지원하지는 못하니 장래가 암담하다고 하는 것은 잘못이다. 연구의 근본 원리를 바로 알아 뛰어난 통찰력을 갖추고 접근하면 타개책이 생긴다.

진정한 연구는 싸움을 넘어서서, 피차 도움이 되는 것을 입증한다. 각자의 장기를 살려야 그럴 수 있다. 일본의 미시적 연구를 거시적 통찰에 수용해야 한다. 각론에서 보여주는 장기를 받아들여 총론의 차원을 더욱 높이는 데 활용해야 한다. 과학기술의 독주를 인문학문의 역량으로 조정해 학문 통합으로 나아가야 한다. 이렇게 해서 서로 돕는 것이 대등한 화합의 길이다.

일본의 무역 보복을 말하다가 학문 원론을 펴는 데 이르렀으니 잘못되었다고 할 것인가? 아무리 절박한 사정이라도 긴 안목으로 고찰해야 바람직한 해결책이 발견된다. 긴 안목을 제공하는 학문을 무시하면 되는 일이 없다. 학문은 국가의 경쟁력을 높이면서 경쟁을 넘어서서 화합을 이룩하는 능력이 있다. 지금의 절박한 사정이 학문의 의의를 평가하도록 하는 좋은 기회이다.

그 뒤에 상황이 악화되었다. 일본의 무역 보복은 일본도 손해이고, 여론이 일본에게 불리하고, 미국이 막후에서 중재를 하고 있어 곧 해결될 수 있을 것이라는 기대는 무너지고, 더욱 확대되고 있다. 정부에서는 수입을 하지 못해 막대한 지장이 생기는 품목을 국산화하기 위해 거액의 연구개발비를 투자하겠다고 발표했다. 이에 관해 할 말이 있다.

수입품의 국산화를 국력을 기울여 추진하는 것은 당연하다. 분쟁이 일어나기 전에 말없이 했어야 하는데 위기에 몰려 다급하게 서두르니 보기 좋지 않고, 기대하는 것만큼 진척이 빠를 수 있을지 걱정이다. 이런 말은 누구나 다 할 수 있어 내가 나설 필요가 없다. 문제는 어디에 투자를 하고 무엇을 개발하는가에 있다. 이에 관해서 특별히 할 말이 있다.

수입을 하지 못하면 큰 지장이 있는 품목의 국산화는 단기적인 대책이다. 단기적인 대책이 시급한 것은 말할 필요가 없지만, 장기적인 대책도 함께 구상하고 힘자라는 대로 추진해야 한다. 일본에는 아직 없고 장래에 크게 유용하리라고 생각되는 기술을 앞질러 개발하는 것이 장기적인 대책이다. 단기적인 대책은 일본과의 격차를 줄이는 데에 그치고, 장기적인 대책이라야 일본을 능가할 수 있다.

단기적인 대책은 피해당사자인 기업인들이 정부 해당부처와 손잡고 쉽게 세워 추진할 수 있다. 장기적인 대책은 그럴 수 없다. 대통령이 직접 맡아야 하는가? 전혀 아니다. 지위와는 상이한 능력이 요구된다. 연구가 가장 깊은 경지에 이른 학자들이 학술총괄기관에 모여 학문연구와 기술개발의 미래를 슬기롭게 판단하고 기획해야 장기적 대책 수립이 가능하다. 이런 기관을 시급히 만들어야 한다. 방향을 정하고 기획만 하면 되는 것이 아니고, 실제 연구를 누가 어떻게 하는가가 더 문제이다. 이에 필요한 제도도 반드시 갖추어야 한다.

강의나 잡무에서 벗어나 연구에 전념하는 연구교수라야 막중한 임무를 감당할 수 있고, 계획서를 내고 심사를 받는 절차 없이 연구비를 사용할 수 있어야 한다. 연구의 기획이나 진행에서 학제간의 협력이 최대한 이루어져야 획기적인 성과를 기대할 수 있다. 학문 연구 원론을 개발하는 인문학자가 반드시 참여해 통합학문을 창조하는 방향으로 나아가야 새로운 길이 열린다. 학문 모든 분야가 공유하는 뿌리가 튼튼해야 새 가지가 싱싱하게 뻗어나고 열매가 풍성하게 열린다. 이런 이치를 모르고 남의 나무에서 탐나는 가지를 잘라와 접붙이기나 하려는 어리석은 짓은 그만두어야 한다.

배타적인 경쟁에서 이기려고 하는 연구는 기대하는 성과에 이르지 못한다. 선행하는 연구를 추종하면서 격차를 최대한 줄이는 것을 최상의 성과로 삼는다. 그래 보았자 2등이다. 2등은 꼴찌와 다름없을 수 있다. 생각을 고치고 방법을 바꾸어야 한다. 경쟁을 의식하지 않고 모두에게 유익한 보편적인 원리를 찾기 위해 능력을 최대한 발휘해야 저만치 앞서 나갈 수 있다.

일본을 적대시해 기어코 이기려고 하지 말아야 앞서 나갈 수 있다. 일본 사람들을 위해서도 따뜻하게 봉사해 인류를 모두 행복하게 하려고 성실하게 노력해야 진정으로 가치 있는 연구를 할 수 있다. 我相을 모두 없애고 가장 낮은 데까지 내려가야 得道가 가능하다. 만인이 공유한 잠재의식의 가장 심층에 잠재되어 있는 놀라운 지혜의 샘물을 찾아서 마실 수 있다.

모두 처음 하는 말이 아니므로 간략하게 줄인다. 《통일의 시대가 오는가》(지식산업사, 2019), 〈창조하는 학문의 길〉(지식산업사, 2019)에서 이미 제시한 견해를 지금 상황에 맞게 다듬었을 따름이다. 책이 나온 지 한참 되었는데 아무 반응이 없어 유감이다. 읽어야 할 사람들은 반드시 읽어, 효력이 나타나기를 간절하게 바란다.

이순신 이야기 새로 해야

1

방송극 〈불멸의 이순신〉을 보면서 많은 것을 느꼈다. 李舜臣(이순신)의 시련과 투지를 다룬 내용이라 관심을 끌 만했다. 주연과 함께 여러 조연이 온몸을 바쳐 해낸 연기가 뛰어났다. 해전 장면을 실감

나게 보여주려고 애쓴 것도 칭송할 만하다. 시청률이 높은 것이 당연했다.

그러나 성공을 자축하고 말 것은 아니다. 열기를 가라앉히고 앞뒤를 돌아보면서 냉철하게 살펴야 할 사항이 적지 않다. 그 가운데 여기서는 시각의 불균형을 문제 삼고자 한다. 조선의 장졸은 되도록 많은 사람을 진지하게 그리면서 상대방에 대해서는 전혀 그렇지 않아 작품의 진실성이 훼손되었다.

일본 장수들은 표독스럽고, 명나라 장수들은 탐욕스럽기만 해서 정상적인 사람이 아닌 것처럼 보이도록 했다. 자주 등장하는 일본 병사들은 죽으러 온 허깨비처럼 취급했다. 조선 백성 못지않은 원통한 희생자임을 한 번도 말하지 않았다. 삶의 고난을 토로할 수 있는 기회를 완전히 박탈하고 단순한 구경거리로 삼았다.

애국을 주제로 하고 영웅을 칭송하려고 하니 그렇게 하는 것이 당연하다고 할 것은 아니다. 일본인이나 중국인에 대한 폄훼가 지나쳐 애국주의가 일방적인 주장으로 후퇴하고 설득력을 상실했다. 사람이라고 하기 어려운 기괴한 상대와 싸워 이긴 이순신이라면 위대한 영웅이라고 하는 것은 무리이고, 기이한 능력의 소유자 슈퍼맨이라고 하는 편이 적합하다.

방영이 끝난 뒤에 왜 말이 많은가, 이미 과거사가 된 것을 길게 시비해서 무엇하겠는가 하고 나무라지 말기 바란다. 임진왜란과 이순신은 자손 대대로 두고두고 작품화할 소재이다. 후속 창작물이 어떤 형태로든지 곧 나올 것이다. 다음 것은 잘 만들려면 어떤 시각과 노력이 필요한지 말하고자 한다.

우리는 임진왜란이라고 부르는 사건을 일본과 중국의 자료와 시각까지 합쳐 공평하게 연구하는 성과를 학자들이 이룩해야 한다. 그런 시각을 갖추어 한국, 일본, 중국 세 나라에서 모두 환영받을 수 있는 창작물을 다시 만들어야 한다. 단선적이고 원색적인 애국주의를 일방적으로 역설하지 말고, 애국주의의 상대적인 의미를 인간 탐구의 과제로 삼아 심각하게 문제 삼아야 한다. 국내의 인기만 평가의 척도로 삼을 것은 아니다. 다시 쓰고 만든 창작물은 동아시아의 자랑이 되고 세계명작의 반열에 오르기를 바란다.

톨스토이의 《전쟁과 평화》는 누구나 알고 있는 바와 같이 프랑스의 침략을 러시아가 격퇴한 내용을 다루었다. 러시아의 애국주의를 그렸다고 할 수 있지만 국내용만은 아니다. 적국이었던 프랑스에서도 깊은 감동을 주어 높이 평가하고, 두 나라 밖의 광범위한 독자가 애독해 세계문학의 걸작이라고 칭송된다. 이제는 임진왜란의 승패나 이순신의 전술이 긴요한 관심사일 수 없다. 인간이 저지르는 가장 큰 죄악인 전쟁의 의미에 대한 새로운 탐구가 긴요하다. 임진왜란 때 겪은 참혹한 시련을 값진 유산으로 물려받아 최상의 작품을 내놓아야 하는 의무가 있는 줄 알아야 한다.

지금 아시아 각국을 휩쓰는 韓流(한류)는 보편적인 가치를 요구한다. 우리만의 사연을 수출하려고 하면 역풍을 만난다. 포용력을 넉넉하게 가지고 더 큰 것을 말하는 곡조와 사설을 갖추어야 한다. 아시아인의 공통된 이상을 제시하면서 인류가 나아갈 길을 여는 데까지 나아가야 한다.

일본이 우경화해서 가해 작용을 확대하지 않을까 염려되지만, 맞불을 놓아 불화를 키우는 것은 적절한 선택이 아니다. 보편적 가치와 공통된 이상을 찾고 이룩하기 위해 더욱 진지하게 노력해야 한다. 그래서 설득력을 갖추어 일본의 비판적이고 양심적인 세력과 깊이 제휴해, 편협하고 적대적인 아집을 버리도록 성심껏 권유하는 것이 마땅하다.

2

위의 글은 2005년 여름 어느 날 한국언론학회가 제주도에서 개최한 학술회의에 초청되어 발표한 원고이다. 이순신 방송극을 만든 한국방송공사가 행사를 후원한 것을 알고 특별히 준비한 내용이며, 한국방송공사 사장이 맨 앞자리에 앉아 있는 것을 보고 귀담아 들으라고 열을 올려 발표했다. 발표 원고를 가다듬어 〈'불멸의 이순신' 다시 생각하기〉라는 제목으로 《문화일보》 2005년 9월 24일자에 게재했다.

묵은 이야기를 다시 하는 것은 같은 사태가 계속되기 때문이다. 방송극에서 하던 일을 영화가 이어받아 〈鳴梁〉(명량)이라는 대작으로 관객을 사로잡더니 거창한 물건을 또 만든다고 한다. 이순신을 팔아 돈을 버느라고 누적된 잘못을 바로잡지 못하고 지속시키는 것이 안타까워 이 글을 다시 쓰지 않을 수 없다.

이순신은 영웅이라고 숭앙하고 다른 모두는 폄하하는 유치한 짓을 더 하지 말라고 과격하게 말해 충격을 주고자 한다. 영웅주의에서 벗어나 사람의 이야기를 해야 한다. 애국주의를 넘어서서 보편주의로 나아가야 한다. 사태의 진전을 다각적으로 종합적으로 파악해야 한다. 단색적인 자극과는 다른 깊은 감동을 느끼게 해야 한다. 대등한 화합을 이룩하는 데 기여해야 한다. 하고자 말을 이렇게 요약할 수 있다.

싸운 쌍방을 무어라고 일컬을까? 일본과 조선이라고 하는 것이 좋다. '조선'을 '한국'이라고 하면 어울리지 않고, '우리'라고 하면 편파적이다. 일본과 조선이 전쟁을 한 경과를 총괄해 보면 일본이 처음에는 이기다가 나중에는 패배했다. 이에 관한 다각적이고 총제적인 인식이 있어야 한다.

전쟁이 나기 전에 十萬養兵(십만양병)을 하자는 주장이 있었으나 채택되지 않아 천추의 한이 된다고 하는 말이 있는데, 여러모로 타당하지 않다. 金萬重(김만중)이 《西浦漫筆》(서포만필)에서 밝혀 논했듯이, 십만양병설은 허구이고, 실제로 가능하지 않았다. 무리하게 추진했더라면 민심이 이반되어 일본군이 환영을 받고 진주했을 수 있다.

일본과 조선은 국력이 대체로 비등해서 승패가 한쪽으로 기울어지지 않았다. 이에 관해 일본인이 한 말을 든다. 雨森芳洲(우삼방주, 아메노모리 호슈)라는 문사가 《朝鮮風俗考》(조선풍속고)라는 책에서 다음과 같이 말했다.

"조선을 약한 나라로 보는 사람도 있다. 그것은 히데요시가 조선을 공격할 때 조선인을 많이 죽였다고 들었기 때문이다. 그러나 당시 조선은 평화가 계속되고 평화에 익숙해져 국방을 소홀하게 하고 있었다. 이에 반해 일본은 전란이 계속되었으므로 아주 잘 훈련된 병사들이 많았던 시기이다. 일본이 갑자기 침입해서 전쟁을 일으켰으므로 초기에는 조선이 허무하게 당했다. 그러나 실제로 사상자 수는 일본과 조선이 거의 같았다. 일본이 군사를 철수할 때에 크게 당해 사상자가 많았다."

일본의 국력은 官力(관력), 조선의 국력은 民力(민력)을 근간으로 하는 점이 달랐다. 일본의 官力이 잘 훈련된 많은 군인이 검술에 능하고 조총까지 사용하는 것으로 구체화되어 전쟁 초기 육전에서 일방적으로 승리했다. 조선은 民力을 발휘하는 데 시간이 걸려 반격이 늦었으며, 民力의 오랜 축적으로 배가 튼튼하고 화포를 갖춘 점이 유리해 해전에서 전세를 역전시켰다.

설사 이순신이라도 육전을 담당하는 병마절도사였다면 고전을 면하지 못했을 것이다. 해전을 하는 수군절도사가 되어 유리한 조건을 십분 발휘했다. 이것은 이순신의 행운이고, 민족의 경사이다.

이순신은 숭앙하고 원균은 폄하하기만 하지 말아야 한다. 둘의 관계를 다각적으로 종합적으로 파악해야 한다. 이순신은 해전을, 원균은 육전을 맡았다. 해전에서 거둔 승리가 육전에서는 가능하지 않은 것이 원균이 지닌 근본적인 한계였다. 이순신이 물러났을 때 원균이 해전을 지휘한 것은 갑작스러운 변신이어서 성공 가능성이 적었다.

원균은 勇將(용장)이라면, 이순신은 智將(지장)이다. 이런 차이점은 담당한 임무와 직결된다. 육전의 용사 원균은 당장 싸우고자 하는 강경 노선을, 해전을 담당한 이순신은 준비를 계속하면서 때를 기다리는 온건 노선을 택한 것이 당연했다. 원균으로서는 이순신의 온건 노선이 비겁한 기회주의자의 작태이므로 규탄하는 것이 타당했다.

강경 노선의 용장답게 싸우다가 죽은 원균을 일방적으로 나무라는 것은 적합하지 않다. 전세를 회복하는 데는 도움이 되지 않았어도, 자기 나름대로 할 일을 다 한 것을 인정하고 평가해야 한다. 승리를 거둔 결과를 들어 이순신의 온건 노선이 처음부터 옳았다고 여기는 것은 소신이 부족한 기회주의적 사고방식일 수 있다. 강경 노선이냐 온건 노선이냐 하는 시비는 만만하지 않다.

오늘날에는 일본의 식민지 지배 만행을 극력 규탄하는 강경 노선이 일방적으로 우세해 일본과 속 좁기 시합을 하려고 한다. 속 넓기 시합으로 방향을 바꾸어, 피해자에 지나지 않는 대다수의 일본인과 화합하면서 일본이 달라지도록 하자는 온건 노선은 발붙일 곳이 거의 없다. 일본과의 차등을 역전시키는 것만 목표로 하고, 대등한 화합을 이루려고 하지는 않는다.

이순신 이야기로 방송극이나 영화를 만들면서, 이순신은 마음이 여리고 번민이 많았으며, 전승을 준비하고 계획하느라고 깊은 고심한 것은 관심에 두지 않는다. 승전을 가능하게 하는 지혜의 내밀한 원리는 문제로 삼지 않는다. 주위 사람들과 어떤 관계를 가지고 크고 작은 난관을 극복해야 했는지 탐구할 생각도 없다.

이순신이 단호한 자세로 용맹스럽게 나서서, 기묘한 전술로 적의 함대를 불살라 처참한 살육이 바다를 가득 메우는 장쾌한 광경을 보여주면서 관중을 열광시킨다. 구경 가운데 싸움 구경이 으뜸이고 피를 흘리고 죽는 사람이 많아야 흥행에 성공한다는 상술을 십분 발휘한다. 저질의 폭탄을 마구 터뜨려 구경하는 사람들이 온몸으로 맞고 바보가 되게 한다.

군사 작전은 교향악보다도 복잡하고 교묘하다고 할 수 있다. 이순신이 베토벤 이상의 구상을 편 것을 밝히려면, 이야기를 작품으로 꾸미는 사람이 뛰어난 작곡가여야 한다. 큰 악기로 굉음을 계속 울리면 위대한 작품이 탄생하는 것은 아니다. 이순신만 홀로 내세우는 독주곡이 아닌, 다른 사람들과의 관계를 다루는 협주곡을 만들려면 다면적인 얽힘을 생동하게 나타내야 한다. 이순신을 따로 내세우지 않고 임진왜란의 진행 상황 전체로 교향곡을 만들고자 하면 다각적인 고찰을 깊이 해야 한다.

이순신과 일본군의 현지 사령관, 이 양극 사이에 여러 겹의 사람들이 있다. 이기는가 지는가, 사는가 죽는가 하는 양극 사이에 복잡하게 얽힌 사연이 있었을 것이다. 무서워서 도망갈 기회만 노리는 조선인 병사가 적지 않게 있었을 것이고, 원하지 않게 끌려나와 살인을 저지르고 깊이 참회하는 일본인 병사들도 있었으리라. 일본인 병사들을 적개심을 가지고 매도하기만 하지 말고, 처참한 희생을 안타깝게 여기고 동정하는 마음을 가지고 묘사해야 한다.

3

싸우러 온 일본 군사가 투항을 해서 降倭(항왜)라고 일컬어진 이들이 많았다는 기사를 《조선왕조실록》에서 쉽게 찾아볼 수 있다. 항왜는 조선군에 편입되어 검술을 가르치기도 하고 전공을 세우기도 해서 포상을 받고 잘 정착되기도 했다. 많은 부하를 거느리고 항복한 왜장은 金忠善(김충선)이라는 성명과 함께 사대부의 지위를 얻어 자손에게 물려주었다. 불운하면 고난을 겪다가 뜻하지 않게 실패자가 되기도 했다.

한 사람을 골라 주목해보자. 실록에 呂汝文(여여문)이라고 하는 항왜에 관한 말이 자주 오르고, 잘 나가다 어이없이 죽은 내력이 소상하게 기록되어 있다. 《선조실록》 31년 3월 27일자의 기사를 이해하기 쉽게 간추린다.

呂汝文은 명나라 장수를 수행하고 행군하다가 의성 지방에 이르러, 왜군의 머리를 하고 왜군의 옷을 입고 왜군의 진영에 들어가 형세를 자세하게 파악했다. 본 것을 그림으로 그려 가지고 나와 보고하니, 크게 칭찬하고 상금을 주었다. 명나라 장수가 시켜 呂汝文이 다시 왜진에 들어갔을 때, 明軍(명군)의 다른 부대가 도착해 전투가 벌어졌다. 왜적 4인의 목을 베고 빠져나오려고 하는 呂汝文을 그 부대 군관이 죽였으며, 왜군 首級(수급)을 모두 앗아 공을 가로챘다. 이 광경을 조선 군사 여럿이 목격했다.

이처럼 기구한 생애가 또 있겠는가? 운명을 바꾸려고 하다가 운명의 장난으로 희생되었다고 할 것인가? 남들의 목을 베어 큰 공을 세우려고 하다가 자기 목이 달아나는 앙화를 불러오지 않았는가? 상해와 살인, 배신과 탐욕, 위장과 기만이 득실대는 삶의 부조리가 전쟁 탓에 최대한 확대되었다고 할 것인가? 외국인들 사이에서 벌어지는 어처구니없는 활극을 이 땅의 주인인 본국인은 보고만 있어야 했던가? 본 것을 전해주어 이런 기록이 남을 수 있었으니 다행이라고 할 것인가?

이 사건을 가지고 작품을 만들면 위와 같은 의문이 빈발하지 않을 수 없다. 어느 한쪽으로 이해하고 평가할 수 없게 한다. 애국주의와는 거리가 먼 이른바 인류의 이야기여서 누구나 관심을 가질 만하다. 자기 나라 인물이 등장하는 한중일 세 나라 사람들의 관심은 각별할 수 있다. 누구 편을 들고 누구는 나무랄 것이 아니다. 주인공을 죽인 중국인 군관이라도 반쯤은 오해로, 반쯤은 탐욕으로 실수를 했다. 옳고 그른 시비에 매달리지 말고 더 큰 것을 보자. 인간성을 파괴하는 전쟁의 참상을 보고 크게 반성하자.

임진왜란을 가지고 영화를 다시 만들려고 하면 이순신 칭송에 치우치는 것이 부끄러운 줄 알고 방향을 바꾸어야 한다. 전쟁의 참상이 인간의 치부를 마구 드러내니 평화를 희구하도록 해야 한다. 좋은 작품이 세계 전역에서 높이 평가되어 많은 관객을 모으는 데 일본인도 큰 비중을 차지하면 아주 좋을 것이다. 너무나도 처참한 이야기가 우리와 일본인이 함께 마음을 크게 넓히게 할 수 있기를 기대한다.

톨스토이의《전쟁과 평화》가 최고의 명작이던 시대는 갔다고 선언하고, 새로운 시대를 여는 데 앞서야 한다. 전쟁이 인류가 저지르는 최악의 과오임을 설득력이 더 큰 방식으로 밝히고, 영웅이 따로 없으므로 최악의 피해자가 각성의 주체가 되어 마음을 열고 모두 하나가 되는 세상을 만들자고 해야 한다. 그 선두에 서는 작품을 처참한 국제전쟁 임진왜란을 소재로 해서 제작하자고 제안한다.

패권주의와 결별하는 행복

1

근대 민족주의는 자국의 우월을 주장하고 타국을 굴복시키는 것을 찬양하는 방향으로 나아가 제국주의나 패권주의를 낳았다. 역사는 국가끼리 싸워서 이긴 내력이라고 하고, 싸워서 이기는 국가를 만드는 데 힘쓰라고 충동질했다. 이것은 크게 잘못된 일이므로 반성하고 시정해야 한다. 패권주의를 자랑하면 불행해지고, 청산해야 행복해질 수 있다.[29]

대영제국이 세계를 지배한다고 하던 자부심이 이제 미국으로 넘어가 불행한 시대를 지속시키고 있다. 제국주의를 타도하면 문제를 해결하고, 타도하지는 못해도 비난을 계속하면 잘되는 방향으로 나아갈 수 있는 것은 아니다. 우월한 세력을 싸워서 물리치겠다는 것 또한 패권주의 사고방식이다. 피해자의 패권주의는 정당하다고 할 것이 아니고, 더 심한 비정상이다.

미국과 싸워 이기려고 중국이 군비경쟁을 하고, 북한도 핵무기를 제조하는 것은 부적절한 선택이다. 미국에게 이기려고 미국보다 더 큰 힘을 가지고자 하는 불가능한 목표를 달성하려고 하다가 국력이 고갈되어 쓰러진다. 소련이 그래서 망한 것을 알고, 같은 길로 가지

---

29 생물의 종에 거대해지다가 멸종되는 것들이 적지 않다. 너무나도 많이 필요한 먹이를 구하기 어렵기 때문이다. 종일 먹어도 배가 차지 않는 극한에까지 이르면 생존 방도가 없다. 체구가 작은 종은 구하기 쉬운 먹이를 적게 먹어도 되니 탈이 없고 번성한다. 엄청나게 큰 공룡은 모두 멸종되고, 포유류들은 작아서 살아남았으나 체구가 커지면 존속이 위태로워진다. 거구를 당당하게 뽐내고 다니던 땅늘보는 사라지고, 모습도 행태도 우스울 정도로 보잘 것 없는 나무늘보는 움직임을 최소한으로 줄인 덕분에 생명을 유지한다. 우람하기 이를 데 없는 매머드는 사라지고, 그보다 작은 코끼리는 아직 존속하지만 크기 때문에 위태롭다. 거대한 유인원이 멸종된 전철을 고릴라가 밟고 있다. 거대한 체구와 강력한 힘이 있어 맹수 가운데 으뜸인 호랑이는 찾아볼 수 없게 되고, 고양이는 무시해도 될 만큼 작은 것을 장기로 삼고 어디서든지 슬기롭게 살아간다. 강하면 약하고 약하면 강하고, 강성함을 자랑하면 스스로 망하는 생극의 원리가 자연에서도 확인된다.

말아야 한다. 미국이 군사적 갈등을 고조시켜 상대방이 군비 경쟁 때문에 힘이 고갈되게 만드는 작전을 쓰는 것을 알고 말려들지 말아야 한다.

미국은 가만 두어도 위태롭다. 과거 역사의 모든 강자는 강하기 때문에 망했다. 로마제국의 전례가 그 좋은 본보기이다. 강자는 더 강해지려는 속성이 있고, 그 때문에 무리를 해서 스스로 와해되는 길로 들어선다. 미국은 교도소를 더 짓는 돈이 필요해 교육예산을 줄여야 한다고 한다. 밤 여덟시 이후에는 외출을 하지 못하는 나라가 되었다. 이 정도에 그치지 않고 사태가 더욱 악화될 것이다.

미국을 무너뜨리는 공격을 하려고 무리한 방법을 사용하는 것은 어리석다. 무리한 방법은 심한 악을 배태해, 응징을 하려면 덜 심한 악인 미국이 나서야 한다고 인정하고 지지하지 않을 수 없다. 그 때문에 미국이 존재 의의를 인정받아 내부의 위기가 조금 완화된다. 미국을 무너뜨리려는 쪽이 미국의 와해를 지연시킨다.

미국이 와해된다는 것은 패권주의의 자멸을 의미한다. 그 결과 미국 사람들이 죽는 것이 아니고, 새로운 나라에서 행복하게 살 수 있다. 패권주의가 무너지고 대등한 사회관계가 이루어지면 평화와 안전을 누리면서 살 수 있다. 원한을 사지 않아 미국을 무너뜨리려는 공격도 없어질 것이다. 이렇게 되도록 도와주어야 한다.

미국이 소생하려면 각 주가 독립하는 것이 좋다. 합중국 중앙정부는 없어져야 한다는 것이 아니다. 유럽연합 본부처럼 최소한의 권한만 가지고, 주들 사이의 합의와 조정에 관한 임무를 수행하면 된다. 군사력도 재조정해서 전체 규모를 대폭 감소한 다음, 연방군은 상대적으로 줄이고, 각주의 방위군은 상대적으로 늘리는 것이 좋다. 연방군이 불의의 공격을 하려고 하면 주 방위군이 동조하지 않아 성사 불가능할 것이고, 정당한 방어를 위해 군사력을 동원할 때에는 주 방위군도 함께 나서는 것이 당연해 실수도 차질도 없을 것이다.

패권주의를 투쟁의 대상으로 삼지 말고, 패권주의 사고방식을 없애는 투쟁을 해야 한다. 패권주의를 온 세상에서 없애야 한다고 열을 올려 떠들 것은 아니다. 내 마음을 마음대로 하지 못하니 세상을 마음대로 하려고 하는 잘못을 저지르지 말자. 패권주의 사고방식을 철폐하는 투쟁은 내 마음속에서 나를 상대로 먼저 시작해야 한다. 그 다음에 내 주변으로, 다시 우리나라로 전개해야 한다. 온 천하가 다 달라지게 하는 것은 마지막 단계에 기대할 일이다.

우리나라가 강성해지기를 바라는 마음을 없애는 것이 가장 긴요하다. 우리도 통일이 되면 강성한 나라가 되리라고 기대하는 말을 듣는다. 이것은 강자를 흠모해 강자의 주장인 차등론을 추종하는 어리석은 짓이다. 강성해지면 다른 나라를 쳐서 굴복시켜야 되는데, 어느 나라를 친다는 말인가? 아무리 돌아보아도 칠 만큼 만만한 나라가 없다. 과거에 광개토대왕이, 더 오래 전에 단군이 광범위한 영역에서 남들을 쳐서 복속시킨 것을 자랑하고 있으면 바보이다. 힘 있으면 때리고 없으면 맞는 것이 당연하다고 하게 되어, 일본이 우리를 괴롭힌 것을 나무랄 수 없다. 모든 제국주의 침략이 합리화된다.

패권주의 사고방식을 씻어내려면 역사 인식을 바꾸어야 한다. 민족사관으로 우리 민족을 드높이려고 하지 말고, 우리는 다른 나라를 침공해 괴롭힌 적이 없고 평화롭게 살기를 희구해온 것이 다행이라고 해야 한다. 우리가 동아시아 이웃나라와 다른 것보다 같은 것을, 공동의 문명을 함께 이룩해온 것을 평가해야 한다. 지금 유럽은 통합되면서 서로 싸워 승패를 나눈 것은 말하지 않고 문명을 공유한 것을 밝혀 논하는 데 힘쓴다. 제국주의의 본고장에서는 낡은 역사관을 청산하는데, 피해자가 되어 괴로움을 겪은 우리 쪽에서는 아직도 역사를 싸워서 승패를 나눈 내력이라고 하고 있으니 크게 탄식할 일이다.

요즈음 고등학교에서 동아시아사를 가르치는 것은 진일보이나, 동아시아가 하나이게 한 공통된 문명은 말하지 않으며 국가끼리의 쟁패를 다루는 정치사에 매달리는 잘못은 청산하지 못하고 있다. 우리가 먼저 정신을 차리고 이웃을 깨우쳐야 한다. 영국은 유럽문명권의 주변부여서 유럽 통합에서 벗어날까 말까 망설이듯이, 일본 또한 자기네는 특수해 우월하다는 생각에 미련을 가진다. 새로운 천황이 즉위해 새 연호를 반포하는 것이 대단한 일이라고 하면서 세계사의 진행과 역행한다. 중국은 제국주의에 패권주의로 맞서는 것을 말리기도 어렵다. 사정이 이렇기 때문에 우리가 더욱 분발하지 않을 수 없다.

일본은 천황제를 폐지해야 차등을 버리고 대등한 사회가 된다. 천황은 신성하다고 받드니 그 반대쪽에 더럽다고 멸시하는 천민이 있다. 더럽다고 멸시하는 천민이 따로 없다고 하려면 신성하다고 받드는 쪽도 없어야 한다. 천황제 철폐는 너무나도 과격한 주장이어서 반감을 살 수 있으므로 한 걸음 물러선다. 새로운 천황이 천황을 신성하다고 받들 필요가 없다고 스스로 선언하고 예사 사람처럼 살아가면서 천민을 친구로 하면 일본의 역사가 달라지기 시작할 것이다.

미국이든 중국이든 여럿으로 나누어져 거대국가를 유지하는 부담에서 벗어나야 패권주의를 청산할 수 있다. 미국의 각 주가 독립하듯이 중국의 각 성도 독립해야 새로운 시대가 시작될 수 있다. 미국의 경우처럼 중국에서도 중앙정부는 최소한의 권한과 군사력을 가지고 성들 사이의 협의와 조정에 관한 업무나 관장하는 것이 바람직하다. 미국의 경우와 달라 중국의 중앙정부 상위에는 장차 어느 시기에 유럽연합 본부와 같은 동아시아 연합 본부가 있게 되리라고 기대한다.

하나인 동아시아가 제국주의나 패권주의와는 전혀 다른 대등의 세계관을 가지고 세계 평화를 이룩하고, 갖가지 차등을 넘어서서 인류를 행복하게 하는 방향으로 나아가자. 이것이 유럽문명권 제국주의가 주도해온 근대를 넘어서 다음 시대로 나아가는 세계사의 미래상이다. 이런 깨달음을 우리가 먼저 분명하게 하고, 월남과 마음이 통해 공동전선을 펴고, 중국과 일본을 낮은 데서부터 설득하는 것이 마땅하다. "낮은 데"는 관원이 아닌 민간인, 기성인이 아닌 학생, 명문대학이 아닌 예사 대학을 지칭하는 말이다.

우리 학생들이 한국인을 넘어선 동아시아인이 되겠다고 작정하고, 유학 와 있는 월남·일본·중국학생들과 서로 이해하고 배우는 모임을 만드는 것이 최상의 출발이다. 아직 모자란다고 여기고 향상을 염원하는 대학에서 월남·일본·중국의 위치가 유사한 대학과 협약을 맺고 학생을 교환해, 네 나라 대학에서 모두 공부한 동아시아인을 공동으로 양성하는 것이 좋은 방안이다.

2

어느 나라든지 그 나름대로의 패권주의가 있는 것 같다. 자국이 우월하다고 하면서 다른 나라를 업신여기고, 국내에서 주도권을 장악한 세력이 열세인 쪽을 박해하는 폐풍에서 벗어나기는 어렵지 않은가 한다. 이렇게만 말하고 물러날 것은 아니다.

불가능하다고 생각되는 것을 가능하게 해서 패권주의와 결별한 나라가 있는 것을 알고 높이 평가해야 한다. 그 본보기를 둘 들 수 있으니, 하나는 핀란드이고, 또 하나는 캐나다이다. 이 둘은 이웃의 강대국에게 시달려온 불운을 행운으로 바꾸어 누구나 부러워할 만한 좋은 나라를 만든 공통점이 있다.

핀란드와 캐나다는 국토가 넓지만 살 만한 곳은 남쪽 일부만이어서 사람이 적고 국력이 미약할 수밖에 없다. 핀란드는 스웨덴의 지배를 오래 받았으며, 러시아에 종속되고 침공을 받기도 해서 고통을 겪었다. 캐나다는 인구가 열 배쯤 되는 미국의 압력을 견디어야 하는 처지이다. 핀란드가 러시아에, 캐나다가 미국에 대응하는 방식은 적개심을 표출하는 투쟁이 아니고 월등하게 좋은 나라를 만들어 행복을 누리는 것이다.

핀란드는 민족문화의 정체성을 소중하게 여긴다. 서사시 〈칼레바라〉(Kalevara)를 자긍심의 원천으로 삼고, 자기네 예술을 사랑한다. 캐나다는 특별히 내세울 것이 없는 점이 핀란드와는 달라, 누구나 와서 살도록 하고, 무엇이든 받아들일 수 있게 나라를 개방한다. 그러면서 자연 보호를 잘하고, 차별이 없어 모두 떳떳하게 살 수 있게 하고, 사회복지를 최우선의 국책으로 삼는 것은 같다.

핀란드는 교육에서 모범을 보인다고 하면서 칭송이 자자하다. 우수한 교사에게 교육을 내맡겨 스스로 고안한 적절한 방법으로 학생 각자가 지닌 창의력을 기를 수 있게 한다고 한다. 우열 평가는 하지 않고 지진아 지도를 철저하게 해서 모두 함께 앞으로 나아갈 수 있게 한다. 세계 도처에서 핀란드 교육을 이식하겠다고 해도 성과가 없다. 그런 교육을 하도록 하는 핀란드 사람들의 심성은 본받으려고 하지 않기 때문이다.

〈칼레바라〉는 투쟁을 고취하지 않고, 투쟁을 넘어서는 지혜를 말해준다. 외침에 시달린 내력이 나타나 있기는 하지만, 복수를 위한 칼날을 갈면서 마음을 좁히지 않고, 평화와 화합을 기원하는 소망을 알뜰히 키워 소생의 동력으로 삼고 남들과 함께 행복을 누리는 것을 소중하게 여긴다. 패권주의와 결별해야 하는 이유를 말하고, 그 결과 무엇을 얻을 수 있는지 알려주는 최상의 교본이다.

미국에서 캐나다로 넘어가는 여행을 하면서 먼저 마일을 버리고 미터로 거리를 나타내는 것을 발견하고, 캐나다는 공연한 고집이 없는 정상적인 나라라는 것을 알았다. 총기를 규제하고, 공공의 의료보험이 있으며, 다른 사회보장 제도도 잘되어 안심하고 살 수 있는 점이 미국보다 훨씬 앞섰다. 캐나다는 누구를 공격하지 않아 테러를 당하지 않는다. 미국인은 나라 밖에서 캐나다인으로 행세해 위험을 피한다고 한다.

캐나다는 인종차별이 없는 나라이다. 이 말이 헛소리가 아님을 원주민 존중에서 분명하게 확인할 수 있다. 태평양 연안 대도시 벤쿠버에서 북쪽으로 조금 간 곳은 원주민의 땅이어서 소유권이 보장되어 있다고 한다. 가는 길의 도로 안내판에는 영어를 위에, 원주민어

를 아래에, 마을 표시에는 원주민어를 위에, 영어를 아래에 적어놓았
다. 브리티시콜럼비아대학에 원주민 문화를 받들어 전시하는 박물관
이 있고, 전공으로 공부하는 학과까지 갖추었다.

핀란드나 캐나다는 살기 좋은 나라 서열의 상위에 있어 부러움을
산다. 러시아는 핀란드를, 미국은 캐나다를 따르지 못해 열등의식을
느끼지 않을 수 없다. 우리는 어떻게 하면 핀란드나 캐나다처럼 될
수 있는가? 패권주의와의 결별이 좋은 나라를 만드는 비결임을 알아
야 이 희망이 이루어진다. 중국과 일본, 이웃의 두 강대국에게 시달
려온 불운이 우리에게도 엄청난 행운임을 분명하게 해야 한다.

그림에서 만나는 내면
산수화의 내력과 변천
경도와 항주 탐구 여행

그림에서 만나는 내면

1

일본을 잘 알아야 사이좋게 지낼 수 있다. 일본을 잘 알고 우리를 되돌아보아야 대등한 화합을 이룩할 수 있다. 일본을 잘 아는 것을 출발점으로 삼아 대등한 화합을 이룩하는 역량이나 지혜를 갖추고, 일본을 도와주어야 한다. 대등한 화합을 일본과 먼저 이룩하고, 동아시아 전역으로, 온 세계로 확대해야 한다.

일본을 어떻게 하면 알 수 있는가? 자주 가서 많은 것을 보고, 일본 사람들과 친하게 지내면 되는가? 일본에 관한 책을 읽는 것도 긴요한 과제인데, 읽을 책이 너무 많다. 일본론이나 일본인론이 많은 것이 일본의 특징이다. 책이 너무 많아 읽어내기 어려울 뿐만 아니라, 서술 방법이 생소하고, 사용하는 말이 난삽하다.

일본어 특유의 자료를 들어 논의를 전개하는 저작은[1] 이해하기 어려워 도움이 되지 않는다. 문제가 되는 일본어 표현을 한국어로 옮길 수 없어 번역서에서 그대로 인용했다. 일본어와 한국어에 다 능통해 대응이 되는 표현이 같고 다른 점을 내려다보면서 고찰할 수

---

1 松岡正剛, 《日本という方法》, 마쓰오카 세이코, 이언숙 옮김, 《만들어진 일본》(웅진싱크빅, 2008)이라는 것이다.

있을 사람이 아직 없다. 있다고 해도 어느 쪽의 말로 글을 쓰는가가 문제이다.

언어는 밀어두고 미술을 택하자. 미술이 일본을 이해하고 한일문화 비교론을 전개하는 데 가장 좋은 자료이다. 미술품은 눈으로 보면 느낌이 바로 오기 때문이다. 느낀 바를 잘 논술할 수 있으면 알찬 소득이 있다. 미술에 관한 논술을 어느 언어로 하는가는 그리 큰 문제가 되지 않는다. 한쪽 언어로 쓴 책을 다른 쪽 언어로 번역하는 데 큰 어려움이 없다.

미술을 가지고 일본을 아는 방법에도 생각해야 할 것이 있다. 서양인의 저서를 하나 들어보자.2 현대 경영학의 아버지라는 오스트리아 출신의 미국 학자가 일본미술에 심취하고, 일본 특유의 인간관계의 비밀을 알아내려고 쓴 책이다. 미술의 보편적인 원리에는 관심이 없어 미술론은 아니다.

서양인은 자기네의 모든 것은 보편적이라고 하면서 분별의 척도로 삼고, 다른 나라 사람들은 특수한 생각을 한다고 여긴다. 특수해서 열등하다고 하는 시대는 지나, 특수해서경쟁력을 가지는 내막을 알아내려고 일본에 대해 특히 많은 관심을 가진다. 어느 나라 사람이라도 보편적이면서 특수하다. 洪大容(홍대용)이 말했듯이, 누구나 자기는 안이고 상대방은 밖이라고 여기는 것이 대등하다. 그림을 볼 때에도 이런 원칙을 잊지 말아야 한다.

---

2 Peter Drucker, *Song of the Brush, A View of Japanese Thought through Japanese Art*, 피터 드러커 지음, 이재규 번역 및 해설, 《일본화로 본 일본》(21세기북스, 2011)이라는 것이다.

나는 그림을 좋아하고, 일본에 자주 갔다. 일본에 갈 때마다 그림 구경을 가장 큰 구경으로 삼았다. 곳곳의 미술관을 찾고, 많고 많은 작품을 보았다. 일본을 알려고 일본 그림을 본 것은 아니고, 그림이 좋아서 일본 그림을 보게 되고 일본에 대해 생각하게 되었다. 내가 좋아하는 그림은 유심히 보고, 내가 그림을 그리는 데 자극이 되는 그림을 오래 머무르면서 자세하게 살피면서 그림에 대해 많은 생각을 하고, 일본인의 내면세계와 만나게 되었다.

미술관에서 발견하고 좋아한 그림과 내 그림이 많은 공통점이 있어 기뻐한다. 그 그림을 그린 화가와 내가 취향이 상통하고, 일본과 한국은 동아시아의 이웃 나라여서 그림이 밀접한 관련을 가지는 것만은 아니다. 그림은 인류의 보편적인 창조물이어서 추구하는 바가 다르지 않다. 나는 개인이고, 한국인이고, 동아시아인이고, 인류인 겹겹의 정체성을 그림 앞에서 확인하고 깊은 상념에 잠기곤 했다.

이 세 가지 정체성 가운데 중간 것 한국에 대해서 생각한 바를 이 책의 주제로 삼는다. 일본미술과 한국미술은 어떻게 같고 다른지 말하고자 한다. 다르다고만 하면 말할 것이 없고 말이 되지 않는다. 같은 것을 매개로 해서 다른 것을 말해야 한다. 같은 이유를 말하면서 다른 이유도 말해야 한다.

일본미술과 한국미술이 같고 다른 것에 관해 미술론과는 거리가 있는 미술문화론을 전개한다. 작품의 양식이나 기법을 고찰하는 전문적인 작업은 할 능력이 없고 하고 싶지 않아 미술을 구경한 인상과 소견을 문화사의 관점에서 말하고자 한다. 내 전공인 문학사에서 도움을 얻어 통상적인 미술사에는 없는 이야기를 자유롭게 하고자 한다.

2

후쿠오카 아시아문화상을 받고 강연을 할 때 토론자로 나온 동경대학 인류학교수 伊藤亞人(이등아인, 이토아비토)는 말했다. 한국인은 방송극에서 부부 싸움을 하는 것을 보아도 논리로 싸우는 것이 놀라울 만큼 논리를 소중하게 여기는데, 일본인은 감정에 좌우되는 것이 개탄스럽다고 했다. 이에 대해 응답하면서 나는 말했다. "일본은 미술문화가 대단한 것이 부럽다. 이에 대해 자부심을 가지는 것이 마땅하다."

일본은 미술의 나라이다. 미술문화가 크게 발전한 나라이다. 일본에는 화가도 많고 그림도 많다. 일본에는 미술관이 많다. 국립·현립·시립의 공공미술관이 전국 방방곡곡에 있고, 사립미술관이나 개인미술관도 허다하다. 동서양의 외국미술·일본전통미술·일본근현대미술·향토작가작품을 고루고루 전시하고 있다. 일본 사람들은 그림 보기를 좋아해 미술관이나 전시회에 빈틈없이 모여든다. 그림 그리는 것을 좋아해 아마추어 화가가 아주 많다.

일본미술사가 잘 정리되어 있는 것도 특기할 사실이다. 소책자가 아주 알차다.[3] 더 자세하고 큰 미술사나 미술 도록도 헤아리기 어려울 정도로 많다. 미술도서의 편집, 인쇄, 제본 등이 훌륭한 것도 말해야 한다.

---

3 武藤 誠, 《日本文化史: 美術と歷史》(東京: 創元社, 1961), 姜德熙 譯, 《일본미술사》(지식산업사, 1988); 辻 惟雄 監修, 《日本美術史》(東京: 美術出版社, 1991) 같은 것들이 좋은 본보기이다.

일본의 미술은 한국의 음악과 비교된다. 한국은 화가도 그림도 그리 많지 않다. 몇 곳 되지 않은 미술관에 상설전을 할 만한 작품이 적어 기획전만 한다. 무엇을 보여주든 구경하는 사람이 드물다. 미술은 별로이지만, 음악 특히 노래는 인기가 대단하다. '전국 노래자랑'을 보면 명창이 아닌 사람이 없다. '열린 음악회'에 모여드는 청중이 엄청나다.

나는 노래는 부르지 못하고 그림을 좋아한다. 본업인 학문보다 그림을 더 좋아한다. 그림 보는 것을 좋아하고 그리기도 한다. 그려서 전시회도 한다. 국내의 그림으로 속이 차지 않아 그림을 보러 온 세계를 돌아다닌다. 일본에 자주 가서 그림을 실컷 보고자 하는 소원을 푼다. 일본 그림을 보고 할 말이 많이 있다.

3

일본 京都(경도)에 있는 二條城(이조성, 니조조쪼)은 德川幕府(덕천막부, 도쿠가와바쿠부)의 將軍(장군, 쇼군)이 자기 도읍 江戶(강호, 에도)를 떠나 京都에서 잠시 머무를 필요가 있을 때 이용하려고 지은 건물이다. 경도에 상주하는 명목상의 최고통치자 天皇(천황)의 궁전인 御所(어소)라는 것과 걸어 다닐 수 있는 거리에 있다. 둘은 여러모로 대조가 된다. 걸어 다니면서 구경하고, 무엇이 어떻게 다른지 구경했다.

御所는 城(성)도 해자도 없으며, 그리 대단하지 않은 건물이 하나씩 독립되어 있다. 지붕은 일본식인데 구조는 동아시아의 전통을 따랐다. 正殿(정전) 중앙에 天皇이 앉아 열려 있는 문 밖을 내다보는 玉座(옥좌)가 있어, 즉위식 같은 중요한 행사가 있을 때 이용한다고 한다. 신하들은 건물 밖에 서 있었을 것이고, 品階石(품계석)은 없다. 그리 대단한 것이 아니라고 여기는지 입장료를 받지 않고 구경을 할 수 있게 하고, 찾는 사람이 많지 않다.

二條城은 넓고 깊은 해자로 둘러싸고 우람한 바위로 쌓은 성 안에 건물이 있다. 지붕에는 기와를 이었으나 내부 구조는 특이하다. 여러 번 굽은 복도에 많은 방이 이어져 있다. 방은 모두 다다미방이고, 의자는 전연 없다. 문자 그대로 九重宮闕(구중궁궐)의 그 맨 안쪽에서 將軍도 다다미방에 앉아 방문객의 문안을 받는다. 天皇의 항구적인 거처보다 將軍이 임시로 머무르는 곳이 월등하게 크고 훌륭해 권력의 차이를 말해준다. 천황의 거처 御所는 중국이나 한국에서 볼 수 있는 궁전을 조금 변형시킨 것이다. 將軍의 성은 내부에 일본 특유의 구조를 갖추고 있다.

건물 안쪽 벽에 障壁畵(장벽화) 또는 障屛畵(장병화)라는 그림을 그려놓는 것은 일본의 독자적인 풍속이다. 御所에도 장벽화가 있어 사진을 건물 밖에 내놓고 설명을 한다. 그리 많지 않으며, 들어가 볼 수 있게 공개하지 않고 있다. 二條城은 방마다 장벽화가 대단한 것이 큰 구경거리이다. 구경꾼이 보라고 공개하고 있는 것이 모두 모사품이다. 2018년 4월 19일에 찾아갔을 때 원화 일부를 새로 지은 별도의 건물에서 특별히 전시하는 행사를 시작하고 있었다. 잘 구경하고, 그곳에서 안내서를 팔고 있어 사왔다.

二條城에는 비싼 입장료를 내고 서양인이 더 큰 비중을 차지하는 수많은 구경꾼이 몰려들었다. 건물 안에 들어가서는 인파에 밀려 앞으로 나아가면서 장벽화를 구경했다. 방향을 틀면서 길게 이어지는 건물 곳곳에 있는 그림이 같다가 달라지는 것을 보았다. 처음 여러 곳에서는 채색화(호랑이 소나무 화조)를 보다가, 마지막에는 수묵화(산수)를 보았다. 같다가 달라지는 그림이 무엇을 의미하는지, 내가 보고 생각한 바를 말해본다.

이 대목에는 도판이 있어야 하는데 마련하지 못한다. 현장 사진은 촬영을 금지했다. 안내서4 사온 것을 여기 올릴 수 없다. 인터넷에다 "二の丸御殿障壁畵"를 치면 나타나는 그림 사진을 보면서 아래의 설명을 읽으면 이해가 가능하다. 필요한 그림이 다 올라 있지 않아, 모자라는 것은 상상으로 보충하기 바란다.

채색화는 화려한 권력과 부귀를 나타낸다. 주인과 거리가 먼 무사들은 입구의 방에서 기다리며 竹林(죽림)에서 뛰노는 猛虎圖(맹호도)를 보고 권력이 무서운 것을 새삼스럽게 느끼도록 한다. 조금 가까운 위치에 있는 무사들은 입구 안쪽 방에서 우람하고 무성한 소나무 그림을 보고 幕府의 번영에 대해 감탄하고 받드는 자세를 가지라고 한다. 주인과 가까운 관계이거나 우대해야 사람들이 머무는 곳에는 花鳥畵(화조화)를 그려놓고 부귀를 함께 누리자고 한다. 주인이 방문객들을 접견하는 넓은 공간 大廣間(대광간)에는 소나무 그림에다 花鳥도 섞어 넣어 幕府를 받들면 부귀에 동참한다고 알려준다.

그림의 종류를 구분해 위계질서를 명확하게 하는 것은 중국이나 한국에는 없는 일본의 창안물이다. 호랑이가 많이 있던 한국에서는

---

4 《二條城二の丸御殿障屏畵 ガイドブック》

보기 어려운 호랑이 그림을, 호랑이가 없는 일본에서 많이 그린 것이 특이하다. 민화에서 흔히 보이는 한국의 호랑이는 익살스러운 구경거리인데, 일본의 호랑이는 두려워하지 않을 수 없는 용맹을 뽐내면서 武力이 무엇인지 말해준다.

가장 안쪽 白書院(백서원)이라는 침실에는 水墨山水畵(수묵산수화)를 그려놓았다. 흐려서 잘 보이지 않아 가까스로 알아볼 수 있다. 나지막한 산 아래 물이 잔잔하게 흐른다. 漁樵(어초)라고 병칭되는 고기 잡거나 나무하는 이들이 한쪽 구석에 있는 것 같다. 밖의 그림에서 보여주는 사나운 호랑이와는 아주 다른 쭈그리고 자는 호랑이에게 기대 잠을 자는 노인, 그 옆에서 아이와 함께 손에 무엇을 들고 일하다가 잠이 든 사람의 모습도 보인다.

안내서에서는 그곳의 수묵산수화가 "주인의 높은 교양"(masters' intelligence and sophistication)을 나타낸다고 했다. 그 설명은 적절하지 않다. 침실의 그림은 남에게 보이려는 것이 아니다. 잠을 잘 잘 수 있게 하는 그림을 그린 것이 수묵산수화이다.

별난 그림이 전연 아니다. 산수화는 으레 그렇듯이, 색채가 요란하지 않고, 움직임이 적으며 윤곽이 흐릿하다. 화면을 가득 채우지 않아 여백이 많다. 지나치게 나서지 말고, 욕망을 줄여라. 권력이란 무상한 줄 알고, 잘난 체하지 말아야 한다. 물러나 쉬면서 마음을 편하게 가지는 것이 으뜸이다. 이렇게 생각한 내막을 알려준다.

외면의 채색화(호랑이 소나무 화조)에서는 일본이 동아시아의 전통을 자기 나름대로 변조해 독자 노선을 천명했다. 내면의 수묵화(산수)에서는 동아시아의 보편적인 이상을 속마음으로 지니고 있다. 화려한 갑옷으로 몸을 가리고 시퍼런 칼을 휘두르면서 천하를 지배하는 將軍이 내심으로는 부귀와는 거리가 먼, 民草(민초)와 그리 다르지 않은 寒士(한사)를 동경했다. 동아시아가 다시 하나이게 했다.

산수화의 내력과 변천

1

2018년 4월 일본 京都國立博物館(경도국립박물관)에서 하고 있는 池大雅(지대아, 이케노 타이가) 특별전을 가서 보았다. 그 전시회는 박물관 전관을 차지하고, 내놓은 작품이 160여 점이다. 일부는 교체 전시를 한다고 했다. 작품을 많이 남긴 것이 놀랍고, 모아서 전시하는 성의가 대단하다. 많은 사람이 모여들어 열심히 보았다. 일본이 미술의 나라임을 재확인할 수 있었다.

오전에는 그림만 보고, 오후에는 도록을[5] 사서 보면서 그림을 다시 보았다. 전시장에서 하루를 보내고 얻은 감동, 느낀 소감을 적는다. 돌아와서 곧 쓴 글을 홈페이지에 공개하고, 고쳐서 여기 수록한다.

---

5 《天衣無縫の旅の畵家 池大雅》

2

池野又次郎(지야우차랑, 이케노 마타지로)이라고 하던 아이가 자라
나 池大雅라고 하는 화가가 되었다. 성장 과정에 이름에 나타나 있
다. '池野'를 한 자인 '池'로 줄여 중국인이나 한국인과 다르지 않게 했
다. 일본 특유의 이름 '又次郎' 대신 '大雅'라고 하는 격조 높은 아호를
사용해, 池大雅라는 말만 들어도 대단한 화가라고 생각되도록 했다.

전시한 그림은 능숙한 솜씨로 그린 산수화이다. 거침없이 붓을 놀
려 대담한 생략을 했으면서 친근한 느낌을 준다. 권위와는 거리가
먼 장난기가 나타나 있고, 인물은 만화처럼 그려 친근감을 준다. 정
신의 깊이나 고결한 취향을 보여주지만, 고고한 체하지 않고 열린
마음으로 몰려드는 관객을 맞이한다. 大雅가 大妙(대묘)이기도 하고
때로는 小妙(소묘)이기도 하다.

세력가의 고대광실을 장식하는 장벽화의 고정된 격식을 거부하고,
고결한 정신을 마음 가볍게 지니고 자유롭게 羽化登仙(우화등선)하는
天衣無縫(천의무봉)의 명품을 그렸다. 南畵(남화)라고 일컫던 품격 높
은 화풍을 능숙하게 구사하면서, 고전 명문에서 말한 赤壁(적벽)이나
西湖(서호) 같은 것들을 거대한 규모로 펼쳐 보였다. 畵題(화제)를
한문으로 써서 무엇을 그렸는지 알려주었다.

누구를 위한 그림이었던가? 경도의 武士(무사)는 물론 町人(정인,
조닌)들도 자기 직분을 감당하는 전문 지식 이상의 고전적인 품격을
갖추고 싶어 池大雅의 산수화를 사다가 걸었다. 江戸(강호, 에도)에서
는 浮世繪(부세회, 우키요에)가 유행할 때, 古都(고도)의 자부심을 이
어오는 고객들은 마구 찍어내 누구나 가질 수 있는 천박한 구경거리

가 아닌 단 한 장뿐인 고결한 명품을 정중하게 모시고자 했다. 일본 그림보다 격이 높은 동아시아 그림을 원했다.

장벽화나 浮世繪는 아름답다고 자랑할 만하지만 품격이 모자란다. 화려한 색채를 뽐내면서 눈을 즐겁게 하기만 하고, 정신적 깊이라고 할 것은 없어 천박하다고 하지 않을 수 없다. 일본이 대단하다고 자랑하기만 하지 않고 동아시아는 위대하다고 해야 타락하지 않을 수 있었다.

赤壁이나 西湖를 그리고 한문 화제를 써넣어 중국인이 되고자 했다고 생각하면 잘못이다. 중국인인 척하고 중국에 환심을 사야 할 이유는 없었다. 중국에 휩쓸려 주체성을 상실했다고 여기는 것은 빗나간 생각이다. 중국에서 먼저 정립한 공동의 이상을 참신하게 구현하기 위해 池大雅가 정열을 쏟았다고 이해하는 것이 마땅하다. 근대 민족주의의 편견에서 벗어나 중세 보편주의를 온전하게 이해하고 평가해야 한다.

이제부터 그림 이야기를 하려면 도판이 필요한데 마련하지 못한 것을 사과한다. 전시장에서 촬영을 금지해 사진을 가져올 수 없었다. 도록의 그림을 옮길 수도 없다. 인터넷에 "池大雅"를 치면 볼 수 있는 그림으로 아쉬움을 달래기 바란다. 거론하는 그림이 다 있지는 않아 미안하다.

일본 각처를 여행하면서 실제로 보이는 산수를 그렸다. 제목에 "珍景"(진경)이 들어가 있는 것들은 일본의 어느 산수를 그렸는지 명시했다. 그런 작품 〈兒島灣眞景圖〉(아도만진경도), 〈淺間山眞景圖〉(천간산진경도), 〈比叡山眞景圖〉(비예산진경도) 같은 것들은 모두 여행의 산물이다. 눈앞에 보이는 것들을 가벼운 필치로 그려 친근한 느낌을 준다. 일본의 경치를 자랑하려고 했다고 할 것은 아니다. 자랑의 요건인 과장은 찾아볼 수 없고, 채색을 최소한으로 줄였다. 동아시아문명의 이상이나 품격이 가까운 곳에 있다고 알려주려고 했다.

〈嵐峽泛査圖屛風〉(남협범사도병풍)은 놀라운 그림이다. 살색에 가까운 느낌을 주는 네 폭 병풍에 부드럽게 굽이쳐 위로 솟구치는 강, 여기저기 소박한 자태로 서 있는 여윈 나무들, 뗏목을 타고 내려가는 사람의 보일 듯 말듯 한 자태, 이 모두를 흐릿하고 그윽하게 그려 大妙의 극치를 보여준다. 경도 근교의 일본 산수를 그렸기 때문에 그런 것은 아니다. 소재는 문제가 되지 않는다. 화풍 혁신이 작품을 빛낸다.

중국 산수를 상상해서 그린 〈瀟湘勝槪圖屛風〉(소상승개도병풍)에서 혁신해 보인 화풍이 더욱 높이 굽이친다. 강보다 나무가, 나무보다 바위가 더 돋보이게 하는 점층법으로, 보는 사람의 감흥이 단계적으로 고조되게 한다. 도록에서 "江戶時代(강호시대)의 印象派(인상파)"라고 한 것이 어느 정도 적중한 평가이다. 대표작으로 여기고 도록 표지에 내놓은 것이 적절한 선택이다.

池大雅의 그림을 文人畵(문인화)라고 한다. 이 말이 타당한가? 문인화는 문인의 그림이라고 하지 않고 문인의 정신을 나타낸 그림이라고 해야 타당하다. 문인이 그린 문인화는 중국에서 유래했으나, 한국에서 전형적인 작품을 잘 보여주었다. 한국의 문인화와 池大雅의 문인화는 화가의 사회적 처지가 상이하고 정신적인 지향은 상통해 양면의 비교고찰이 필요하다.

文人은 동아시아 지식인의 이상형이다. 중국에서는 北宋(북송) 시절에 모습을 드러냈다가 元代 이후에는 회고의 대상이 되었다. 武士가 지배하는 사회 일본에서는 자리를 잡기 어려웠다. 한국의 조선왕조는 이상을 그대로 실현하고자 하는 문인의 나라였다. 상층의 신분적 특권을 지닌 지주이지만 청빈하게 살아가고, 한문 고전 독서와 한시문 창작을 소임으로 하며, 자기 마음을 다스리는 데 힘쓰다가 기회가 있으면 관직에 나아가 경륜을 펴기도 했다. 그런 문인이 그린 그림인 문인화는 다음과 같은 특징을 지녔다.

그린 사람이 전문적인 화가 畵員(화원)처럼 그림을 생업으로 하지 않고, 그림 그리는 것을 취미생활을 위한 여기餘技로 삼는 아마추어였다. 화풍에서 기량을 뽐내면서 윤곽을 정확하게 하고 채색을 화려하게 하지 않고, 중국 남쪽에서 발달한 내력이 있어 南宗畵(남종화)라고 일컬어지던 水墨(수묵) 산수화를 어수룩한 듯이 그려 내심의 만족을 얻으려고 했다. 지향점에서 詩書畵(시서화)라고 일컫던 시 짓고, 글씨 쓰고, 그림 그리는 일에 함께 힘써 셋이 하나이게 하는 문화 통합을 이룩하고자 했다.

문인화를 그린 문인의 본보기로 들 수 있는 姜世晃(강세황)은 명문의 후손이며, 아버지는 관직이 예조판서에 이르렀다. 농촌으로 물러나 安貧樂道(안빈낙도)하다가 국왕의 배려로 64세 이후에 관직에 나아갔다. 자화상에서, 野人(야인)이라고 자처하면서도 의관을 정제하고 단정하게 앉아 있는 모습을 그리고 〈畵像自讚〉(화상자찬)을 지어 써넣었다. 그림이 높은 경지에 이르고 金弘道(김홍도)를 지도했으며, 《豹菴遺稿》(표암유고)라는 문집을 남겼다.

池大雅는 시골에서 농사를 지으며 어렵게 살다가 인근 도시 경도로 이주해 銀房(은방)에서 생계를 도모하는 일꾼의 아들이었다. 아버지가 일찍 세상을 떠나자 어머니가 나서서 어려운 환경에서도 자식을 공부시키려고 애썼다. 특별하게 뛰어난 재능을 발휘해 화가로 성장했다. 중국인 승려에게 조금 배운 다음 글과 그림을 독학했으며, 조선통신사의 일원으로 일본에 간 화가 金有聲(김유성)에게 가르침을 청한 편지가 남아 있기도 하다. 자세를 한껏 낮추고, 주어지는 기회는 모두 이용해, 격조 높은 그림을 그릴 수 있는 수련을 쌓았다.

정리해 말하면, 池大雅는 농민 출신의 하급 町人이며, 文人과는 거리가 멀었다. 당시 일본에서는 武士 가운데 일부가 칼을 찬 채로 문인의 기능을 수행했으나, 문인다운 문화 활동을 제대로 한 것은 아니다. 문인의 문화는 無主物(무주물)로 남아 있어 池大雅 같은 사람이 맡겠다고 나설 수 있었다.

水墨 山水畵를 南宗畵라고 하지 않고 南畵(남화)라고 했다. 주위의 사람들이 잘 기억하고 작품을 사가도록 상표 이름을 간략하게 했다. 문인의 자세를 갖추고 文人畵를 그리려고 노력해 좋은 상품을 만들어 제값을 받고 팔고자 했다. 南畵의 영역에 드는 것들을 다채롭게 갖추어 팔 물건을 넉넉하게 장만했다.

자화상이 남아 있는 것을 보면, 허술한 모습을 만화처럼 그려, 마음씨 좋은 호인임을 알려주었다. 적혀 있는 말은 다른 사람이 쓴 것이다. 〈畵像自讚〉(화상자찬) 같은 것은 없다. 畵題가 더러 있으나 다른 사람들이 쓴 것들이고 自作은 드물다. 남들이 지은 시를 가져와 적은 것이 대부분이다. 글씨 공부는 했으나 한시문을 지은 것은 얼마 되지 않는다. 문집이 없음은 물론이다.

다시 작품으로 돌아가 〈湖上靈峰圖〉(호상영봉도)라는 것을 더 보

자. 호수 너머로 보이는 富士山(부사산, 후지산)의 원경을 그린 그림이다. 정겨운 풍경이 마음을 따뜻하게 한다. 화제에는 北宋의 시인 寇準(구준)이 華山(화산)을 찬양한 시 "只有天在上 更無山與齊 擧頭紅日近 回首白雲低"(하늘이 위에 있기만 하고, 산과 가지런하게 있는 것도 아니다. 머리를 드니 붉은 해가 가깝고, 고개를 돌리니 흰 구름이 나지막하다)를 써놓았다. 중국과 일본, 높이 오른 산과 멀리서 바라보는 산, 홀로 우뚝한 것과 여럿과 더불어 있는 것이 다르지 않고 모두 하나라고 여기도록 했다.

〈西湖圖〉(서호도)는 쉽게 찾아갈 수 있는 산과 나무와 물과 사람의 모습을 부드럽고 다정한 느낌을 주는 자기 화풍으로 그린 명품이다. 일본 어디를 그렸다고 하지 않았으며, 중국 서호의 광경이라는 제목을 붙이고, 명나라 시인 吳鼎芳(오정방)의 시 〈西湖夜泛〉(서호야범)을 써넣었다. 상품 가치를 높이기 위해서 그랬다고 생각한다. 京都 町人들의 자부심이 고급의 미술이 존재할 자리를 마련하고, 자부심이 조금은 허위의식이기도 해서 혁신을 제한했다.

文人畫를 그려서 팔아 町人의 업종 가운데 특이한 것을 개척했다. 알록달록한 사탕발림 浮世繪를 파는 것과 기본적으로 동일한 영업을 하면서, 물건은 많이 달랐다. 천박한 기풍의 신흥 도시 江戶에서는 천박한 구경거리 浮世繪를 선호하는 것과 거리를 두고, 오랜 전통을 자랑하는 경도에서는 町人들까지도 그쪽을 얕보면서 품격 높은 南畫를 구매했다. 그런 전통이 있어 경도는 지금도 학문의 도시이다.

池大雅는 고객들보다 조금 위의 위치에서 앞으로 나아가면서 상품 가격이 떨어지지 않을 정도의 존경을 받았다고 생각된다. 화풍 혁신을 조심스럽게 해서 너무 앞서지 않으려고 했다. 고독과 싸우는 불행한 예술가이기를 원하지 않았다. 불만을 품고 사회를 비판하고, 세상의 통념을 바꾸자는 주장을 편 것과는 거리가 멀었다.

술주정을 일삼으며 미친 사람처럼 나돌아 다니다가 이따금 놀라운 그림을 그렸다는 일화를 남기지 않았다. 모범적인 가정생활을 했으며, 아내도 그림을 그리도록 해서 부부가 함께 화가로 활동한 것이 천고의 미담이다. 자기가 잘났다고 여기지 않고 누구나 대우하고 가까이 하는 평범한 이웃의 너그러움을 보여주었다.

3

한국에서는 산수화를 觀念山水畵(관념산수화) 또는 寫意山水畵(사의산수화)와 眞景山水畵(진경산수화)로 구분하는 것이 예사이다. 이런 용어를 사용하면 池大雅의 산수화는 어느 쪽인가? 대부분은 관념(사의)산수화이고 '珍景'이라고 밝힌 〈兒島灣眞景圖〉, 〈淺間山眞景圖〉, 〈比叡山眞景圖〉 같은 것들은 진경산수화라고 할 것인가? 아니다. 그런 논의가 무의미하다는 것을 池大雅의 그림을 보고 깨달았다. 京都에 나흘 유학하고 대단한 공부를 했다.

상상해서 그린 그림과 실제의 산수를 보고 그린 그림이 다르다고 하는 것은 소재주의이다. 그림에서 소재는 그리 문제가 되지 않는다. 무엇을 그렸는가 하는 소재보다 어떻게 그렸는가 하는 화풍이 월등하게 소중하다. 화풍으로 나타내는 주제가 소중하다. 소재주의가 애국주의와 만나면 못난 자식이 태어날 수 있다.

자국의 진경산수를 그리면 훌륭하다는 것은 근대 애국주의의 옹졸한 발상이다. 그림의 소재가 "중국에서 벗어났다"고 하는 것을 대단하게 여기지 말아야 한다. 그림은 자연 모사가 아니고, 발상 창조이다. 자연 모사는 카메라가 좋으면 한 번에 잘할 수 있지만, 발상 창조는 누적된다. "중국의 전례를 활용하면서 넘어서서 동아시아문명을 더욱 풍부하고 다채롭게 하는 그림을 그렸다"는 것을 평가해야 한다.

한국에서 鄭敾(정선)이 금강산을 그려 그림의 새로운 경지를 연 것은 자국의 산수를 사랑했기 때문이 아니고 화풍을 혁신했기 때문이다. 池大雅는 중국의 산수를 상상해서 그린 〈西湖圖〉나 〈瀟湘勝概圖屛風〉에서 화풍을 혁신한 자기 나름대로의 성과를 뚜렷하게 보여주었다. 동아시아 그림을 더욱 풍부하고 다채롭게 하는 데 鄭敾과 함께 대단한 기여를 했다. 鄭敾은 준엄한 기백을, 池大雅는 따뜻한 마음씨를 제시한 것이 대조가 된다.

관습을 따르는 낡은 그림과 혁신을 이룩한 새로운 그림을 무어라고 할 것인가? 관념(사의)산수화와 진경산수화라는 말을 폐기하고 다른 용어로 대치해야 한다. 장황한 설명을 늘어놓으려고 하지 말고, 모든 것을 분명하게 하는 최상의 용어를 찾아내야 한다.

山水理畵(산수이화)와 山水氣畵(산수기화)라는 말을 사용해본다. 관념(사의)산수화라고 하던 것은 山水理畵라고 하고, 진경산수화라고 하던 것은 山水氣畵라고 해본다. 산수를 理로 이해해, 추구해야 할 이상을 현실을 넘어선 차원에서 보여주려는 그림이 山水理畵이다. 그 배경이 되는 철학은 理學(이학)이다. 山水는 氣임을 확인하고 현실에서 보고 느끼는 바를 강렬하고 인상 깊게 응축해 나타내는 것을 그린 그림이 山水氣畵이다. 그 배경이 되는 철학은 氣學(기학)이다.

동아시아철학이 理學에서 氣學으로 나아가면서 山水理畵가 山水氣畵로 바뀌었다. 그림 그리는 사람은 철학에 관심을 가지지 않았지만, 철학을 혁신하는 시대 변화를 온몸으로 느끼면서 그림으로 나타냈다. 동아시아 철학사와 문학사를 서로 관련시켜 함께 고찰하는 작업에 미술사도 포함시켜야 한다.

山水氣畵는 풍속화로 바로 이어지는 것도 공통된 전개이다. 山水理畵의 근거가 되는 理學은 理氣이원론이므로, 고귀한 理만 추구하고 저열한 氣의 영역인 예사 사람들이 살아가는 풍속에 대해서는 관심을 가지지 않았다. 그림에 등장하는 인물이 모두 脫俗(탈속)한 仙人(선인)이다. 山水氣畵의 근거가 되는 氣學은 氣일원론이므로, 하나인 氣가 둘이 되어 生克의 관계를 가지는 것이 당연하다.

4

山水理畵와 山水氣畵는 산수를 그리지 않은 그림, 理氣를 말하지 않은 문명권의 그림까지 포괄해서 말할 수 있는 보편적인 이론을 도출하는 출발점이 된다. 山水理畵의 理學은 이원론이고, 山水氣畵의 氣學은 일원론이다. 이원론 그림과 일원론 그림이라는 용어를 사용하면, 서양미술사를 포함한 모든 미술사를 총괄해서 논할 수 있는 길이 열린다.

이원론 그림에서 일원론 그림으로 넘어온 것이 세계미술사의 공통된 전개이다. 이원론 시대에는 이원론 상위의 이상만 그림으로 그리고 하위의 현실은 제외했다. 동서양 모두 신화나 종교에서 내세우는 인물만 그렸다. 일원론 시대가 되자 예사 사람의 일상적인 삶을 핍진하게 그리고 그 나름대로의 이상을 찾게 되었다.

인류의 역사는 하나이다. 철학사문학사미술사를 함께 고찰하면서, 다른 것들을 더 보태 총체사를 이룩해 인류의 역사는 하나이고, 인류가 다 같다는 것을 확인해야 한다. 일본에 가서 池大雅의 산수화를 보다가 이런 생각을 하는 데까지 이르렀다.

경도와 항주 탐구 여행

1

여행은 왜 하는가? 이 물음에 대해 세 가지 대답을 할 수 있다. (가) 되풀이되는 일상생활에서 탈출하려고 한다. (나) 신기한 것을 보면서 체험을 넓히려고 한다. (다) 세상을 다시 이해하면서 내 자신을 되돌아보려고 한다. (가)이기만 하면 어디든지 가면 된다. (나)이기를 바라고 가는 곳을 잘 고르려고 한다. (다)에까지 이르려면 각별한 노력이 필요하다.

가는 곳을 잘 고르면 되는 것은 아니다. 어떻게 보는가 하는 것이 더 큰 문제이다. 보는 것에 등급이 있다, 보다(視, regarder, look), 알아보다(見, voir, see), 꿰뚫어보다(觀, apercevoir, insight)가 서로 다르다. 여행도 세 등급이 있다. 보는 여행, 알아보는 여행, 꿰뚫어보는 여행이 있다.

시력이 좋으면 잘 볼 수 있다. 여행을 잘하는 데 지장이 없어, 신기한 것들을 빠짐없이 살필 수 있다. 어떤 외국어의 아무리 잔글씨도 다 보고, 괴이한 그림이나 낯선 물건이 주는 충격을 그대로 받아들이면서 경탄할 수 있다. 이렇게 하는 것은 초심자의 여행이다.

시력에 이해력이 따라야 알아보는 여행을 한다. 외국어를 해독하고, 그림을 감상하고, 물건의 용도를 가릴 수 있으면 함부로 경탄하지 않고, 유용한 지식을 얻으며 타당한 평가를 한다. 알아낸 것을 남들에게 설명해줄 수 있다. 이것은 능력자의 여행이다.

이해력이 넓고 깊어 무관하게 보이는 것들을 비교고찰을 하고, 특정 대상을 넘어선 일반론을 도출할 수 있어야 꿰뚫어보는 여행을 한다. 얻은 것으로 자기 견해를 정립해 전에 없던 학설을 구성할 수 있다. 이것은 탐구자의 여행이다.

탐구자의 여행을 하려고 현지에 오래 머무르면서 많은 시간을 보낼 수는 없다. 그것은 거주고 여행이 아니다. 가야 할 곳이 너무 많아 단기간의 여행을 할 수밖에 없다. 단기간의 여행을 탐구자가 되어 하려면 미술관에 가는 것이 최상의 방법이다.

미술관에 가서 그림을 보면, 오래 거주해도 알기 어렵고, 사람을 많이 만나도 들을 수 없고, 책에서 시간을 보내도 찾아내지 못하는 깊은 마음, 문화의 심층을 알아낼 수 있다. 그림은 잠깐 사이에 긴 이야기를 들려주어, 얼마든지 풀어낼 수 있다.

그림을 좋아하면서 그리고 있는 나는 그림 여행을 하면서 그림에 대해 말하고 여행론을 쓴다. 그림에 관해 말하는 여행론을 동아시아가 대등한 화합의 이상을 실현하자고 하는 이 책의 긴요한 내용으로 삼는다. 일본과 중국을 다녀와서 하는 말로 아래의 본론을 쓴다.

2

2018년 봄에는 일본 京都(경도)에서 南畵(남화) 전시회를, 가을에는 중국 杭州(항주)에서 墨竹(묵죽) 전시회를 구경했다. 좋은 곳이니 수준 높은 구경거리가 있으리라고 여기고 찾아가, 기대 이상의 행운을 얻었다. 두 전시회를 보고 많은 생각을 했다.

京都와 杭州는 일본과 중국의 고도이며, 오랜 품격을 자랑하는 곳이다. 후대의 수도인 東京(동경)이나 北京(북경)이 압도적인 위용을 자랑하지만, 내실이 모자라 허세를 부린다고 은근히 낮추어본다. 동경이나 북경에서 놀라운 광경을 보고 위축된 심신을 경도나 항주에서 펼 수 있다. 자연의 아름다움을 천천히 완상하는 즐거움을 누릴 수 있다. 두 곳에서 모두 하루 2만보 이상 걷고도 피로한 줄 몰랐다.

관심을 가지고 살피면 식생활이 다른 것을 알 수 있다. 동경의 음식은 치장이 화려해 시선을 끌기나 하고 세련된 품격이나 깊은 맛이 모자라, 경도에서는 우습게 여긴다. 북경에서는 무엇이든지 기름에 튀기고 간장을 넉넉히 쳐서 걸쭉하게 만들어 먹는데, 오랜 내력을 자랑하는 항주의 맛집은 꾸밈이 없고 담백한 별미를 간직하고 있다.

동경이나 북경에서 서둘러 먹기를 일삼는 사람이라도 느리게 흐르는 시간과 음식의 깊은 맛이 둘이 아님을 알 수 있게 하는 곳이 경도이고 항주이다.

동경은 국립서양미술관을 자랑으로 삼는 데다 더 보태, 서양의 미술작품을 가져와 전시하는 거창한 행사를 여기저기 펼치고 있다. 북경 곳곳에 웅대하게 신축한 미술관에는 현대 서양의 전위미술을 흉내 낸 온갖 괴물이 넘치고 있다. 두 곳 다 서양이 세계를 이끈다고 우러러보면서 따라가야 발전한다고 미술을 들어 말해주고 있다. 동아시아문명의 향기를 더 맡고 싶은 갈증에 이끌려 찾아간 순진한 구도자를 여지없이 우롱하고 밀쳐낸다.

동아시아의 자존심을 선두에 서서 지켜야 할 양대 거대국가가 서양에 무릎을 꿇고 있는 배신을 용서할 수 없다고 분노하고 말 것은 아니다. 실망을 달랠 곳이 있으니, 경도이고 항주이다. 경도에서는 南畫, 중국 항주에서는 墨竹 전시회를 놀랄 만한 규모로 열어 할 일을 하고 있었다. 남화나 묵죽은 동아시아의 전통미술이다. 먹만 사용하고 채색은 하지 않은 것이 서양화와 아주 다르다. 영어로는 "chinese ink"라고나 일컫는 먹이 얼마나 신이한 조화를 빚어내는지 보여주면서 무식을 나무란다.

南畫는 중국 남쪽에서 창안한 수묵화이며 산수를 주로 그렸다. 한국과 일본에도 전해져서 전통미술의 근간을 이루었다. 이제 다른 데서는 거의 이름만 남았는데, 일본에는 남화를 관장하는 협회가 있어 공모한 작품으로 거대한 전시회를 열어 충격을 주었다. 먹으로만 그리는 수법은 그대로 이으면서 서양화에서 볼 수 있는 풍경을 무엇이든지 끌어들여 산수화의 범위를 넓혔다. 참여하는 화가가 계속 새로 보충되는 것 같아 놀라웠다.

墨竹은 먹으로 그린 대나무다. 그림 같기도 하고 글씨 같기도 한 필치로 대나무가 생동하는 모습을 우렁차게 뒤틀기도 하고, 고결한 자세를 뽐내기도 하고, 살랑살랑 나부끼기도 하게 보여주었다. 시를 짓고 글씨를 잘 쓴 화제를 곁들여 품격을 더 높였다. 詩書畵를 하나로 여기는 천여 년의 전통이 생생하게 살아 있다고 알려주었다.

남화에서 풍경을 무엇이든지 끌어들인 것은 혁신을 하고자 하는 시도이다. 서양을 동양에다 집어넣으려 했다고 할 수 있다. 그 결과 잃은 것도 적지 않아, 선은 사라지고 면만 남아 있다. 기운생동을 자랑하던 기백은 어디 가고, 일상생활의 사소한 감각에 사로잡히고 말았는가? 法古創新(법고창신) 가운데 創新을 빛나가게 하다가 法古를 잃고 만 것이 아닌가?

항주의 묵죽은 경도의 남화와는 반대로, 법고는 염려하지 않아도 되지만, 창신이 없는 것이 불만이다. 먹은 먹이 아니고, 대나무는 대나무가 아니게 하는 대담한 시도로 놀라운 생기를 보여주지는 못하는가? 전위미술이라는 괴물을 퇴치하는 辟邪(벽사)의 위력을 발휘할 수는 없는가?

일본과 중국은 그렇고, 우리는 어떤가? 서울의 허세를 치유할 고도가 있는가? 徐羅伐(서라벌)은 너무 많이 변해 품위를 잃었다. 松都(송도)는 잘 있는지 걱정된다. 남화나 묵죽 같은 것으로 전통미술 전시회를 거대하게 열 수 있는 곳이 어디 있는가? 아무리 둘러보아도 해답을 찾을 수 없다.

불운을 행운으로 바꾸어놓을 수는 있다. 우리 마음속에 남화와 묵죽이 하나가 되게 전시하자. 법고가 바로 창신이도록 해서, 옛것의 가치를 오늘날의 재창조에서 더 크게 발현하자. 미술과 함께 학문도 혁신해 두 이웃을 깨우치며, 혼탁한 세상을 바로잡는 지혜를 얻자.

처참한 시련의 현장

야율초재를 잊지 말아야

덕화비를 찾아서 멀리까지

월남사상사를 거울로 삼아

처참한 시련의 현장

1

대등한 화합의 이상을 제시하면 할 일을 하는 것은 아니다. 동아시아가 대등이 아닌 차등에 시달리며, 화합과는 거리가 먼 다툼에 휘말려 시련을 겪고 있는 실정을 바로 알아야 한다. 경과를 서술하는 것은 시간 낭비일 수 있다. 정치적인 해결을 서두르면 성급하다. 무엇이 문제인지 밝히는 것을 선결과제로 삼고, 절실한 체험을 토로하는 것이 적절한 방안이라고 생각한다.

우리가 겪고 있는 시련을 직접 말하면 시야가 좁아질 수 있다. 민족의 처지를 한탄하다가 동아시아 공통의 고민을 망각하는 것을 경계해야 한다. 지금은 일본의 일부가 된 琉球(유구, 류큐)를 좋은 본보기로 들어, 시련을 겪은 경과를 살피면서 우리의 경우와 연결시키고, 동아시아 전역을 출발점으로 삼는 방법을 택한다. 이 작업은 책의 후반부에서 지금은 중국 雲南省(운남성)의 일부가 된 옛 왕국 南詔(남조)를 되돌아보는 것과 연결된다. 그 대목에서 비교고찰을 하게 된다.

〈방언찰 이야기〉라는 제목으로 《해외여행 비교문화》(보고사, 2018)에 수록한 글을 개작해 이용한다. 한가로운 읽을거리에 가까운 책의 일부를 이루기에는 적합하지 않은 글을 살려내 제구실을 할 수 있게 한다. 긴요하지 않은 대목은 삭제하고, 일부만 이용한 자료를 온전하게 들어 논의를 심화한다. 뒤에 첨부하는 말을 이번에 새로 얻은 성과로 내놓는다.

2

1995년 2월에 沖繩(오키나와)를 여행했다. 그 당시 일본 동경대학 객원교수로 있으면서 '한국문학사와 동아시아문학사'라는 강의를 하나 하는 것 외에 다른 일이 없어서, 책을 읽고 여행을 하면서 일본에 대한 공부에 힘썼다. 비행기를 타고 가면서 알고 싶은 것이 많아 기대에 부풀었다.

그곳은 일본과 대만 사이에 있는 여러 섬이다. 총면적 4,642 평방 킬로미터이고 인구는 150만쯤 된다. 琉球(유구, 류큐)라고 하던 독립국을, 일본이 1609년에 침공해 附庸國(부용국)으로 삼고, 1879년에는 합병해 沖繩縣(오키나와겐)을 만들었다. 1945년에는 미군이 점령해 琉球政府(유구정부)를 만들어 통치하다가, 1972년 일본으로 귀속되어 다시 沖繩縣이 되었다.

이런 역사를 알고 琉球(류큐)와 沖繩(오키나와)라는 두 명칭을 가려서 쓸 필요가 있다. 琉球(유구, 류큐, 류추)는 한자어이다. '류큐'는 일본음이고, '류추'는 현지음이다. '우치나아'(Uchinaa)라는 고유어 이름도 있어 '沖繩'이라고 표기한 것을 일본어로는 '오키나와'로 읽어 공식 명칭으로 사용한다. '琉球'는 유구한 내력을 가진 독립국을, '沖

繩'는 일본의 일부임을 강조해 말하는 명칭이다. 그 가운데 '琉球'를 사용하고 '유구'라는 우리 음으로 읽기로 한다.

중심도시 那覇(나하) 공항에 도착해, 도심지 호텔에서 여장을 풀고 시가지 구경을 나갔다. 나하는 인구 30만 정도 되는 도시인데, 삭막하다는 느낌이 들었다. 시가지 중간에 미군 기지가 있고 미군 물품 파는 가게가 이어진 것이 한국의 기지촌 동두천 같았다. 오키나와는 한국의 제주도와 비슷하다고 생각될 수 있으나, 많이 다르다. 제주도는 소득이 높고 물가가 비싼 곳인데, 오키나와는 소득이 낮고 물가가 싼 곳임을 확인했다. 왜 그런지 아는 것이 커다란 과제로 제기되었다.

3

유구왕국은 1372년부터 명나라의 책봉을 받았다. 이것은 유구가 독립국임을 공인한 처사이다. 조선이나 일본은 그 사실을 그대로 받아들여, 유구와 국교를 맺는 별도의 절차가 필요하지 않았다. 명나라는 유구의 내정을 간섭하지 않았으며, 조공 무역을 통해서 유구에게 이익을 주었다. 유구는 명나라에 사신을 가장 빈번하게 파견하는 특권을 얻어 나라가 번영하는 기틀을 마련했다. 명나라의 물품을 가져다가 동남아시아 여러 나라에 팔고, 동남아시아 여러 나라의 특산을 명나라에 공급하는 중계무역을 해서 막대한 이익을 남겼다. 그 시절이 유구 역사의 황금시대였다.

1458년에 만들어 왕궁에 건 종이 있어, 지금 유구박물관에 전시되어 있다. 종 자체에는 이름이 없어 銘文(명문)에 있는 말을 따서 〈萬國津梁鐘〉(만국진량종)이라고 하는 그 종은 유구 금석문의 최상품을 보여줄 뿐만 아니라, 자기 나라의 위치에 관한 중세인의 자각을 나타내 동아시아 또는 세계 전체의 금석문 가운데 우뚝한 위치를 차지한다고 할 수 있다. 유구가 동아시아문명의 일원으로서 어떤 위치를 차지하고 있었는가 하는 데 대한 자각이 아주 잘 나타나 있는 것을 특히 주목할 만하다.

琉球國者 南海勝地 而鐘三韓之秀 以大明爲輔車 以日域爲脣齒 在此二中間 湧出之蓬來嶋 以舟楫爲萬國之津梁 異産至寶 充滿十方刹地 人物遠扇和夏仁風 故吾王大世主(庚寅)慶生泰 玆承寶位於高天 育蒼生於厚地 爲興隆三寶 報酬四恩 新鑄巨鐘 以就本州中山國王殿前 掛着之 定憲章于三代之後 戢文武百王之前 下濟三界群生 上祝萬歲寶位 辱命相國住持溪隱安潛作銘 銘日

須彌南畔 世界弘宏
吾王出現 濟苦衆生
截流王象 吼月華鯨
泛溢四海 震梵音處
覺長夜夢 輸感天誠
堯風永扇 舜日益明[6]

琉球國(유구국)이라는 곳은 南海(남해)의 勝地(승지)이다. 三韓(삼한)의 빼어남을 뭉치고, 大明(대명)으로 輔車(보거)를, 日域(일역)으로 脣齒(순치)를 삼는다. 이 둘 사이서 솟아난 蓬來(봉래)의 섬이다. 배와 노를 만국의 나루터 다리로 삼는다. 기이한 산물과 지극한 보물이 十方(시방)이 寺刹(사찰)인 땅에

---

6 塚田淸策, 《琉球國碑文記》(東京: 啓學出版株式會社, 1970), 62면

가득하다. 사람과 산물이 멀리서부터 和夏(화진)의 어진 풍조가 불어오게 한다. 그래서 우리 임금 大世主(대세주)7 (庚寅경인) 慶生泰(경생태)가 寶位(보위)를 高天(천고)에서 이어받아, 蒼生(창생)을 厚地(후지)에서 기른다. 三寶(삼보)가 흥륭하게 하고, 四恩(사은)에 보답하기 위해서, 거대한 종을 새로 만들어 本州(본주) 中山國王(중산국왕)의 전각에 달아 놓는다. 三代(삼대) 이후까지의 憲章(헌장)을 제정하고, 文武百王(문무백왕)의 전례를 모은다. 아래로는 三界群生(삼계군생)을 제도하고, 위로는 萬歲寶位(만세보위)를 축하한다. 송구스럽게도 相國寺(상국사) 주지 溪隱(은계) 安潛(안잠)에게 銘(명)을 지으라 하시니, 銘을 이렇게 말한다.

須彌山(수미산) 남쪽 기슭, 세계가 넓다란 곳에,
우리 임금 출현하시어, 고통 받는 중생 제도하시도다.
물결 가르는 임금 코끼리, 달을 향해 물 뿜는 화려한 고래,
四海(사해)가 넘치도록 梵音(범음)이 진동하는 이곳에서,
긴 밤의 꿈을 깨고, 하늘에서 내린 정성을 받아 감격하면서,
堯(요)임금의 바람이 길게 불고, 舜(순)임금의 나날이 더욱 밝도다.

무엇을 말했는지, 구체적인 층위에서 추상적인 층위로 나아가는 순서로 그 내용을 분석해보자. 공간에 관해 말한 것을 첫째 층위로 들 수 있다. 유구는 섬나라이지만, 배를 타고 노를 저어 다니면서 만국이 서로 연결되게 하는 구실을 한다고 했다. 三韓(조선)·大明(중국)·日域(일본)과는 특별히 가까운 관계에 있다고 밝히면서, 조선에서는 정신문화가 빼어난 것을 뭉쳐서 가져가고, 중국 및 일본과는 輔車나 脣齒에 견준 긴밀한 관계를 가진다고 했다. 輔車는 "수레의 덧방나무

---

7 "大世主"는 왕의 "神號"의 하나이다.(《球陽》, 東京: 角川書店, 1974, 174면)

와 바퀴"이다. 수레가 굴러갈 수 있게 하는 보조장치이다. 脣齒는 "입술과 이"이다. 둘은 서로 보호해주는 관계이다. 그보다 더 넓은 범위의 공간은 須彌山 남쪽 기슭에 世界가 넓다란 곳인데, 유구가 거기 자리 잡고 있으며, 그 중심을 이룬다고 암시했다.

시간에 관해 말한 것이 그 다음 층위를 이룬다. 유구 임금의 통치는 三代 이후까지의 憲章을 제정하고, 文武百王의 전례를 모아들인다고 했다. 다시 堯임금의 바람이 길게 불고, 舜임금의 나날이 더욱 밝다고 했다. 동아시아문명의 전통을 과거에서 미래로 이어주는 중심점 노릇을 한다고 자부했다. 그렇게 해서 유구의 임금이 즉위해서 종을 새로 만들고 鐘銘을 짓는 것을 그런 영원한 시간의 중간에 자리 잡은 한 시점의 일로 이해하도록 했다. 유구의 현재는 시간의 진행에서도 중심을 이룬다고 암시했다.

지향해야 할 정신을 밝혀 셋째의 층위를 갖추었다. "十方刹地"와 "和夏仁風", "震梵音處"와 "堯風永扇 舜日益明"을 나란히 놓아 양쪽을 대등한 비중으로 함께 언급했다. 유구 임금은 불교와 유교 양쪽의 이상을 함께 실현하는 통치를 해서 "下濟三界群生"의 자비를 베풀고, "上祝萬歲寶位"해서 마땅한 군주의 위엄을 갖춘다고 했다. 불교의 범종처럼 만들어 왕궁에 걸어놓고 치는 종소리가 퍼져나가 멀고 높은 이상을 일깨워주고 임금과 백성이 하나가 되게 한다는 것을 암시했다.

공간시간정신에 관한 그 세 가지 층위에서 모두 동아시아 속의 유구가 문명의 이상을 구현하는 중심체 노릇을 한다는 자부심을 나타내서, 보편적 가치가 민족의 주체성에 대한 자각을 통해서 실현된다고 했다. 유구는 작은 나라라고 스스로 비하하는 생각은 전혀 보이지 않는다. 동아시아가 공유한 문명을 자기 것으로 삼아 수준 높게 구현하면 누구든지 문명권의 중심에 자리 잡을 수 있다고 했다. 유구가 중심이 되어 동아시아문명의 이상을 구현화고, 대등한 화합을 실현한다고 했다.

조선은 이 글에서 말한 기대에 어긋나지 않게 호의적인 관계를 유지하고, 정신문화가 빼어난 것을 가져갈 수 있게 했다. 輔車(보거)라고 지칭하고 도움을 바란 쪽 중국과 책봉관계를 가져 주권이 손상된 것은 아니며 경제적 이득을 얻었다. 서로 보호해주는 脣齒(순치) 사이여야 한다고 한 일본은, 기대를 저버리고 유구를 복속시켜 지배했다. 조선도 식민지로 삼아 불행을 강요하고, 중국 침공을 감행하기까지 했다. 동아시아의 화합을 적대관계로, 평화를 전쟁상태로 바꾸어 놓았다.

후대의 변화는 나중에 다시 말하기로 하고, 조선이 호의적인 관계를 유지한 것을 구체적으로 살피자. 《조선왕조실록》 성종 10년(1479) 6월 22일조에 다음과 같은 기사가 있다.

유구 국왕 尚德(상덕)이 사신을 보내 聘禮(빙례)를 올렸다. 그 書契(서계)에서 일렀다. "삼가 생각하건대 천지가 개벽한 이래로 측은히 여기시고 자애로 우심이 사해에 떨치며, 임금은 성스럽고 신하는 현명하여 유풍과 선정이 八荒(팔황)에 퍼지므로, 가까이 있는 자는 은혜에 흠뻑 젖어서 기뻐하고 멀리 있는 자 는 風化(풍화)를 듣고 우러러 사모합니다. 成化(성화) 14년 여름 5월에 귀국의 서민이 표류해 저희 나라 남쪽 한 모퉁이에 이른 자가 7인이었습니다. 그곳 사 람이 나라에 데리고 온 자는 3인이고, 그 나머지 4인은 병이 나서 머무르면서 기다린다고 했습니다. 일본국 博多(박다)의 상선이 저희 나라 연안에 닿았는데, 선주는 新四郞(신사랑) 左衛門四郞(좌위문사랑)입니다. 그 사람들에게

3인을 귀국으로 데리고가서 돌려보내라고 명했더니, 3인이 함께 기뻐하면서 돌아가게 해 줄 것을 원했습니다... 寡人(과인)이 바라는 바는 大藏經(대장경) 1부와 면주 목면 약간 필이며, 삼가 드리는 토산물은 別幅(별폭)에 갖춥니다. 惶懼(황구)하고 瞻仰(첨앙)함을 금할 수 없으며, 늦더위가 아직 남았으니 保重(보중)하시기를 빌면서 이만 줄입니다...(토산품 목록 생략)

조선을 흠모한다는 말을 먼저 했다. 유구로 표류한 사람들이 있어 일본 선편으로 돌려보낸다고 말을 이었다. 토산물을 바치면서 대장경을 원한다고 했다. 그때 대장경을 주어 감사를 표시하는 기념 전각을 세웠다. 조선에서 가져간 것이 그 밖에도 더 있다. 배워간 도자기가 일본 것과 아주 다르다. 국왕의 궁전을 본떠서 지은 것은 더욱 주목할 만하다.

제2차 세계대전 때 일본군이 군사기지로 삼은 首里(수리) 王城(왕성)을 미군이 폭격해 전소되었다. 1992년에 복원하면서 원래 모형으로 삼았던 서울 昌德宮(창덕궁)을 실측해 이용했다고 현장에서 틀어주는 영상물에서 설명했다. 유구 국왕은 정전에 나와 앉아 신하들의 조회를 받는 것이 한국과 같고 일본과는 달랐다. 일본의 통치자는 겹겹의 밀실에 은신하고, 모습을 드러내 조회를 받지 않았다.

그런 유구국이 일본의 침공을 받고 복속되었다. 이것은 우리와 연관이 있다. 일본이 임진왜란을 일으키면서 원병을 청하니 유구가 응하지 않았다. 이에 대한 책임을 묻는다면서 1609년에 일본이 유구를 침공해 국왕을 잡아가 항복을 받았다. 우리는 이겨낸 임진왜란의 여파가 유구를 비참하게 만들었다.

그 뒤에 유구는 명목상 독립국이고 실제로는 일본의 간섭을 받는 이른바 附庸國(부용국)이 되었다. 명목상 독립국을 남겨둔 것은 중국과의 책봉관계를 유지해 얻는 경제적인 이익을 일본이 가로채고자 했기 때문이다. 일본인 상인들은 유구에서 상권을 장악하고, 유구 상인들의 일본 출입은 금지했다.

오늘날 유구 역사가들은 역사를 실상대로 서술하는 자유를 누리지 못한다. 그래도 알릴 것은 알리기 위해 가능한 노력을 한다. 중국과의 책봉관계를 온전하게 지속하던 시기의 번영이 일본의 간섭을 받으면서 사라진 것을 아쉬워한다.

일본이 1879년에 유구를, 1910년에 조선을 합병한 것은 시차가 있지만 이어진 사건이다. 근대 일본의 침략을 받고 유구와 조선은 식민지가 되는 불운을 함께 겪었다. 두 나라 다 1945년에 제2차 세계대전이 끝날 때 일본의 지배에서 벗어나 미국의 통치를 받게 되어 또 다시 공동운명체가 되었다. 우리는 1948년에 독립을 하고, 유구는 1972년에 다시 일본에 합병되었다.

미국은 유구를 일본에서 분리하고자 했다. 일본의 식민지 시대에는 없던 대학을 1950년에 세워 琉球大學(유구대학)이라고 했다. 1952년에는 유구정부를 만들어 간접적으로 통치했다. 미국은 유구를 미국 영향하의 독립국으로 만들려고 했으며, 유구인들은 완전한 독립을 원했다.

미국 군용기들이 유구 기지를 이용해 월남으로 출격하는 것을 저지하려는 운동이 일어나 사정이 달라졌다. 미국의 전투력을 줄이기 위해 유구를 일본으로 되돌려야 한다고, 미국 국내 및 세계 도처의 반전론자들이 외쳤다. 미국은 유구 독립계획을 포기하고 1972년에 유구를 일본에 넘겼다.

4

일본에게 복속되어 부용국이 된 시기에 유구의 주체성을 선양하고
자 해서 《中山世鑑》(중산세감, 1650)·《中山世譜》(중산세보, 1701)·《球陽》
(구양, 1745)이라는 이름의 국사서를 거듭 내놓았다. 서두에 민족의
유래와 건국의 내력에 관한 전승을 수록했다.

《中山世鑑》에서는 최초의 신 日神(일신)과 天帝(천제)가 천지를 창
조했다고 했다. 《中山世譜》에서는 천지가 분화되고, 대홍수가 일어났
으며, 홍수 후에 남녀가 생존해서 인류의 시조가 되었다고 했다. 天
帝子(천제자) 세 아들이 등장해서, 장남은 국왕 天孫氏(천손씨), 차남
은 安司(안사), 삼남은 백성, 장녀와 차녀는 神職(신직)을 맡았다고
했다. 국토 구분, 수렵과 농업 시작, 주거와 음식 마련에 관해 기술
했다. 君眞物(킨마몬)이라는 신이 출현해서, 나쁜 사람의 행실을 국
왕에게 고했다고 했다.

天孫氏의 시대가 17,000년 이상 계속된 다음에 등장한 그 다음의
군주 英祖王(영조왕)은 어머니가 해가 품에 드는 꿈을 꾸고 임신했
다고 했다. 새 왕조를 연 察度王(찰도왕)은 하늘에서 내려온 선녀를
아내로 삼은 나무꾼의 자식이라고 했다. 거기까지가 신화시대이다.
그 다음에 역사시대가 시작되어, 제1 尙氏왕조가 들어서서 유구 통
일을 이룩해 명나라의 책봉을 받고, 위에서 말한 萬國津梁鐘을 만들
었다.

제2 尙氏(상씨)왕조가 그 뒤를 잇는 동안에 일본의 침공을 받고
부용국이 되었다. 그 시기에도 蔡溫(채온, 사이운, 1682-1761)이라는
학자 정치인은 일본의 간섭을 받고 있는 나라를 일으킬 수 있는 방

법을, 세상을 구하는 근본이치를 바로잡는 과업과 함께 수행하고자 분투했다. 《圖治要傳》(도치요전)에서 "夫國者 外旣無畏 內必生憂 外旣 有畏 內必無憂"(무릇 나라는 밖으로 두려워 할 것이 없으면 반드시 안에서 근심이 생기고, 밖으로 두려워할 것이 있으면 반드시 안에는 근심이 없다)고 했다. 일본의 위협을 받고 있는 시련 덕분에 유구는 안으로는 근심이 없는 나라이기를 바라고, 백성을 존중해 상하가 단합하게 하는 이상적인 정치를 하는 방도를 제시했다.

《簑翁片言》(사옹편언)이라는 책은 제목이 "도롱이를 쓴 노인이 단편적으로 한 말"이라고 한 것이다. 도롱이를 썼다는 것은 초야에 묻혀 있다는 뜻도 있고, 능력을 감추고 있다는 뜻도 있다. 농민이면서 도사이고, 어리석은 것 같으면서 지혜로운 노인이 유학이나 불교에서 말하는 것 이상으로 크고 높은 깨달음을 얻었음을 알려주었다.

유구어는 일본에서는 일본어의 한 방언이라고 하지만 사실이 아니고, 독립된 언어이다. 일본어와 소통이 되지 않는다. 아직 사용되지만 없어질 위험이 있다. 유구어 출판물은 얼마나 있는지 서점을 뒤져보니 민요와 속담을 수집해 원문으로 적고 일본어로 풀이한 것이 고작이었다.

유구어문학의 대표적인 고전은 궁중무가집이다. '聞得大君'(기코에오오키미)라고 일컬어지는 여성 國巫(국무)가 노래하는 나라의 무가가 오래전부터 있었는데, 《오모로사우시》(おもろさうし)라고 하는 노래책을 만들어 다듬어 정리했다. 1532년부터 시작해 백년 가까이 되는 기간 동안 모두 22권으로 편찬했다. 수록된 노래는 1,554편이고, 중복된 것을 빼면 1,248편이다.

구전되던 자료를 정리하고 정착시키면서 고유 문자가 없어 일본문자 假名(카나)를 이용했으나, 일본문학과는 전혀 다른 유구의 민족 문학이다. 英祖나 察度를 민족의 영웅으로 칭송하고, 尙氏왕조의 당대 국왕을 받들었다. 민족의 자부심을 뽐내는 영웅이 옛적에만 있지 않고, 후대의 국왕이 그 일을 맡고 있다는 것이 한층 긴요한 일이라고 했다. 일본에 복속된 뒤에도 주체성을 선양하고자 하는 의지를 나타냈다.

유구인들은 독립을 열망하고 있다. 독립운동이 계속되고 있다. 독립국의 국호는 琉球共和國(유구공화국, Republic of the Ryukyus)이라고 하자고 한다. 유구공화국의 헌법 초안도 발표되었다. 언어에 관한 조항이 있어 유심히 살피니, 유구공화국은 유구어와 일본어를 이중의 공용어로 사용한다고 했다.[8]

5

유구에서 지방 여행을 하다가 박물관에 들려 '方言札'(방언찰)이라는 글자가 쓰여 있는 나무 패찰을 보고 큰 충격을 받았다. 1945년 이전 학생들이 일본어가 아닌 유구어를 말하면 이 패찰을 목에 걸었다고 설명되어 있었다. 더 알아본 바로는, 이 패찰을 목에 걸고 있는 수모에서 벗어나려면 다른 학생이 유구어를 사용하는 것을 발견하고

---

8 인터넷에서 '류큐 독립운동'을 검색하면 필요한 자료가 있다. 하단 '외부 링크'의 '류큐독립당 공식웹사이트 (일본어)'에서 많은 것을 알려준다.

패찰을 그 학생 목에 옮겨 걸어야 했다고 한다. 그 패찰을 목에 걸고 있는 학생은 벌을 받았다.

방언찰은 영국이 웨일스에서 하던 짓을 본떠서 만들었다. 인터넷의 《위키피디아》(*Wikipedia*)에서 다음과 같은 사실을 확인할 수 있다.

웨일스 표식 또는 웨일스 표찰이라는 것이 19세기나 20세기 초에 아동들이 웨일스어를 사용하지 못하게 하고, 사용하면 벌을 주는 데 이용되었다. 나무 막대기에 "WN"이라고 새긴 것을 학교에서 웨일스어를 사용하는 아동 목에 걸었다. 그것을 다른 아동이 웨일스어를 말하면 그 아이 목에 옮겨 걸도록 했다. 하루 일과가 끝날 때 그것이 목에 걸린 아동은 벌을 받았다.

패찰을 만들어 목에 걸게 하고, 벌을 주는 방식은 일본과 같다. 그런데 영국에서는 웨일스어를 독립된 언어로 인정하고서 사용하지는 못하게 했는데, 일본에서는 유구어를 方言이라고 했다. 方言을 사용하면 벌을 주는 것은 있을 수 없는 일이니, 유구인은 이중의 박해를 받았다. 웨일스어 사용자 목에 건 패찰에는 "WN"라고 하는 말만 쓰여 있어 무슨 뜻인지 알기 어려운데, 方言札이라는 것은 분명해서 더욱 창피스럽다.

인터넷 《위키피디아 백과사전》의 〈웨일스어〉(Welsh language)와 유구 여러 언어(Rukuan languages)를 참고해 두 언어의 현황을 알아보자. 웨일스는 영국의 중심지 잉글랜드 서쪽에 바로 인접해 있는 곳이다. 독립국이었다가 1282년에 영국에 합병되었다. 2만 제곱미터쯤 되는 면적에 300만쯤 되는 사람들이 살고 있다. 영국은 웨일스를 통치하면서 웨일스어를 없애려고 끈덕지게 노력했으나 실패했다. 웨일스어는 탄압에 맞서서 싸워, 없어지지 않고 살아남았다. 영어가 세계를 휩쓸어 다른 언어는 살아남지 못하리라고 하는 비관론을 잠재우는 방파제 노릇을 웨일스어가 담당하고 있다.[9]

탄압을 이겨내고 웨일스어가 살아난 경과를 보자. 1962년에 웨일스어학회가 결성되어 웨일스어를 표준화하는 작업을 진행했다. 1967년에 영어와 함께 웨일스어를 공용어로 하는 법이 제정되었다. 2011년의 조사에 의하면, 웨일스인 19%(562,000인)가 웨일스어를 말할 수 있고, 15%(431,000인)는 웨일스어를 읽고 쓸 수도 있다고 했다.

1993년부터 2011년까지 웨일스어를 영어와 함께 공용어로 사용하고 학교에서 가르치는 조치가 단계적으로 이루어져, 지금은 20%의 학생들이 웨일스어로 수업하는 학교에 다니고, 영어로 수업하는 학교에 다니는 학생들도 웨일스어를 제2의 언어로 배운다고 한다. 웨일스의 모든 대학에 웨일스어 전공이 있다고 한다. 웨일스어를 하는 사람은 취업에서 유리하다고 한다.

세계 도처 웬만한 언어는 영어의 위세에 눌려 모두 없어지리라는 비관론이 있다. 우리말도 그 가운데 하나이니 지키려고 하지 말고 영어를 공용어로 하자는 주장이 있어 《영어를 공용어로 하자는 망상》(나남출판, 2001)에서 나무랐다. 영어가 세계를 휩쓸게 되리라는 전망이 허위임을 7백 년 이상 영어 사용을 강요당하고도 자기 언어를 지킨 웨일스인이 입증한다.

유구어는 사정이 웨일스어보다 나쁘다. 탄압을 견디지 못하고 거

---

9 우리말을 버리고 영어를 공용어로 하자는 주장을 비판하는 《영어를 공용어로 하자는 망상》(나남출판, 2001)에서 이 사실을 중요한 논거의 하나로 삼았다.

의 없어질 지경에 이르렀으며, 반격을 할 수 있는 힘이 모자란다. 일본인들은 유구어가 일본어의 방언이라고 하고, 독립된 언어로 인정하지 않는다. 표준화가 이루어지지 않고, 유구열도 여러 곳에서 차이가 많은 언어를 사용해 유구 여러 언어(Rukuan languages)라고 일컬어야 할 형편이다.

조사가 이루어지지 않아 유구어 사용자 수가 얼마나 되는지 알 수 없다. 50대 이상의 일부가 유구어를 하고, 할아버지와 함께 사는 아이들만 유구어를 익힌다고 한다. 일본어와 유구어를 섞어 쓰는 사람들은 더 많다고 한다. 1960년에는 수리 지방의 말로 뉴스를 하는 방송이 시작되었다. 2006년에 沖繩縣에서 "섬 말의 날"(しまくとぅばの日)을 제정해 류구어를 이어나가려고 노력하고 있다. 유구어 학교 교육은 이루어지지 않고 있다.

영국이 웨일스에서 한 방식을 본떠서 만든 方言札을 이용해 일본은 유구인의 모국어를 거의 말살했다. 선생인 영국은 하지 못한 일을 제자인 일본은 해치웠다. 차이가 생긴 이유는 웨일스인이 유규인보다 더욱 완강하게 저항했거나 일본이 영국보다 더욱 악랄했기 때문일 것이다.

웨일스가 영국에게 복속되어 주권을 잃은 것은 7백여 년 전의 일이다. 그 때부터 영국의 왕위 계승자 왕세자는 "Prince of Wales"(웨일스公)이라는 호칭을 사용하면서 웨일스 임금 노릇을 한다고 해왔다. 웨일스의 왕위를 없애지는 않고 이어온다고 하면서 민심을 달래려고 한 처사이다. 웨일스 사람들은 이 때문에 치를 떤다. 비판하고 풍자하는 시를 거듭 지었다. 이것이 웨일스인의 저항이 더욱 완강한 증거이다.

일본이 영국보다 더욱 악랄한 증거는 많이 있으나 하나만 든다. 제2차 세계대전이 막바지에 이르러 미군의 유구 상륙이 임박했을 때의 일이다. 유구를 점령하고 있던 일본군은 유구의 어린 학생들, 그것도 여학생들에게 미군이 상륙하면 참을 수 없는 모멸을 당할 터이니 자살을 하라고 했다. 이 말을 듣고 집단 자살을 한 시신이 도처에 있었다고 한다. 자살을 할 때에는 "天皇陛下 萬歲"(텐노헤이카 반자이)를 불렀을 것이다.

일본이 식민지 조선에서도 방언찰을 사용했는가? 이에 대해 아무 기록도, 조사한 자료도 없다. 일제 강점기에 초등학생이었던 분들에게 물어볼 수밖에 없었다.

1932년생이고, 1938-1943년 안동에서 초등학교에 다닌 김용직 교수가 기억을 더듬어 소중한 자료를 제공했다. 교사가 아침에 교사가 학생들에게 일정한 수의 딱지를 나누어주고, 조선말을 하는 학생이 있으면 가지고 있는 딱지를 빼앗으라고 했다. 저녁 때 교사가 조사해보고, 딱지를 많이 가진 학생은 상을 주고, 딱지를 적게 가진 학생은 벌을 주었다고 했다.

이 방법이 전국에서 널리 사용되었는지 확인하는 조사가 있어야 한다. 이 말을 듣고 불어학자 홍재성 교수는 불국에서도 불어가 아닌 다른 언어를 사용하는 학생들을 이 방법을 사용해 응징했다고 했다. 이에 관한 확인도 필요하다.

딱지를 사용하는 방법은 방언찰을 목에 거는 것보다 징벌의 정도가 덜 심하다. 딱지는 몸에 지니고 있어 목에 거는 패찰처럼 드러나지 않는다. 유구에서는 패찰을 사용한 일본이 왜 조선에서는 딱지를 선택했을까? 이 의문을 풀어야 한다. 조선 사람을 두렵게 여겨 지나친 억압은 하지 않았던가? 다른 이유가 있어야 한다.

일제는 우리말을 말살하고 일본어만 쓰게 한 것으로 알고 있다. 일본어를 쓰려면 배워야 하고 배우려면 학교를 다녀야 했다. 그런데도 초등학교 입학을 제한했다. 입학생을 엄선한다는 이유를 내세워 구두시험을 실시했다. 예측할 수 없는 질문을 하고 터무니없는 평가를 해서 지원자들을 낙방시켰다.

2000년 전후의 어느 때의 일이다. 서울대학교 인문대학 교수 휴게실에서 몇 살 연상인 교수 몇 분이 일생을 회고하면서 초등학교 입학시험에 합격해 교육을 받을 수 있게 된 것이 최대의 행운이었다는 말을 주고받는 것을 들었다. 당락을 예상할 수 없고, 능력 평가와는 무관한 초등학교 입학시험에 합격한 것은 행운이라는 말 이외의 다른 말로 설명할 수 없다고 했다. 초등학교에 입학한 덕분에 상급학교 진학하는 능력을 발휘해 마침내 교수가 되었다고 했다.

일제는 조선 사람은 모두 조선어를 버리고 일본어를 사용하도록 한 것은 아니다. 교육의 기회를 제한하니 일본어 사용자가 대폭 늘어나지 않았다. 1941년에 이르러서야 그 수가 전 인구의 16.61%에 이르렀다고 조선총독부 통계에 나타나 있다.

사정이 이렇기 때문에 조선어는 버리고 일본어만 사용하라고 할 수 없었다. 조선인이 내는 조선어 신문이나 잡지는 탄압을 일삼다가 없애고서, 조선총독부의 두 기관지 《每日申報》(매일신보)라는 신문, 《朝鮮》(조선)이라는 잡지는 조선어판을 계속 내고, 京城放送(경성방송)에서 일본어와 조선어를 같은 비중으로 사용했다. 친일연극은 조선어로 창작해 공연하게 했다.

조선인이 누구나 일본어를 사용하게 하려는 것은 아니었다. 조선인을 일본어 사용자와 조선어 사용자로 갈라놓고자 했다. 학교에 입학해 일본어를 공부하는 학생들은 학교에서는 물론 집에서는 일본어만 사용하도록 하고, 國語常用(국어상용)이라는 팻말을 대문에 붙여주었다. 소수의 일본어 상용자가 우월감을 가지고 조선어 밖에 모르는 다수 위에 군림하도록 했다.

영국은 웨일스인이 웨일스어를 버리고 영어만 사용해 영국인이 되기를 바랐다. 일본도 유구인이 유구어를 버리고 일본어만 사용해 일본인이 되기를 바랐다. 그러나 조선인은 일본어만 사용해 일본인이 되기를 바란 것은 아니다. 일본어를 상용하는 소수의 조선인이 우월감을 가지고 다수의 조선인 위에 군림하면서, 식민지 통치를 위한 하수인 노릇을 하기 바랐다. 조선어는 무식꾼의 언어라고 평가가 절하되어야 그럴 수 있었다.10 재래의 교육기관인 서당은 폐쇄하고, 학

---

10 프랑스가 아프리카 마다카스카르에서 편 언어 정책을 살펴보면 일본이 조선에서 무엇을 하려고 했는지 이해하는 데 도움이 된다. 마다카스카르의 말라가쉬어는 식민지 통치자의 책동을 물리치고 되살아나 국어의 위치를 확립한 언어의 좋은 본보기이다. 그럴 수 있었던 것은 식민지가 되기 전에 이미 국어를 마련한 유산이 있었기 때문이다. 18세기에 성립된 통일왕조에서 말라가쉬어로 국사를 편찬하기까지 했다. 19세기 초에는 아랍문자를 버리고 로마자를 사용하기 시작했다. 말라가쉬어를 교육의 언어로 사용해서 의학이나 자연과학까지 가르칠 수 있을 정도에 이르러, 국어의 위치를 확립할 수 있게 했다. 프랑스는 1895년부터 식민지통치를 하면서 마다카스카르의 민족어를 파괴하고 불어 사용을 이식하고자 했다. 프랑스 식민지로 삼은 다른 곳 가령 월남에서는 하지 못한 일을 마다카스카르에서는 강행한 것은 저항이 약해 성사 가능하다고 판단했기 때문일 것이다. 독립국이었던 시절에 이룩한 언어문화의 발전을 파괴하고, 재래의 학교는

교교육은 극도로 제한해 대다수의 조선인이 무식꾼이게 해야 조선어
는 무식꾼의 언어일 수 있었다.

일본이 조선어를 무식꾼의 언어라고 평가를 절하해 식민지 통치를
뜻한 대로 하려고 한 것은 뜻대로 되지 않았다. 김소월, 《진달래꽃》
(1925); 한용운, 《님의 침묵》(1926) 같은 시집이 출판되어 조선어로
이루어지는 사고와 표현이 어느 수준인지 분명하게 드러났다. 오랜
내력을 가진 문학의 유산을 찾아 체계적으로 정리하고 평가하는 작
업이 어느 수준인지 조윤제, 《朝鮮詩歌史綱》(조선시가사강, 1937)에서
잘 보여주었다. 표준말을 사정하고, 맞춤법을 통일하고, 사전을 편찬
하는 작업을 줄기차게 진행했다.

사태가 이렇게 전개되자 조선어는 무식꾼의 언어라고 평가를 절하
하는 것을 전제로 추진된 시책이 그대로 시행되지 못하고 궤도 수정
이 불가피해졌다. 일본어를 하는 유식한 조선인이 조선말이나 하는
무식한 조선인 위에 군림하도록 하는 것이 유익하지 않고 가능하지
도 않은 줄 알고, 조선인은 모두 일본어를 사용하는 일본인이 되게
하는 쪽으로 방향을 바꾸었다. 대외적인 침략전쟁을 시작하면서 조
선인의 역량 동원이 절대적으로 요망되었다.

폐쇄했다. 언어 통일을 와해시키려고 국어가 아닌 한 방언을 서사어로 삼아, 학
교에서는 가르치지 않고 무식꾼의 언어임을 보여주기나 했으며, 불어를 모르는
사람들에게 식민지 당국의 명령을 전하는 데나 썼다. 모든 사람이 불어를 쓰도
록 한 것은 아니다. 불어를 잘 익혀 상용화는 특수층은 '불국 시민'으로 인정되
어, 무지하고 미천한 '원주민' 동족들을 멸시하면서 통제하게 했다. 학교에서 말
라가쉬어, 마다카스카르의 역사와 지리를 가르치지 못하게 했다. 식민지 당국이
세운 학교에서 '프랑스 시민'이 되기 위한 불어 교육을 받고, 불국의 제도에 의
한 대학입학 자격시험에 합격하는 것을 최고의 목표로 삼도록 했다. 《공동문어
문학과 민족어문학》(지식산업사, 1999), 304-307면에서 이에 관해 고찰했다.

그런데 문제는 교육이었다. 일본어를 가르쳐 일본인을 만들려면 조선인에게 학교교육을 시켜야 했다. 식민지 통치의 자기모순 때문에, 국민학교라고 일컬은 초등학교 의무교육을 조선인에게도 실시하지 않을 수 없었다. 이 시책은 실시되지 못하고, 1945년에 일본은 패전하고 우리는 광복을 맞이했다.

일제 강점기에 학교를 다닌 분들은 말은 우리말을 해도 글을 읽고 쓰는 것은 일본어로 했다. 광복 후에 말은 하던 대로 했으나, 글을 읽고 쓰는 것은 일본에서 우리말로 바꾸는 데 적지 않은 시간이 필요했다. 이에 관한 연구는 누가 하지 않았으므로, 들은 말로 증거를 삼아야 한다.

은사 한 분은 일본어보다 우리말로 글을 쓰는 것이 더 편해지기까지 10년이 소요되었다고 했다. 가까이 지내는 선배는 우리말 글 읽고 쓰기를 가르치는 교수 노릇을 평생 동안 했어도 노년이 되어 눈이 아프니 일본어 책만 읽힌다고 고백했다. 일본어 때문에 상처를 받지 않고 처음부터 우리말 교육을 받은 것이 얼마나 복된 일인지 은사나 선배들과 한자리에 앉아 이것저것 이야기를 할 때면 새삼스럽게 절감한다.

나는 1939년에 태어나고 1946년에 초등학교에 입학했다. 일본어 교육은 받지 않고 처음부터 우리말 교육을 받은 첫 학년임을 언제나 자랑한다. 일본어는 나중에 공부해 잘하지 못하는 것은 손해라고 할 수 있으나, 그렇지 않다. 외국어는 잘하면 잘할수록 열등의식이 더 커진다. 일본어를 잘 하기 때문에 일본에 대한 열등의식에서 벗어나지 못한다고 할 수 있다. 일본어뿐만 아니라 다른 어느 외국어도 마찬가지이다. 열등의식에서 벗어나려면 외국어를 여럿 해야 한다.

일본어를 하지 못하는 것이 한 이유가 되어 여러 외국어를 열심히 공부하게 되었다는 것도 말해야 한다. 몇 년 연상인 분들까지 일본어 번역으로 읽었다는 서양 책을 우리말 번역은 없으니 원문으로 읽어야 했다. 문학을 제대로 공부하자고 불문과에 입학하고, 영문과와 독문과 강의도 계속 수강했다.

일본에 가서 기회 있을 때마다 말했다. 나는 일본어를 배우지 않은 첫 학년이어서 서양에 대한 이해를 위해 일본책을 이용한 적 없다. 원문을 그대로 읽으면서 일본으로 가져올 때에는 제거하는 철학적 논란을 생생하게 체험했다.

일본어를 잘하는 분들은 일본을 연구하려고 하지 않는데 일본어를 잘하지 못하는 나는 겁 없이 나선다. 일본문학을 내 관점에서 다루어 동아시아문학론을 이룩하는 데 활용한다. 일본어가 모자라는 결함을 다른 여러 외국어로 보충해 일본을 멀리서 보고 비교해 분석할 수 있다.

나는 유구문학에 대해서도 힘자라는 대로 고찰하려고 했다. 《동아시아문명론》(2010)에서는 유구문학에 대해 고찰했다. 그보다 앞서, 《동아시아구비서시의 양상과 변천》(1997)에서 유구에 구전되는 서사시를 살피고 《오모로 사우시》를 자세하게 살폈다. 앞의 책에서 한 대목 든다.

자기 고장의 산 이름을 따서 恩納岳(온나다케)라고 하는 필명을 사용한 18세기 전반기의 여류시인은 강력한 항거의 시를 썼다. 여성에게 가해지는 제약에 대해서 자유로운 사랑을 노래해서 맞서고, 유구인이 겪어야 하는 억압을 용납하지 않으려고 하는 애국적인 정열을 토로했다.

> 물결 소리도 멈추고,
> 바람 소리도 멈추고,
> 임금님의
> 모습을 뵙고 싶다.

나라 일을 걱정해야 할 처지에 있지 않아도 되는 여성이, 몇 마디 되지 않은 짧은 시에서 이렇게 노래한 것은 놀라운 일이다. 유구 국토 전체로 뻗어 있는 천지를 배경으로 해서 나라를 생각하고, 물결 소리와 바람 소리로 수난을 상징 하면서 수난을 넘어서서 임금님의 얼굴을 우러르는 평화를 얻고 싶다고 했다.

《세계문학사의 전개》(지식산업사, 2002)에서는 세계 전역의 문학을 다루어야 하므로 자리를 마련하기 어렵지만 웨일스문학에 대한 관심 과 애정을 다음과 같이 나타냈다.

웨일스어의 장래는 어둡지 않다. 켈트어의 여러 갈래 가운데 웨일스어의 부활이 가장 낙관적이다. 자치만 누리는 상태에서도 1967년에 영어와 함께 웨일스어를 공용어로 하는 법이 제정되었다. 민족문화운동의 기수로 나선 작가들이 적극적인 활약을 해서 웨일스어문학은 소설, 희곡 등 여러 영역에서 살아 있으며, 시 창작이 더욱 활발하다. 민요에서 가져온 전통적 율격을 살리는 정형시를 민족어를 지키기 위한 정치적 투쟁의 도구로 삼는다. 오원(Gerallt Lloyd Owen)은 〈명예롭지 못한 시〉(*Cerddi'r Cywilydd*)라는 시집에서, 7백 년 전에 빼앗은 웨일스의 왕위를 영국의 왕세자가 계승하는 행사를 통렬하게 비판했다.

유규 역사를 알아보다가 처지가 비슷한 웨일스에 대해서도 깊은 이해를 하고, 마다카르의 경우도 다룬 적 있다. 비교고찰을 확대해 식민지 지배의 폐해를 세계적인 범위에서 고발하는 연구를 할 필요가 있다. 한국의 경우도 당연히 포함시켜 다루어야 한다. 식민지통치의 여파로 남북이 분단되어 남다른 폐해가 있어 특별한 고찰이 필요하다.

6

현지 일본 관광회사의 하루 관광에 참가해 이곳저곳을 돌아보다가 놀라운 것을 발견하고 큰 충격을 받았다. 유구 최남단에 제2차 세계대전 말기 미군의 상륙으로 전투가 벌어져 희생된 군인과 민간인 이름을 국적에 따라 분류해 새겨놓은 慰靈(위령) 기념물이 있다. 기억이 분명하지 않아 인터넷에서 검색해보니, 2017년 6월 현재 적힌 이름 숫자가 유구 149,456, 일본 77,425, 미국 14,009, 영국 82, 대만 34, 대한민국 380, 조선민주주의인민공화국 82이다.

대한민국과 조선민주주의인민공화국이 나누어져 있다. 남북이 분단되기 전에 끌려가 죽은 사람들 이름을 분단 후의 국호에 따라 나누어 적었다. 어떻게 나누었는가? 명단을 대한민국대사관과 조총련에 보내 자기편을 골라내라고 했다고 한다. 양쪽에서 모두 자기편이라고 골라내지 않은 사람들의 이름은 새길 장소가 없어 공중에 떠돈다. 위령의 대상도 되지 못하는 孤魂(고혼)이다.

대한민국 380과 조선민주주의인민공화국 82를 보태면 총원이 462명이다. 끌려간 인원은 모두 1만 내지 2만 정도 되리라고 한다. 대부분은 신원이 파악되지 않았거나 남북 어느 쪽 사람으로 분류되지 않아 이름이 새겨져 있지 않다. 위령의 대상도 되지 못하는 고혼이 1만 이상 되어 엄청나게 많다.

남북이 분단되기 전에 세상을 떠난 고인의 이름을 남북 양쪽 비석 가운데 어느 한 쪽에 새긴 것은 전혀 부당한 처사이고, 분단의 고통을 더 키우려는 술책이다. 남북 양쪽 당국자가 고인의 소속을 선별해달라는 요청을 거부하고 모든 사람 이름을 한자리에 새겨달라고 했어야 한다. 무슨 기준으로 선별했는가? 출신 지역인가? 연고자의 소속인가? 사상 성향에 관한 추측인가?

어느 것이든 전혀 납득할 수 없는 기준이다. 납득할 수 없는 기준으로 부당하기 이를 데 없는 처사를 해서, 일본의 술책에 말려들었다. 남북 분단을 1945년 이전까지 소급시키고, 무소속의 고혼이 아주 많도록 한 것이 일본의 술책이다. 패전을 하고서도 가해를 멈추지 않는 일본에 분단의식이 골수에 박힌 남북 양쪽의 당국자가 협조했다. 그래서 민족의 비극과 분단의 아픔을 더 키운 것을 용서할 수 없다.

경과가 잘못 되었다고 분개하고 규탄하면 할 일을 다 하는 것이 아니다. 쉴 곳을 찾지 못하고 원통하게 떠도는 혼령을 가슴 아프게 생각해 나는 慰靈文(위령문)을 짓는다.

나라 잃은 백성이 되어 식민지 통치자의 채찍 아래에서 모진 고초를 겪다가, 싸움터에 내몰려 처참하게 목숨을 잃은 혼령들이시여! 이제는 조국이 하나도 아니고 둘이나 된다고 하는데, 그 어느 쪽 소속인지 확인되지 않는다는 이유에서 아직도 허공에 떠돌고 있는 혼령들이시여! 아버지·어머니 같은 육친들이시여!

이곳 유구 전투에서 목숨을 잃은 모든 이들이, 적과 동지를 가리지 않고, 어느 편인지 묻지 않고, 유규인도 일본인도 대만인도, 미국인도 영국인도, 황인도 백인도 흑인도 모두 나란히 누워 다정한 이웃이 되어 영원한 안식을 함께 취하고 있는데, 오직 당신들만은 아직도 내려와 쉬지 못하고 높은 데서 울부짖고 있나이다.

나는 당신들과 함께 통곡하면서, 통곡하지 않을 수 없는 사연을 모르고 있는 사람들에게 전하고자 합니다. 인류의 역사가 시작된 이래로 당신들보다 더 불행한 희생자가 있었던가요? 남북분단의 고통을 당신들만큼 뼈저리게 말하는 중인이 있는가요? 조국이 하나가 되어 그대들도 휴식할 곳을 얻을 날이 빨리 오기를 간절하게 염원하면서, 남북 어디서도 모르고 있는 기막힌 사연을 알리나이다.

7

이상의 논의가 너무 장황하므로 요약이 필요하다. 유구는 조선·중국·일본 사이에 있다고 자기 위치를 규정하고 세 나라와 각기 좋은 관계를 가지겠다고 했다. 이것은 대등한 화합을 위한 최상의 강령이라고 할 수 있는데, 일본의 반칙으로 유린되었다.

조선은 기대에 어긋나지 않게 호의적인 문화교류를 했다. 중국과는 책봉관계를 가져 주권이 손상된 것은 아니며 경제적 이득을 얻었다. 일본은 유구를 복속시켜 지배하고, 조선도 식민지로 삼아 불행을 강요하고, 중국 침공을 감행했다. 동아시아의 화합을 적대관계로, 평화를 전쟁으로 바꾸어놓았다.

일본은 더 나아가 미국과의 전쟁을 일으키고, 유구를 방패로 삼고 희생을 강요했다. 그 전투에 동원되어 생명을 잃은 조선인의 혼령은 기이한 수난을 겪고 있다. 식민지 통치의 후유증 탓에 남북으로 분단된 두 나라 가운데 하나에 소속을 정하지 못하면, 여러 나라 많은 인종의 전사자가 함께 편히 쉬라고 만든 慰靈(위령) 조형물에 이름을 새기지도 못하고 허공에서 헤매야 한다.

인류 역사에서 유례를 찾기 어려운 처참한 비극을 빚어낸 이런 상황을 그대로 두고 볼 수는 없으며, 반드시 해결해야 한다. 해결을 위해 여러 층위의 노력이 필요하다. 남북이 대결을 종식하고 화합하는 절박한 과제가 더 큰 범위의 대결단과 깊은 연관을 가진다. 일본인과 유구인, 일본과 한국이 불신을 넘어서서 가까워지면서 동아시아 전역에서 대등한 화합을 이룩하는 방향으로 나아가는 대전환이 있어야 한다.

야율초재를 잊지 말아야

1

중국 북경외국어대학에 가서 가르칠 때 있었던 일을 말한다. 《한국문학통사》를 교재로 그 대학 교수가 석사과정 학생들에게 한국문학사를 강의하면서 저자를 초청했다. 중요 사항을 들어 여섯 번 특강을 해달라고 했다.

한국문학사의 시대구분을 그 자체로 설명하기만 하지 않고, 중국의 경우와 견주어 알아듣기 쉽게 말했다. "蘇軾(소식)과 더불어 동아시아문학사의 한 시대인 중세전기가 끝나고, 중국 밖에서는 李奎報(이규보)가, 중국 안에서는 耶律楚材(야율초재)가 다음 시대인 중세후기가 시작되도록 했다." 이렇게 말하니, 학생들이 알아듣지 못했다.

문제는 야율초재에 있었다. 학생들이 소식은 알고, 이규보도 들어본 이름이지만, 야율초재는 누군지 모른다고 했다. 성명을 한국음으로 읽은 것이 낯설어 전달에 차질이 있는지 염려해 흑판에 한자로 "耶律楚材"라고 대서특필하고, "이래도 모르겠는가?"하고 말했다. 수강자 열둘 가운데 안다는 학생이 하나도 없었다.

왜 모르는가 물으니, "지금까지 우리가 배운 교과서에 그 사람이 한 번도 등장하지 않았는데 어떻게 알 수 있는가?"라고 말했다. 이 말은 세 가지로 놀라웠다. 야율초재가 누군지 모르는 것으로 분명하게 확인되어 놀라웠다. 학생들 모두 교과서 이외의 책은 하나도 읽지 않는 것은 더 놀라웠다. 중국 넓은 천지 각기 다른 곳에서 대학까지 공부하고 대학원 공부를 위해 북경외국어대학에 온 학생들이 아는 것은 다 알고 모르는 것은 다 모르는 획일성이 가장 놀라웠다.

2

이야기를 계속하기 위해 야율초재가 누군지 조금 설명할 필요가 있다. 야율초재는 북방민족 출신의 정치인이고 시인이다. 원래 遙(요)나라의 왕족인데 金(금)나라의 관원이었다가, 칭기스칸의 부름을 받고 元(원)나라를 위해 봉사하게 되었으며, 난폭한 야만인이 슬기로운 통치자로 변모할 수 있게 인도했다. 칭기즈칸이 대군을 이끌고 서쪽으로 진격하는 모습을 묘사하고 칭송한 한시가 전에 볼 수 없던 웅대한 표현을 갖추어 새로운 시대의 시작을 알렸다고 할 수 있다. 이 두 가지 이유에서 야율초재는 길이 빛날 위인이다.

이 정도 설명을 하니 학생들은 흥미를 가지고 경청했으나 실감이 나지는 않는 것 같았다. 나는 마음속으로 격분하지 않을 수 없었다. 중화인민공화국은 민족 차별을 하지 않는다고 공언하면서 교과서에 야율초재의 이름조차 올리지 않았으니 표리부동이 아닌가? 소수민족은 무시하고 한족만 대단하게 여기더라도, 야율초재 덕분에 한족이 살상은 면한 것을 감사하게 여겨야 한다.

한꺼번에 너무 나가면 역효과가 나타날 것 같아 이런 말은 접어두고, 다음 이야기로 넘어갔다. "북경 근교의 관광명소 頤和園(이화원)에 가보았는가? 거기 야율초재에게 제사를 지내는 사당이 있는 것을 보았는가?" 이렇게 물었는데, 생각해보면 웃기는 질문이다. 북경에서 공부를 하는 중국 학생들을 보고 "이화원에 가보았는가?"하고 물은 것은 실례이다. "야율초재 사당이 있는 것을 보았는가?"라고 한 것은 공연한 질문이다. 야율초재가 누군지 모르고 사당을 알아볼 수는 없기 때문이다.

마음을 가라앉히고 차근차근 설명했다. 이화원을 만든 청나라 조정에서 야율초재를 널리 알리고 받들려고, 文昌院(문창원) 뒤에 耶律楚材祠(야율초재사)를 만들어놓고 제사를 지냈다. 文昌은 文(문)을 관장한다는 하늘의 별이다. 문창성이 지상에 하강해 탄생한 李白(이백)이 가장 위대한 문인이라고 숭앙해왔다. 청나라는 그것이 한족 중심의 협소한 사고라고 여겨 배격하고, 야율초재를 문창성이 하강해 태어난 가장 위대한 문인이라고 했다.

사당 건립은 乾隆(건륭) 15년(1750) 황제가 주도해서 했다. 丞相(승상) 汪由敦(왕유돈)을 시켜 쓴 《元臣耶律楚材墓碑記》(원신야율초재모비기)에서 "褒忠崇德之聖心"(충성을 기리고, 덕을 숭앙하는 성스러운 마음) 앞의 두 말은 야율초재를, 뒤의 한 말은 건륭황제를 칭송한 말이다. 야율초재가 훌륭하다고 하는 황제가 거룩하다고 했다. 무력으로 천하를 얻은 청나라가 문명을 빛내 더욱 위대하다고 했다.

야율초재는 청나라를 세운 여진족과는 상이한 거란인이고 원나라의 관원이었지만, 북방민족의 위대한 능력을 보여준 것을 높이 평가했다. 청나라가 한족의 독주를 제어하고 포용력이 큰 나라를 만들어 어느 민족이든 편안하게 살 수 있게 한다고 널리 알리려고 야율초재를 받들어 모셨다. 야율초재가 누군지 알아야 중국문학사를 제대로 이해하고, 중국문학사를 한국문학사와 비교해 고찰하고, 동아시아문학사로 나아갈 수 있다고 했다.

그날의 특강을 마치고, 《한국문학통사》를 교재로 정규 강의를 하는 중국인 교수에게 수업 시간에 있었던 일을 이야기하고 위와 같은 설명을 전하니 응답했다. 자기 집이 근처에 있어 이화원에 자주 가보지만, 文昌院을 눈여겨보지 않았으며 耶律楚材祠에 대해서는 아는 바 없다고 했다. 학생들을 나무란 것이 잘못이다.

3

야율초재는 《元史》(원사) 〈耶律楚材傳〉(야율초재전)에서, 많은 책을 두루 읽고, 천문, 지리, 律曆(율력), 術數(술수) 및 釋老(석로), 醫卜(의복)에 통달했다고 했다. 律曆은 천문학이고, 術數는 점치는 일이고, 釋老는 불교와 도교이고, 醫卜은 의학이다. 유학은 기본이므로 특별히 언급하지 않은 것 같다. 문장에 능해 "下筆爲文 若宿構者"(붓을 들어 글을 쓰는 것이 마치 구상을 오래한 사람 같다)고 했다.

원래 遼나라의 왕족인데, 나라가 망한 지 오래되어 金나라 과거에 급제해 벼슬했다. 금나라 수도 燕京(연경)이 몽골군에 함락되자 물러나, 萬松老人(만송노인)이라는 고승을 따르며 불교 수련에 힘썼다. 수제자 반열에 올라, 스승의 주저 《從容錄》(종용록)과 《語錄》(어록)의 序(서)를 썼다. "以儒治國 以佛治心"(유학으로 나라를 닦고, 불교로 마음을 닦는다)는 교훈을 받았다고 하고, 불교로 닦은 마음으로 세상을 바로잡는 큰일을 하고자 했다.

스스로 깨달은 바를 "涇渭同流無間斷 華夷一統太平秋"(涇이든 渭든 같은 흐름이어서 끊어짐이 없고, 華夷가 하나로 합쳐 태평스러운 세월을 이룬다, 〈曹洞五位頌 兼中至〉)라고 말했다. 涇河(경하)는 黃河(황하)의 지류이고, 渭河(위하)는 涇河의 지류이다. 본류든 지류든 물이 흐르는 것은 차이가 없고, 문명의 중심인 華(화)와 변방인 夷(이)가 하나로 모이면 좋은 시대가 시작된다고 했다. 지류가 본류가 되고, 주변이 중심이 되는 대전환을 이룩하는 것을 임무로 삼았다. 몽골의 천하 통일이 변방 야만인의 난동이 아니고, 주변이 중심을 뒤집어 문명을 확대하고 쇄신하는 대역사이게 했다.

세상에 나와서 무엇을 했는가? 《元史》〈耶律楚材傳〉에서 소개한 사실 가운데 다음과 같은 것들을 특히 주목할 만하다. 전문 인용하면 너무 번거로우므로 요점만 간추린다.

(가) 칭기스칸이 야율초재의 명성을 듣고 불러 보았다. "요나라와 금나라는 대대로 원수지간이니, 그대를 위해 설욕해줄까?"라고 하니, "신의 아버지와 할아버지가 이미 금나라에서 벼슬을 했는데, 어찌 임금을 상대로 원수를 갚겠습니까?"라고 대답했다. 이 말을 듣고 칭기스칸은 야율초재를 중용했다.

(나) 어느 곳을 점거했을 때 여러 장수가 다투어 子女金帛(자녀금백)을 취하는데 야율초재는 버린 책과 大黃(대황)이라는 약재만 가져왔다. 자녀금백은 어린아이, 여자, 금, 비단 등의 값나가는 약탈품이다. 얼마 뒤에 士卒(사졸)이 병에 걸린 것을 야율초재가 그 약재로 치료했다.

(다) "한인들은 도움이 되지 않으니 사는 땅을 비우게 하고 모두 목초지로 만들자"는 주장이 있어, 야율초재가 말했다. "전쟁을 하려면 막대한 비용이 드는 것을 한인들이 여러 생업에 종사해 바치는 세금으로 충당해야 하는데, 어찌 도움이 되지 않는다고 하는가요?" 황제가 야율초재의 지론을 따랐다.

(라) 금나라와 싸워 이길 때, 오래 항거하고 전사자를 많이 냈으니 금나라 수도 사람들을 징벌로 다 죽여야 한다는 것을 야율초재가 막았다. "토지를 차지했는데 백성이 없으면 무슨 소용이 있습니까? 기술이 교묘한 장인, 재산이 많은 가문이 모두 거기 모여 있는데, 다죽이고 무엇을 얻으려고 합니까?" 황제가 이 말을 받아들여 금나라 왕족만 골라 처단했다. 목숨을 구한 사람이 147만이었다.

세 건 기사에 몽골인은 싸워서 이기는 것을 능사로 삼고, 살육을 주저하지 않고 하는 특성이 잘 나타나 있다. 야율초재는 이에 대해 정면으로 맞서서 비난하지 않고, 득실을 잘 생각하고 이로운 쪽을 택하자고 했다. 설득하려고 하다가 반발을 사지 않고, 슬기로운 판단을 하는 능력이 깨어나도록 도와주었다. 상대방을 배려하는 신중한 태도, 멀리 돌아 뜻하는 바에 이르는 유연한 화법을 본받을 만하다.

(가)에서 한 말은 간략하지만 깊이 생각한 바를 암시했다. 복수가 다시 복수를 불러오게 하지 말고, 기정의 사실은 인정해야 한다. 충성하기로 작정했으면 배신하지 않아야 한다. 지나간 역사는 수정할 수 없으므로 지금부터 잘해야 한다. 칭기스칸은 자기 나름대로 탄복하고 야율초재를 중용하기로 했다.

(나)는 말해준다. 야율초재는 물욕이 없어 자기 이득은 취하지 않고, 공익에 봉사하려고 세심한 배려를 한다. 현재에 집착하지 않아 장차 일어날 일을 내다볼 수 있으며, 자기의 안위는 생각하지 않아 남들의 어려움을 해결할 방법을 안다. 누구나 본받아야 할 자세이다.

(다)와 (라)에 관해 말하려면, 멀리 돌아가 《孟子》(맹자) 서두를 다시 읽어볼 필요가 있다. 맹자가 양혜왕을 만나니 왕이 말했다. "어르신께서 천리를 마다하지 않고 오시니, 장차 우리나라에 어떤 利(이)로움이 있겠나이까?" 맹자가 대답해 말했다. "임금님께서는 어찌 꼭 利로움만 말하십니까? 義(의)로움도 있나이다."(孟子見梁惠王 王曰 叟不遠千里而來 亦將有以利吾國乎 孟子對曰 王何必曰利 亦有仁義而已矣)

몽골인 군주에게 이 말을 하고 義로움을 본받으라고 할 수는 없다. "孟子를 받든다고 하는 한족이 義로움이라는 거짓말을 방패로 삼고 간악한 술책을 부려 우리 몽골인을 괴롭힌 것을 이제는 용서할 수 없다"고 하면, 설 자리를 잃고 물러나야 한다. 義로움은 생활 방식에 따라 각기 다르게 말하고, 利로움을 얻자는 것은 누구에게나 공통된다. 몽골인이 利로움을 얻을 수 있는 방도를 알려주겠다고 해야 하는 말을 듣는다.

利로움에는 작은 것도 있고 큰 것도 있다. 죽이고 빼앗는 것은 잠깐 동안의 작은 利로움이다. 만백성이 안심하고 생업에 종사해 기꺼이 세금을 낼 수 있도록 하는 것은 항구적으로 보장된 큰 利로움이다. 작은 利로움이나 얻으면 義로움을 유린해 규탄의 대상이 된다. 큰 利로움은 큰 義로움이기도 해서 칭송의 대상이 된다. 이것은 상극에서 얻은 작은 利로움을 버려야 상생에서 큰 利로움을 얻을 수 있다는 것이 만고불변의 진리이다.

야율초재는 이 진리를 몽골인도 알아차릴 수 있도록 유도해 약탈보다 생산, 징벌보다 관용, 전쟁보다 평화를 더욱 소중하게 여기도록 하는 데 기여했다. 살육을 멈추게 해서 수많은 생명을 구한 것만 공적이라고 할 것은 아니다. 塞外(새외)의 야만인이 특수성에 집착하지 않고, 남들과 함께 지닐 공동의 이상을 받아들여, 동아시아문명이 위기를 넘어서서 지속되고 확장되기까지 하도록 한 것이 크나큰 공적이다.

야율초재는 이렇게 해서 중심과 변방의 차등을 없앴다. 동아시아문명을 더욱 발전시키는 과업을 어느 곳에서, 어디서 누구든지 당당하게 수행할 수 있는 새로운 시대를 여는 데 기여했다. 중세전기는 가고 중세후기가 시작될 수 있게 하는 선각자의 한 사람으로 높이 평가해야 한다. 함께 평가해야 할 사람들은 고려의 李奎報, 월남의 阮廌(완채, 응우옌짜이), 그리고 일본의 五山禪僧(오산선승)들이다.

4

문집 《湛然居士文集》(담연거사문집)이 전한다. 모두 14권이다. 10권까지는 詩이고, 그 뒤는 文이다. 모두 뛰어난 작품이다. 序(서)가 셋, 後序(후서)가 둘 있다. 당대부터 淸(청)대에 이르기까지 역대의 명사들이 칭송하는 말을 했는데, 그 내역이 상례에서 벗어났다.

스승 萬松老人이 쓴 〈萬松野老行秀中夜秉燭序〉(만송야노행수중야병촉서)가 맨 앞에 있다. "毁譽不能動 哀樂不能入 湛然大會其心"(헐뜯음에도 명예로움에도 움직이지 않고, 슬픔도 즐거움도 들어오지 않고, 맑은 것이 마음에 크게 모여 있다.) 이 대목에서 號를 湛然이라고 한 인품을 기렸다. 毁譽(훼예)나 哀樂(애락)에 동요되지 않아 마음이 맑다고 했다. 마음을 비우니 맑다. 以佛治心의 높은 경지에 이르렀다고 스승이 평가했다.

다음 순서로 수록된 〈平水冰岩老人王鄰序〉(평수빙암노인왕린서)는 쓴 사람 王鄰이 누군지 확인되지 않지만, 대단한 경지의 高士라고 생각된다. "湛然性稟英明 有天然之才 或吟哦數句 或揮掃百張 皆信手拈來 非積習而成之 蓋出於胸中之穎悟 流於筆端之敏捷"(담연은 성품이 영명하고, 천연의 재주가 있다. 몇 구절만 읊조리기도 하고, 백장이나 휘갈기기도 한다. 모두 손에 익어 나오고, 오래 익혀 이룬 것은 아니다. 마음속에서 깨달은 바를 붓끝에 옮겨 민첩하게 흐르게 한다.) 이렇게 시작하고 길게 이어지는 말로 마음에 축적한 글을 붓을 들어 옮기는 과정이 천연스럽고 거침이 없다고 칭송했다.

수록한 시문을 보면 초탈한 경지에서 노니는 즐거움을 능숙한 솜씨로 전한 것만 아니다. 세상에 나와 고난을 헤치고 광명을 찾으면서, 해야 할 일을 심도 있게 확인하고 슬기롭게 수행하고자 하는 의지를 뿌듯하게 나타낸 작품이 전에 없던 감동을 자아낸다. 시대변화를 깊이 체험하고 역사창조의 방향을 제시하는 데 열정을 바치는 새로운 문학을 창도했다고 평가할 수 있다.

칭기스칸이 대군을 이끌고 서쪽으로 진군한 것은 세계사의 대전환이다. 그때 동참해 무엇이 어떻게 달라지는지 깨달은 거대한 감격을 적절한 구상을 갖추어 생동하게 표현하는 일련의 시를 지었다. 〈過陰山和人韻〉(과음산화인운)이라고 한 것의 네 수 가운데 첫 수를 든다.[11]

陰山은 天山의 다른 이름이다. 중국에서 서역으로 가는 쪽에 있는 천산산맥을 줄여서 천산이라고 하며, 최고봉은 7435.3m이다. 그곳을 지나며 행군을 하는 감회를 말하는 시를 다른 사람이 먼저 짓자 운을 맞추어 다시 짓는다고 했다. 앞선다고 자랑하지 않고 뒤따르는 겸손한 자세를 보여 자세를 낮추면서, 예사로운 것 같이 보이는 문구로 엄청난 소리를 들려주었다.

陰山千里橫東西 음산은 천리 동서로 가로놓였고,
秋聲浩浩鳴秋溪 가을 소리 넓디넓게 개울을 울린다.
猿猱鴻鵠不能過 원숭이나 기러기도 넘지 못할 곳을,
天兵百萬馳霜蹄 천병 백만이 준마를 타고 달려간다.
萬頃松風落松子 만이랑 솔바람에 솔방울 떨어지고,
鬱鬱蒼蒼映流水 빽빽한 푸르름이 물에 비춰 흐른다.

---

11 이 작품을 《동아시아문학사 비교론》에서 거론하고 문학사의 새로운 시대가 시작된 증거로 삼았으나, 두 가지 실수가 있다. 앞 대목만 든 것은 작은 실수여서 바로잡기 쉽다. "陰山"을 "陽山"으로 적은 것은 큰 실수여서 뼈아프게 반성하고 이 글을 힘써 써서 속죄하고자 한다.

六丁何事誇神威 육정은 무엇이라고 신의 위엄 뽐내나,
天台羅浮移到此 천태산과 나부산을 여기다 옮겨놓았네.
雲霞掩翳山重重 구름 노을에 가려진 채 산은 겹겹이고,
峰巒突兀何雄雄 우뚝 솟은 봉우리 얼마나 웅장한가.
古來天險阻西域 예로부터 천험이 서역을 가로막아,
人煙不與中原通 사람 기척 중원과 통하지 못했다지.
細路縈紆斜復宜 좁은 길 얼기설기 굽은 것을 펴고,
山角摩天不盈尺 산 모서리 하늘에 닿기까지 한 자 미만.
溪風蕭蕭溪水寒 개울 바람 쓸쓸하며 흐르는 물은 차고,
花落空山人影寂 꽃이 진 빈산에 사람 흔적 적막하구나.
四十八橋橫雁行 마흔 여덟 다리 기러기 가듯 가로놓고,
勝游奇觀真非常 좋은 놀이 기이한 구경 진정 비상하구나.
臨高俯視千萬仞 높이 올라 내려다보니 천만 길이라,
令人凜凜生恐惶 늠름한 사람도 두려운 생각이 들게 한다.
百里鏡湖山頂上 백리 거울 호수가 높은 산꼭대기에 있고,
旦暮雲煙浮氣象 해질 녘의 구름과 노을에 기운이 떠돈다.
山南山北多幽絕 산 남쪽 산 북쪽에 그윽한 절벽이 많고,
幾派飛泉練千丈 여러 가닥 날아오르는 샘이 천 길이로다.
大河西注波無窮 큰 강 서쪽으로 흐르는 물결 무한하고,
千溪萬壑皆會同 천 개울 만 골짜기 모두 다 모였다.
君成綺語壯奇誕 그대가 지은 묘한 말 장대하고 기이해,
造物縮手神無功 조물주는 손을 접고 신령도 물러난다.
山高四更才吐月 높은 산 사경에 겨우 달을 토하고,
八月山峰半埋雪 팔월 산봉우리 반은 눈에 묻혔도다.
遙思山外屯邊兵 멀리 산 밖에 주둔한 군사 생각하라.
西風冷徹征衣鐵 차가운 서풍이 철갑옷을 엄습하리라.

웅대하고 기이한 산천을 묘사하면서 진격하는 군사의 용맹스러운 모습을 나타냈다. 시 창작을 위해 오래 수련한 능력을 비약적인 형태로 발현했다. 동아시아 산수시의 오랜 전통을 충실하게 이으면서, 산수시가 그 자체로 역사에 관한 발언이게 한 것을 높이 평가해야 한다. 이것은 物我一體 미학을 새로운 시대의 격동하는 움직임에 맞추어 혁신한 성과이다.

李白이 촉나라 가는 길이 험하다고 노래한 〈蜀道難〉(촉도란)과 대체로 비슷하고, 원숭이도 넘어가지 못한다고 한 구절 "猿猱欲度愁攀援"(원숭이가 넘어가려고 해도, 붙잡을 것이 없어 걱정이다)를 차용해 "猿猱鴻鵠不能過"라고 했다. 이백은 산길이 험준해 가기 어렵다고만 하고, 이 시에서는 험준함이 이중의 의미를 지녀 자연의 모습이기도 하고 행군하는 군사들의 시련이기도 하다.

"예로부터 천험이 서역을 가로막아, 사람 기척 중원과 통하지 못했다지. 좁은 길 얼기설기 굽은 것을 펴고, 산 모서리 하늘에 닿기까지 한 자 미만." 이 대목에서는 군사들이 서쪽으로 진격해 무엇을 이루는지 말했다. 불가능한 것을 가능하게 해서 중국과 서역이 통하지 못하던 것을 통하게 하는 공적이, 하늘까지 거리가 한 자 미만이라고 할 수 있을 만큼 위대하다고 했다. 정복을 말하지 않고 소통의 의의를 알렸다.

"마흔 여덟 다리 기러기 가듯 가로놓고, 좋은 놀이 기이한 구경 진정 비상하구나." 여기서는 많은 것을 말한다. 칭기스칸 아들 형제가 교량 공사를 계속해서 길을 낸 사실을 알리면서 소통의 원리와 방법을 생각하게 한다. 끊어진 것을 잇고 가지 못하던 곳으로 가서 새로운 세계를 발견하는 쾌거는 좋은 놀이를 벌이고 진기한 구경을 하는 듯이 신명난다고 했다.

"백리 거울 호수가 높은 산꼭대기에 있고, 해 질 녘의 구름과 노을에 기운이 떠돈다"고 한 것은 실제로 있는 광경이면서 이룬 공적이 얼마나 크고 빛나는가 알려주는 상징적 표현이기도 하다. "큰 강 서쪽으로 흐르는 물결 무한하고, 천 개울 만 골짜기 모두 다 모였다." 이것은 역사의 흐름을 크게 돌려놓았다는 말이다.

"육정은 무엇이라고 신의 위엄 뽐내나, 천태산과 나부산을 여기다 옮겨놓았네." "그대가 지은 묘한 말 장대하고 기이해, 조물주는 손을 접고 신령도 물러난다." 이룩한 전공이 六丁六甲(육정육갑)이라는 신장들이 무색할 만큼 신이하고, 거대한 산을 옮겨놓은 것 같다고 앞에서 말했다. 뒤에서는 전공을 시 창작에 견주어, 이룩한 작품이 교묘하고 장대해 조물주도 손을 접고 신령도 물러난다고 했다. 상투적인 찬양을 늘어놓는 진부한 직설법을 버리고, 격조 높은 비유로 대상의 존엄과 시의 품격이 함께 돋보이게 했다.

"멀리 산 밖에 주둔한 군사 생각하라. 차가운 서풍이 철갑옷을 엄습하리라." 공적이 절정에 올랐다고 뽐내기만 하지 말고, 낮은 자리에서 수고하는 군사들의 처지도 생각하라고 했다. 이런 다짐을 마무리로 삼고 어조를 낮추었다. 영웅서사시를 읊느라고 들뜨지 말고 범인서사시가 간직한 깊은 진실을 알아차려야 한다고 일깨워주는, 문학사 차원의 충고를 했다.

5

야율초재는 나라 밖으로도 널리 알려졌다. 우리 선인들이 야율초재에 관심을 가지고 자주 언급한 것을 확인할 수 있다. 조선조 세종 때 좋은 정치를 위한 역대의 선례를 정리한 책 《治平要覽》(치평요람) 제138권 〈宋(송) 理宗(이종)〉 대목에서 야율초재를 거듭 들었다. 유학의 이상을 실현해 훌륭한 나라를 만들고자 하면서 야율초재를 높이 평가해 스승으로 삼고자 했다.

理宗은 南宋(남송)의 황제이고, 재위 기간은 1224~1264년이다. 양자강 이남의 南宋이 정통왕조라는 이유에서, 북쪽에 1234년까지 있던 金나라, 뒤를 이은 몽골족의 元나라의 사적을 그 기간에 포함시켜 다루었다. 南宋은 위협에 시달리고 있어도 북쪽의 야만인보다 월등하게 훌륭한 인물이 이어져 나왔다고 해야 정통왕조라는 자부심이 헛되지 않을 것인데, 사실은 그렇지 않았다. 야율초재만큼 행적이 빛나는 인물이 南宋에는 없어, 야만인 멸시가 잘못되고, 역사의 진행 방향이 바뀌었음을 알 수 있게 했다.

야율초재의 행적을 여러 문헌에서 가져왔다.[12] 정리해 소개한 여러 행적 가운데 몇 가지를 든다. 문헌 약칭을 앞에 적고, 고유명사나 구체적인 사항은 생략하며 대체적인 내용을 알기 쉽게 요약하기로 한다.

---

12 《通鑑續編》 22권 〈理宗皇帝〉를 《통감》, 《元文類》 57권 〈中書令耶律公神道碑〉를 〈문류〉, 《元名臣事略》 5권 〈中書耶律文正王〉을 《명신》, 《元史》 146권 〈耶律楚材傳〉·153권 〈楊奐傳〉을 〈야율·양〉이라고 약칭한다.

《통감》: 몽골이 진격해 차지한 토지를 장수들에게 나누어주었다. 야율초재는 이것이 잘못이라고 했다. 토지나 경작인을 유력자들이 사사로이 차지한 전례가 중국에도 서역에도 없었다고 하고, 그렇게 하면 수탈이 심해 경작인이 모두 도망갈 것이라고 했다. 태종이 이 야율초재의 진언을 받아들여, 경작인을 나라가 호적을 관리하는 백성이 되게 했다.

《통감》: 많은 땅을 빼앗은 장수가 그 땅을 나라에 바치니 태종이 그것을 유력인사들에게 나누어주었다. 야율초재가 말했다. "하부의 세력이 커져서 상부의 지시를 잘 받지 않게 되면 불화의 사단이 쉽게 일어납니다. 차라리 금이나 비단을 많이 하사하면 충분히 은혜로 생각할 것입니다."라고 하였다. 태종이 말하기를, "이미 허락한 일이다."라고 하니, 야율초재가 다시 말했다. "관리는 조정의 명을 받아야 합니다. 세금을 마음대로 징수하지 못하게 해야 합니다."

《통감》: 가까운 신하가 중원의 암말을 강제로 몰수할 것을 청하니, 태종이 따랐다. 야율초재가 말했다. "한족의 땅은 蠶絲(잠사)나 五穀(오곡)만 있을 뿐이고, 말이 생산되는 지역이 아닙니다. 만약 오늘날 이를 시행할 경우에는 후일에 반드시 관례로 삼을 것이니, 이는 천하에 소요만 일으킬 뿐입니다." 그 시책을 곧 중지하였다.

《통감》: 처녀를 선발할 것을 주청하는 신하도 있어 야율초재가 간하며 저지하니, 태종이 노했다. 야율초재가 말했다. "지난번에 징발한 처녀 28인이 아직도 연경에 있으니, 이 수효만으로도 시중을 들기에 충분합니다. 그런데 관원이 聖旨(성지)를 전하여 또다시 천하에서 처녀를 선발하려고 하니, 신의 생각에는 거듭 백성을 동요시키지나 않을까 염려됩니다." 태종이 바로 중지했다.

〈문류〉: 야율초재가 말했다. "승려나 도사 가운데 부역을 회피하기 위해서 귀의한 자들이 많으니, 마땅히 선발 시험을 행하여야 한다." 이에 따라 부정한 인원을 도태시켰다. 승려와 경전 시험에서 합격하고 계율을 받아야 사찰과 도관에 거주하도록 했다. 선비가 선발 시험에서 뽑히면 그 가문의 부세와 요역을 면제해 주었다.

〈명신〉: 몽골이 역마 제도를 만들자, 유력자들이 마음대로 역마를 사용해 폐단이 많았다. 역마가 부족하면 백성의 말을 빼앗아 타는 바람에 성곽과 도로에 소요가 일어났다. 도처에서 온갖 방법으로 말을 요구하다가 조금만 늦게 제공하면 대뜸 매를 때렸으므로 역참의 관리가 견디지 못했다. 야율초재가 주청해 牌劄(패차)를 지급하고, 역참에서 제공하는 음식의 규칙을 정하자, 그 폐단이 비로소 개혁되었다.

〈야율·양〉: 야율초재가 말했다. "물건을 제조하는 사람은 반드시 뛰어난 장인을 이용하고, 선왕이 이룩한 업적을 지키려고 하는 사람은 반드시 儒臣(유신)을 임용했습니다. 유신의 사업은 수십 년의 공력을 쌓지 않으면 쉽게 완성되지 않습니다." 태종이 말했다. "그렇다면 그런 사람에게 관직을 임명해야 할 것이다." 야율초재가 말했다. "그 사람들에게 시험을 보이소서." 태종이 하명해 각 군을 돌아가며 시험을 보이도록 했다. 經義(경의), 詞賦(사부), 策論(책론), 세 과의 과거를 시행했다. 포로로 붙잡혀서 노복이 된 선비도 시험에 참가하도록 했다. 만약 숨기고 보내지 않을 경우에는, 그 주인을 사형에 처했다. 儒士(유사) 4천 30인을 얻었는데, 그 중 4분의 1이 노복의 신분을 면했다.

〈야율·양〉: 권신이 정권을 마음대로 행사하면서 자기의 말을 채용하지 않자, 야율초재는 사직을 허락할 것을 강력히 요구했다. 권력을 장악한 황후가 야율초재를 파직하니, 우려하고 분개해 병이 나 세상을 떠났다. 어떤 사람이 황후에게 참소했다. "야율초재가 20년 동안 재상으로 있으면서 천하에서 조정에 바친 재화를 자기의 집으로 받아들였습니다."라고 하니, 육황후가 군사를 보내 창고에 들어 있는 것을 살펴보도록 하였는데, 오직 名琴(명금) 10장과 고금의 서화, 금석유문 수천 권 뿐이었다.

〈야율·양〉: 야율초재는 타고난 재주가 뛰어나 보통 사람들보다 월등해, 비록 관부의 문서가 앞에 가득 쌓여 있어도 사람들과 대화할 때에 타당성을 잃지 않았다. 정색하며 조정에 서서 세력에 뜻을 굽히지 않고 천하를 위해 헌신하고자 하고, 매번 국가의 이해와 백성의 고락에 대해 개진할 때마다 언어와 안색이 간절하니, 태종이 일찍이 말하기를, "그대가 또 백성을 위해 哭(곡)을 하려고 하는가?"라고 했다. 야율초재는 매번 말했다. "한 가지 유익한 일을 새로 하는 것이 한 가지 폐단을 제거하느니만 것만 못하다." 평소에 함부로 말하거나 웃지 않았으나, 士人(사인)을 접하면 온화하고 공손한 모습이 겉으로 드러나 보였으므로 너나없이 그 인덕에 감복했다.

〈야율·양〉: 태종은 천하가 크게 혼란한 뒤에 황위를 계승하였기 때문에 천도와 인륜이 거의 다 인멸되고 단절된 데다가, 남북의 정사가 매번 서로 어긋나고, 조정에 드나들며 권력을 행사하는 신하들이 또한 모두 여러 변방에서 항복하고 귀부한 자들이었으므로 언어가 서로 통하지 않고 취향이 같지 않았다. 야율초재가 일개 서생으로 그 사이에 외롭게 서서 자기가 배운 바를 실행하려고 하였으니, 어려웠다고 이를 만하다. 다행히 태종이 그가 간하면 행하고 말하면

들어주었기 때문에 주위를 돌아보지 않고서 실행에 주력한 것이었다. 그러나 그가 건의한 말이 시행으로 나타난 것은 10분의 2, 3밖에 되지 않았으니, 만약 야율초재가 없었다면 나라가 어떻게 되었을지 알 수 없었을 것이다.

모든 자료를 있는 그대로 옮겨 적고 논평도 하지 않았으나, 말하고자 하는 바가 분명했다. 《治平要覽》을 편찬한 시기는 고려를 대신해 등장한 조선왕조가 국가체제를 확립하기 시작할 때이다. 유력자들이 사사로이 권력을 휘두르며 이권을 차지해 국법을 무력하게 한 고려의 폐해를 시정하는 데 야율초재의 전례가 직접 소용되었다.

야율초재는 살육이 자행되는 극한의 상황에서도 이치에 맞는 시책을 펴기 위해 할 수 있는 일을 다 하려고 했다. 그보다 훨씬 좋은 조건에서 평화적인 정권교체를 해서 이룩한 조선왕조는 유학의 이상을 실행할 수 있다. 유사 이래의 숙원인 民本(민본)의 德治(덕치)를 실제로 가능하게 한다. 이런 사명감과 자부심을 가지고 야율초재의 사적을 되돌아보았다.

李瀷(이익)은 〈楚材好生〉(초재호생)이라는 글을 남겼다.[13] 제목을 번역하면 〈야율초재는 살리기를 좋아했다〉는 말이다. 여러 자료에 있는 말을 가져와 자기 나름대로 정리하고 논평한 논설이다. 耶律楚材論의 결정판이라고 할 수 있어, 중국에서 가져가 읽어야 할 것이다. 전문을 번역으로 제시하고, 특히 요긴한 대목은 원문을 든다.

---

13 《星湖僿說》 제23권 〈經史門〉

元世祖(원세조) 시절 중원의 관리 가운데 민간에서 부세를 거두어 자기의 사재로 삼는 이가 많아, 관청 창고에는 저축이 없었다. 가까운 신하 別迭(별질) 등이 말했다. "漢人(한인)은 나랏일에 아무 유익이 없으니 그들의 집은 모두 헐어 버리고 터를 비워 목장으로 만들겠다." 야율초재는 말했다. "폐하께서 남쪽을 정벌할 때 온갖 군수품을 만약 중원 지방에 고루 배정한다면, 地稅(지세), 商稅(상세), 鹽稅(염세), 酒稅(주세), 鐵冶稅(철야세), 山澤稅(산택세) 등 각종 세금을 부과해 은 50만냥, 비단 8만 필, 곡식 40만 섬 이상을 징수할 수 있는데 왜 아무 유익이 없다고 하십니까?" 燕京(연경) 등지에 10路(로)를 세워 부세를 거두게 했다. 각 관청의 장관과 부관은 모두 선비를 쓰도록 했다.

"噫 楚材 可謂輔相天地者也"(아! 야율초재는 천지를 도와주는 분이라고 할 수 있다.) 그렇게 하지 않았더라면 중원에 사람도 짐승도 남아 있을 수 없었을 것이다. 오직 이것뿐이 아니다. 9州(주)의 넓은 지역에서 거둬들이는 부세가 어찌 여기에 그쳤을 뿐이겠는가? 이른바 골고루 배정했다는 것은 절약하여 했다는 말이다. 원나라 시대가 끝나도록 천하에 징수하는 부세를 모두 가볍게 해서 백성이 편히 살 수 있었다. 이것은 (야율초재의 진언이) 기초가 되었기 때문이다.

또한 孔子(공자)의 자손 구하기를 주청하여 공자의 51대손 元措(원조)를 찾아 衍聖公(연성공)을 襲封(습봉)하게 했다. 太常(태상)에 禮樂生(예악생)을 수용하고, 이름난 유학자들을 불러들여 九經(구경)을 풀이하도록 했다. 燕京에는 編修所(편수소)를, 平陽(평양)에는 經籍所(경적소)를 설치했다. 이로 말미암아 文治(문치)가 시작되었으며, 중국에 儒道(유도)가 끊어지지 않아 금수의 행동을 면하게 되었다. 이것이 또한 (야율초재의 진언이) 기초가 되었기 때문이다.

세조가 또 서역을 정벌한 지 4년 만에 초재가 角端獸(각단수, 기이하게 생긴 짐승)를 들어 주청했다. (그 짐승이 출현이 어떤 징조인지 점을 쳤다면서 말했다.) "天命(천명)을 받들어 한 지역의 民命(민명)을 안전하도록 해야 합니다." 그래서 군사를 돌리도록 하지 않았으면, 전쟁이 그칠 날이 없었을 것이다. 이보다 앞서서는 성을 공격해 이기면 적군들을 모두 무찔러 죽였다. 汴梁(변량, 金나라의 수도)이 항복하려 하자, 야율초재가 세조에게 달려와 말했다. "장수와 군사들이 수십 년 동안 한데서 잠을 자며 싸운 것은 토지와 인민을 얻으려고 한 일입니다. 토지만 얻고 인민이 없으면 장차 무슨 소용이 있겠습니까?"

세조가 이 말을 듣고 주저하면서 결정을 내리지 못하므로 초재는 또, "솜씨 좋은 공인과 돈 많은 집들이 모두 여기에 모여 있습니다."라고 말하였다. 세조가 그제야 그의 말을 알아듣고 完顔氏(완안씨, 金나라의 왕족)만 잡아 죽이도록 하는 조치를 내렸다. 병란을 피해 汴京(변경)에 와서 사는 자가 47만 명이나 되었다.[14] 또한 세조의 병환을 계기로 죄수를 많이 석방시켰다. 또한 試士令(시사령)을 내려, 선비가 사로잡혀 종이 된 자를 그 주인이 숨기고 돌려보내지 않은 자는 모조리 죽이도록 해서, 선비 4천 30명을 얻게 되었다.

此皆一心好生 方便得術(이는 모두 살리기를 좋아하는 한결같은 마음이 방편이 되는 술법을 얻었기 때문이다.) 有功扵天地生成之德者 殆古今一人(천지가 삶을 이룩하는 덕에서 공을 세운 분은 고금에 거의 하나뿐이다.) 후세 사람은 야율초재가 다만 技藝(기예)에 능한 줄만 아니, 모두 못난이라고 하겠다.

야율초재에게 "輔相天地者"(천지를 도와주는 분), "有功扵天地生成之德者"(천지가 삶을 이룩하는 덕에서 공을 세운 분)이라고 하는 최대의 찬사를 바쳤다. 식견이 뛰어나 훌륭했던 것만은 아니고, 방편으로 삼는 술법을 적절하게 갖추어 뜻한 바를 실행할 수 있었다. 살육이 난무하는 혼란을 온몸으로 견디면서 살리기를 좋아하는 것이 최고의 가치임을 분명하게 일깨워, 편한 자리에 앉아 가르침을 베푸는 성현은 따를 수 없는 경지에 올라섰다고 평가했다.

---

14 《元史》에는 "147만"이다.

6

칭기스칸은 전쟁을 해서 사람을 많이 죽였다. 그것이 죄과라고 하더라도, 얻은 것이 크면 지나치게 나무라지 말아야 한다. 칭기스칸은 동서가 장벽을 헐고 소통하게 하는 세계사의 대과업을 성취했다.

남다르게 용맹해서 그럴 수 있었다고 여기면 속단이다. 야율초재의 말을 알아듣고 실행하는 능력을 가져 군사력의 한계를 극복했다. 유라시아 전역이 하나가 되게 한 대몽골제국은 다시 재현되지 않은 추억으로 남아 있는 것은 누구나 안다. 그 설계가 칭기스칸과 야율초재의 합작임을 아는 사람이 거의 없다.

칭기스칸이 받아야 하는 비난이 야율초재에게는 해당되지 않는다. 야율초재는 상극의 살육을 멈추고 상생에서 큰 이로움을 얻을 수 있게 하려고 헌신했다. 시대의 격동에 맞추어 산수시가 그 자체로 역사에 관한 발언이게 한 것도 높이 평가해야 한다.

중국의 자랑이어야 하는 야율초재가 교과서에 등장하지 못하게 한 것은 무얼 모르고 저지른 실수이므로 시정해야 한다. 크게 내세우는 지표 和諧(화해)를 실제로 실행하려면, 야율초재를 잊지 말고 스승으로 모셔야 한다. 이것은 오늘날의 중국이 당면하고 있는 곤경 해결을 위해 무척 긴요한 과제이다.

중국이 一帶一路(일대일로)의 경제권 형성을 주도하겠다고 하니, 위장된 패권주의라는 비난을 받는다. 和諧가 일방적인 요구가 아닌 서로 대등한 화합임을 소수민족들과의 관계에서 철저하게 입증해야, 비난에서 벗어나 새 출발을 할 수 있다. 안팎의 화합이 표리관계를 가진다.

야율초재는 중국의 중등학교는 물론 초등학교 학생들도 다 알아야 한다. 중국이 달라지기를 기다릴 것 없다. 다른 나라에서 먼저 알아, 동아시아 전역이 달라지도록 하는 인도자이게 해야 한다. 세계에 널리 알려 동아시아를 재평가하고, 따르도록 해야 한다.

덕화비를 찾아서 멀리까지

우리의 자랑

〈廣開土大王陵碑〉(광개토대왕릉비)는 우리의 자랑이다. 오래 그리워하다가 마침내 찾아갈 수 있는 기회를 얻었다. 1993년 6월 20일경 서울대학교에서 여름 방학을 하자 중국 延邊大學(연변대학)으로 갔다. 그 대학 겸임교수가 되어 두 주일 동안 집중강의를 하고, 7월 초에 연변대학 대학원생과 동행해 延吉(연길) 역에서 기차를 타고 하룻밤 내내 달려갔다.

集安(집안) 역에 내려, 다른 교통기관이 없어 자전거가 끄는 삼륜차 택시를 타고 현장으로 갔다. 신앙의 대상이 저 멀리 보이자 치밀어 오르는 감동이 가까이 가니 절정에 이르렀다. 〈광개토대왕릉비〉가 왜 소중한가? 감격으로 대답을 삼을 수는 없으며, 이말 저말 하면 혼란이 생길 수 있어 《한국문학통사》에 적은 말을 그대로 옮긴다.

(고구려 백제 신라) 삼국은 중세적인 통치체제를 이룩하면서 국력이 급격히 성장하고, 땅과 백성을 더 차지하기 위해 서로 치열하게 다투게 되었다. 백제는 4세기 후반 근초고왕 때 고구려의 평양성까지 침공하는 능력을 보여 전성기를 맞이했다. 고구려는 5세기 광개토왕과 장수왕 시절에 영역을 최대한 넓혀서 남쪽으로 백제와 신라를 억누르게 되었다. 신라는 뒤늦게 6세기 진흥왕 때 고구려 남쪽 영토를 대거 차지하기에 이르렀다. 그런 전쟁은 재물을 약탈하고 노예를 늘이기 위한 고대의 정복전쟁과는 성격이 달랐다.

백성이 스스로 농사를 지어 거두는 곡식의 일부를 어느 쪽에 내는가에 따라서 국적이 결정되었다. 어느 쪽의 군사로 많이 동원되는가에 따라서 국력의 균형이 달라졌다. 삼국의 뛰어난 군주는 전승을 자랑하는 데만 도취하지 않고 자기야말로 백성을 위하는 데서 상대방보다 앞선다고 선전할 필요가 있었다. 그렇게 하는 최상의 방법이 돌에 글을 새긴 비를 세우는 것이었다.

그렇게 하는 데 고구려가 앞섰다. 414년(장수왕 2)에 세운 〈광개토대왕릉비〉(廣開土大陵碑)는 사실을 기록한 자료로 소중한 의의를 가지기만 하지 않고, 훌륭한 문학작품인 점을 잊지 말아야 한다. 우리문학사에서 한문학이 출현해 중세문학이 시작된 증거를 제공할 뿐만 아니라, 한문학이 동아시아의 공동문어문학이 된 시기를 명확하게 한다.

비문에 나타나 있는 왕의 정식 시호는 "국강상광개토경평안호태왕"(國岡上廣開土境平安好太王)이다. 국토를 크게 넓히고 나라를 평안하게 한 훌륭한 대왕이라는 말이다. 비 이름도 그렇게 불러야 하지만, 약칭을 사용하는 것이 관례이다. 높이 6미터가 넘는 우람한 자연석 사면에다 글을 새겨, 고구려의 웅대한 기상을 유감없이 보여주었다. 글씨체도 중국의 전례를 그대로 따르지 않는 고구려의 기풍을 잘 나타냈다.

고구려 수도 환도성 옛터전인 남만주 집안에 그 비가 아직도 서 있다. 1,775자로 헤아리는 비문이 오랜 세월을 견디느라고 일부가 마멸되었다. 탁본을 놓고 해독을 하면서 의견이 엇갈린다. 사료로만 여기고 일본과의 관계를 언급한 부분에 대한 해독과 해석이 첨예한 논란거리가 되어 널리 관심을 가지는데, 비문 전체를 문학작품으로 살펴 특징과 의미를 찾는 데 힘써야 한다.

비문은 세 부분으로 이루어져 있다. 첫 부분에서는 시조 추모(鄒牟)왕이 부여에서 내려와 고구려를 건국할 때부터 광개토왕이 세상을 떠나기까지의 내력을 간략하게 적었다. 그 다음에는 광개토왕이 주위 여러 나라와의 싸움에서 거듭 승리를 거두고 국토를 크게 넓히고 고구려의 위세를 떨친 공적을 길고 자세하게 서술했다. 끝으로 능을 지키는 수묘인(守墓人)의 임무 수행이 후대에라도 차질이 없어야 한다고 했다.

전대의 전승을 이어 건국시조의 내력을 광개토왕과 연결시켜 역사 이해의 근간으로 삼았으나, 표현 매체가 아주 달라졌다. 건국신화를 말하고 건국서사시를 노래하던 시대가 가고 한문으로 역사를 기록하는 시대가 시작된 것을 명시한다. 영웅적인 승리를 거둔 행적을 길게 다루었다는 점에서 건국서사시의 기백을 물려받았다고 할 수 있으나, 초인간적인 상상은 버리고 사실을 구체적으로 서술했다. 문장을 화려하게 수식한다든가 고사를 동원해 격조를 높인다든가 하는 수법에는 관심이 없고 사실 자체가 설득력을 가질 수 있도록 한 점에서 후대의 장식적인 비문과는 뚜렷이 구별되는 특징을 지닌다.

문체를 보면, 형식에는 관심을 가지지 않고 쓴 산문이다. 그러면서 넉 자씩 짝을 맞추어 쓴 대목이 더러 있다. 변려문의 격식을 따른 결과는 아니고, 노래를 글로 적은 것과 같은 느낌을 주려고 했다고 생각된다. 후대에 정착된 비문의 격식에는 서술한 내용을 율문으로 요약하면서 찬양하는 말을 넣는 '명'(銘)이 결말 부분에 있다. 이 비에는 그런 것이 두 번째 대목에서 왕의 행적을 구체적으로 서술하기 전에 있다.

恩澤口 于皇天 威武振被四海
掃除口口 庶寧其業
國富民殷 五穀豐熟
은혜로운 혜택을 하늘에서 받고, 위엄 있는 무력을 사해에 떨쳤노라.
나쁜 무리를 쓸어서 제거하고, 뭇사람이 편안히 생업에 종사하도다.
나라 가멸고 백성이 잘 살게 하는 온갖 곡식 풍성하게 익었도다.

왕의 공적을 이런 말로 총괄했다. 글자 수가 일정하고 뜻하는 바가 분명해, 읽지 못하게 된 글자가 있어도 이해에 지장이 없다. 위엄 있는 무력을 사해에 떨친 것을 그 자체로 자랑하지 않았다. 하늘에서 베푸는 은덕을 널리 폈다고 했다. 나라를 가멸게 하고, 백성이 잘 살도록 한 것이 이룬 공적이라고 했다. 온갖 곡식이 풍성하게 익은 평화로운 광경을 들어 가장 큰 찬사로 삼았다.

살벌한 정복을 일삼으며 승리에 도취하는 고대영웅이 아닌 중세제 왕의 모습을 부각시키면서 평화·백성·농업을 새로운 가치로 제시했다. 그렇다고 하는 것은 중세의 이념이다. 중세의 이념을 실현하기 위해 방해자들과 싸웠다. 광개토왕이 정복자이기만 하고, 고대자기중심주의 화신인 듯이 칭송해마지 않는 근대인은 사실 판단을 잘못하고 진정한 가치를 훼손시킨다.

남들의 자랑도 알아야

〈광개토대왕릉비〉를 자랑하고 말 것은 아니다. 다른 곳에도 그런 것이 있는지 알아보고 함께 존중해야 한다. 위대한 제왕이 이룩한 국가의 위업을 공동문어로 칭송하는 명문을 새긴 비석이 여러 문명권에 있어, 이른 시기 중세문학의 소중한 유산으로 평가된다.[15] 그 좋은 본보기를 산스크리트문명권에서 발견할 수 있다.

기원전 3세기 인도를 통일한 아쇼카(Ashoka) 대왕은 야쇼카의 돌기둥이라고 일컬어지는 비문을 도처에 남겼다. 자기의 위업을 널리 알리고, 보편적인 진리를 실현하는 사랑을 베풀어 천하의 백성이 안심하고 살 수 있게 한다고 했다. 공동문어가 아닌 각처의 구어를 사용하고, 형식이 다듬어지지 않아 고대에서 중세로의 이행기 유물이

---

15 이런 사실을 〈금석문〉, 《문명권의 동질성과 이질성》(지식산업사, 1999)에서 소개하고 고찰했다.

라고 할 수 있다.

국가의 위업을 칭송한 중세의 금석문은 산스크리트를 공동문어로 사용하고 나타났다. 345년에, 굽타(Gupta)제국 황제 사무드라굽타 (Samudragupta)를 칭송한 글을 알라하바드(Allahabad) 지방의 돌기둥에 새긴 것이 산스크리트 금석문의 최고 전범으로 평가된다. 탁월한 시인 하리세나(Harisena)가 비문을 쓰는 일을 맡아, 율문체 금석문의 전범을 마련하는 데 다른 어떤 문명권보다 앞섰다.

황제가 권좌에 오른 과정부터 말하고, 커다란 전공을 이룩해 제국의 판도를 크게 넓혔을 뿐만 아니라, 문학을 애호하고 창작하는 데에도 뛰어나 "시인들의 제왕"이 되어, "다른 시인들의 위대한 지능을 멀리 따돌리셨다", "시작품으로 꽃 피운 명성의 주인이 되셨다"고 하고, "뭇 시인이 모방하고자 하는 창작"을 이룩했다고 칭송했다. 장면에 따라서 서로 다른 율격을 사용하는 시를 쓰고, 필요할 때에는 산문을 삽입하기도 했다. 두운법, 은유법, 비유법, 의인법 등의 기교를 다채롭게 활용해 표현 효과를 높였다.

캄보디아의 금석문은 인도에서 배워간 것이지만, 인도의 전례를 넘어섰다. 오늘날의 캄보디아를 넘어서서 타이·월남·말레이시아의 상당한 부분까지 뻗어 있던 크메르제국의 방대한 영역에 다양한 내용을 갖춘 금석문이 1천 점 이상 남아 있다. 수가 많아 대단한 것만은 아니다. 산스크리트문학의 여러 詩派(시파)에 관해 정통하게 알고, 모든 율격을 구사하며, 갖가지 수사의 기법을 능숙하게 사용하는 뛰어난 시인들이 온갖 노력을 기울인 자취가 남아 있다. 그래서 인도에서 볼 수 있는 것보다 더욱 아름다운 시가 적지 않다고 한다.

7세기에 이룩한 이차나바르만(Icanavarman) 1세의 비문은 여러 면에 겹겹이 새겨놓은 많은 글로 이루어져 있다. 왕이 이룩한 위업을 찬양하면서, 전쟁에서 승리한 공적이 뛰어날 뿐만 아니라, 생명의 희생을 안타깝게 여기고 종교에 귀의하는 마음 또한 각별하다고 했다. 몇 대목을 들어보면, "적군의 파괴자인 이분이 움직이면 승리하는 군대의 발에서/ 일어나는 먼지가 한낮의 태양을 가려 암흑천지를 만들었도다.", "세계를 움직이는 분의 정력이 땅 위 곳곳을 찾아 순행하면서/ 잘못해서 생긴 과오를 산산조각으로 쳐부셨도다."라고 했다.

동아시아 한문문명권은 어떤가? 〈광개토대왕릉비〉와 견줄 수 있는 것이 어느 나라에 있는가? 이 의문에 대답하기는 어려웠다. 산스크리트문명권의 금석문은 정리해 논한 업적이 있어 이용할 수 있지만, 한문문명권에서는 같은 작업을 하지 않아 자료를 하나하나 찾아나서야 했다. 얻은 결과가 미흡할 수 있는 것을 인정한다.

국가의 위업을 공동문어 명문으로 칭송하는 금석문을 산스크리트문명권에서 인도가 먼저 마련하고 모범을 보였듯이 한문문명권에서는 중국이 선도했으리라고 여길 수 있다. 쉽지 않은 작업을 해서 찾아본 결과는 기대한 것만큼 풍성하지 않다. 인도와 중국은 공통점보다 차이점이 더 두드러진다.

인도의 아쇼카와 동시대에 秦始皇(진시황)이 중국을 통일한 공적을 치하한 秦刻石(진각석)이라는 것들은 야쇼카의 돌기둥과 상통하는 고대에서 중세로의 이행기 금석문이라고 할 수 있다. 제왕의 위엄을 천하의 백성에게 알리고 통치 방침을 선포한 것은 같으나, 사랑을 베푼다는 말은 없다. 율문을 사용해 형식을 가다듬고자 했으나 그 글이 아직 공동문어는 아니었다.

345년에 굽타제국 황제를 공동문어 명문으로 칭송한 것 같은 중세 금석문이 중국에는 언제 출현했는가? 16세기의 저작 徐師曾(서사증)의 《文體明辯》(문체명변)에서 해답을 찾을 수 있다. 正體(정체) 비문의 본보기라면서 秦刻石의 하나인 〈琅邪臺刻石〉(낭야대각석)을 먼저 들고, 그 다음에는 당나라 때 韓愈(한유)의 〈平淮西碑〉(평회서비)를 내놓았다. 이 비는 817년에 당나라가 淮西 지방을 회복한 것을 기린 내용이다. 역사적인 사건을 기록하면서 천하를 장악해서 위엄을 떨치는 당나라를 칭송하는 말을 넣어, 국가의 위업을 나타낸 비문의 좋은 본보기라고 할 수 있다.

序의 첫 대목을 든다. "天以唐克肖其德 聖子神孫 繼繼承承 於千萬年 敬戒不怠 全付所覆 四海九州 罔有內外 悉主悉臣 高祖太宗 既除既治"(하늘이 당나라에 [하늘과] 비슷한 德을 내려, 성스러운 아들 신령스러운 손자가 계속 이어져, 천만년 동안이나 존경하고 경계하는 일을 게을리하지 않고, 모든 것을 덮어서, 四海(사해)와 九州(구주)가 안팎을 가릴 것 없이 모두 임금과 신하의 관계를 가지게 했으며, 고종과 태종은 [나쁜 무리를] 제거하고, [나라를] 통치했다)고 했다. 銘(명)의 서두에서는 "唐承天命 遂臣萬邦 孰居近土 襲盜以狂"(당나라는 하늘의 명을 받아 만방을 신하로 삼았으니, 누가 가까이 살면서 강도가 되어 습격하는 미친 짓을 하겠는가.) 이렇게 말했다.

당대 최고의 명문장가 韓愈가 쓴 비문이라 모범이 되는 격식을 갖추고, 말 다듬은 솜씨가 훌륭하다. 당나라를 칭송하는 데 필요한 말을 풍성하고 화려하게 동원했다. 당나라는 하늘의 명을 받아 천하를 다스리는 천자의 나라이고, 다른 모든 나라의 군주를 신하로 삼으니, 아무도 넘볼 수 없다고 거듭 일렀다.

당나라가 천하를 다스려 만민에게 어떤 혜택을 베풀었는가 말하지는 않고, 아직 강성하니 침공할 생각을 하지 말라고 하는 위협조의 말을 되풀이했다. 천자가 담당해야 할 중세보편주의의 이상은 버려두고, 황제의 무력을 과시하는 데 급급했다. 당나라가 한창 시절을 지나 기울어지고 있을 때 이 글을 썼다. 고구려, 신라, 일본, 南詔(남조) 등 주위의 여러 나라에서 8세기까지 이미 이룩한 과업에 대응하는 작업을 당나라에서는 9세기에 들어선 817년에 비로소 시도했다.

중국 주위의 여러 나라는 한문학의 다른 영역에서는 후진을 면하지 못하는 처지를 국가를 기리는 금석문에서는 선진으로 전환시켜, 고난을 물리치고 민족사를 창조하는 벅찬 감격을 나타냈다. 한문학의 선진국인 중국에서 뒤늦게 쓴 그 비슷한 비문은 내용에서는 제국의 강성함을, 표현에서는 문장의 뛰어남을 자랑해서 대단하다는 인상을 줄 따름이고, 역사의식에서는 오히려 뒤떨어져 감동을 주지 못한다. 최고의 문인 韓愈더러 글을 쓰라고 해서 그런 결함을 메울 수는 없었다.

고구려는 〈광개토대왕릉비〉를 이어받는 작업을 곧 했다. 475년의 〈中原碑〉(중원비)는 영토를 남쪽으로 확장하고 신라와의 관계를 새롭게 정립하는 것을 알린 비문이다. 두 나라는 형제처럼 지내는 도리를 실행하자고 했다. 실질적인 내용과 품격 높은 표현을 함께 갖추었다.

신라는 561년의 〈昌寧碑〉(창령비)에서 시작되는 眞興王(진흥)의 巡狩碑(순수비)군에서 제왕은 위력을 자랑하려고 하지 않고 백성을 돌보아주는 통치철학을 갖춘다고 했다. 568년의 〈黃草嶺碑〉(황초령비)

서두에서는 "夫純風不扇 則世道乖眞 玄化不敷 則耶爲交競 是以 帝王建號 莫不修己以安百姓"(순풍이 불지 않으면 세도가 진실과 어긋나고, 현화가 이루어지지 않으면 사특한 것들이 다투어 일어나므로, 제왕은 연호를 세우고, 자기를 닦지 않음이 없어 백성을 편안하게 한다)고 했다. 771년의 〈聖德大王神鍾銘〉(성덕대왕신종명)에서는 신라가 삼국을 통일하고 천지만물의 이치를 더욱 잘 받들게 되었다고 자부하는 마음을 종에 새긴 글에 나타냈다.

일본에는 596년에 세운 〈伊豫道後溫湯碑〉(이예도후온탕비)가 있다. 聖德太子가 신하들과 함께 온천에 간 사실에 관해서 기록한 글인데, 천지만물의 이치와 정치의 도리가 합치된다는 것을 시적 표현을 갖추어 말했다. 突厥(돌궐)은 732년의 〈故厥特勒碑〉(고궐특륵비)에서 하늘의 뜻을 받들어 나라를 다스린다는 말을 한문으로 쓰고, 자기네 말 투르크어로도 썼다. 오늘날은 중국 운남성의 일부가 된 南詔國에서 765년 또는 766년에 세운 〈德化碑〉(덕화비)는 국가의 위업을 나타낸 금석문의 좋은 예로서 더욱 주목할 만한 것이다.

가장 큰 자랑

남조의 〈德化碑〉는 엄청난 글이다. 모두 5천여 자여서 1천7백여 자인 〈광개토왕릉비〉보다 세 갑절이나 된다. 지금 읽을 수 있는 것은 580자 정도이나, 청나라 때의 탁본이 남아 있고, 또한 《全唐文》(전당문)에 수록되어 있어, 결락된 부분을 알아낼 수 있다.

閣羅鳳(각라봉)이라는[16] 통치자가 이룩한 업적을 칭송하면서, 국가의 내력, 통치자의 자질, 통일국가 건설, 통치 이념 구현, 외적 퇴치 등에 관한 사항을 두루 갖추어 나타냈다. 당나라의 침공을 물리치고 주권을 수호한 공적이 특히 자랑스럽다고 했다. 비를 세운 해는 776년이고, 당나라의 〈平淮西碑〉보다 39년 앞선다.

문장이 뛰어나고 격식을 잘 갖추었다. 사실을 기록하는 앞 대목의 序(서)는 산문체로, 공적을 찬양하는 뒷 대목의 銘은 율문체로 쓰는 전형적인 방식을 택했다. 그러면서 序에도 율문체'의 칭송이 들어 있고, 銘에도 사실을 다시 상기시키는 서사시 같은 대목이 있다.

戰勝(전승)의 내력을 자랑한 점에서는 〈광개토왕릉비〉와 상통하고, 통치의 이념 구현은 진흥왕의 巡狩碑와 흡사하고, 자기 나라에 대한 자부심은 〈聖德大王神鍾銘〉에서처럼 나타내고, 말을 아름답게 다듬는 일은 〈伊豫道後溫湯碑〉에서 하듯이 했다고, 유사한 점을 지적해서 말할 수 있다.

그 모든 특징을 하나로 아울러서 국가의 위업을 나타내는 금석문의 완성판을 보여주었다고 할 수 있다. 동아시아 전체의 자랑으로 삼고, 다른 문명권에서 이룩한 업적과 비교할 때 우선적으로 내놓을 수 있다. 전문을 들어 고찰하는 것이 바람직하지만 너무 방대하다. 긴요한 대목을 몇 군데 들어보자.[17]

---

16 碑에서 "王姓蒙 字閣羅鳳"이라고 했다. 지금까지 여러 책에서 '閣羅鳳'을 '閣羅風'이라고 잘못 적는 착오가 있었음을 고백하고, 통렬하게 반성한다.

17 이 비는 전문이 오늘날의 간행물로는 張樹芳 編, 《大理叢書 金石文》10 (北京: 中國社會科學出版社, 1993), 3~5면; 李纘緒, 《白族文化》(長春: 吉林敎育出版社, 1991), 215~225면에 있다. 이 가운데 맨 뒤의 자료를 이용한다.

恭聞淸濁初分 運陰陽而生萬物 川嶽旣列 極元首而定八方 故知懸象著明 莫
大于日月 崇高辨位 莫大于君臣 道治則中外寧 政乖必風雅變

　삼가 듣건대, 淸濁(청탁)이 처음 나누어지자, 陰陽(음양)이 움직여 만물이
생겨났다. 강과 산이 정해지자, 極元(극원)이 으뜸이 되어 八方(팔방)이 정해졌
다. 그래서 알겠노라. 매달려 있는 형태로 빛을 내는 것은 일월보다 큰 것이
없고, 높은 자리를 숭상해 갈라서 서열을 나눈 데서는 군신보다 큰 것이 없다.
도를 다스리면 안팎이 평안하고, 정치가 어지러워지면 風雅(풍아)가 변한다.

　서두에서 이렇게 말하고, 천지만물이 생겨나고 움직이는 이치에
따라 나라를 다스린다고 했다. 우주론에 근거를 둔 정치철학을 구현
한 南詔의 통치자가 위대하다고 하고, 閣羅鳳(각라봉) 임금의 생애와
공적을 서술했다. 대등한 화합의 원리를 밝히고 실현하는 데 중국보
다 앞선 것을 칭송했다.

事協神衷 有如天啓 故攻城挫敵 取勝如神 以危易安 轉禍爲福 紹開祖業
宏覃王猷... 通三才而制禮 用六府以經邦 信及豚魚 恩沾草木

　일이 귀신의 마음에 맞고, 하늘의 가르침이 있는 것 같았다. 그래서 성을 공
격하면 적을 패배시키고, 승리를 취함이 귀신과 같도다. 위태로운 것을 편안하
게 하고, 화를 복으로 바꾸었도다. 조상의 창업을 이어 열어서, 제왕의 과업을
크게 이루었도다... 三才(삼재)를 통괄해서 禮(예)를 마련하고, 六府(육부)를
이용해서 나라를 경영하니, 信義(신의)가 돼지나 물고기에게까지 미치고, 은혜
가 초목까지 적신다.

　자기 민족 내부의 경쟁자들과 싸워 이기고, 통일왕조를 이룩해서
나라의 기틀을 바로잡은 공적을 이렇게 찬양했다. 사람을 편안하게
하는 통치의 원리가 우주의 질서와 부합되어, 백성은 물론 동물이나

식물에게까지 혜택이 미친다고 했다. 이것이 비의 명칭으로 삼은 德化의 원리이고, 동아시아문명의 이상이다.

漢不務德　而以力爭
興師命將　置府置城
三軍往討　一擧而平
面縛群吏　緻獻天庭
李宓總戎　優導覆轍
水戰陸攻　援孤糧絶
勢屈謀窮　軍殘身滅
葬而祭之　情由故設
漢族(한족)은 덕행에 힘쓰지 않고 힘으로 싸우려 하므로,
군사를 일으키고 장수들에게 명해서 고을을 두고, 성을 세웠노라.
삼군이 가서 토벌하자 일거에 평정하고,
뭇 관원을 면면히 포박해서, 하늘같은 조정에 바치었다.
李宓(이복)이 總戎使(총융사)가 되어, 매복 전술을 잘 구사했다.
물에서 싸우고 뭍에서 공격하니, 원군이 없어 고립되고 양식이 떨어졌다.
세력이 꺾이고, 궁리가 궁해서, 군사는 잔멸하고 몸도 망했도다.
장례를 치르고 제사를 지내면서, 정을 기울여 제물을 진설했노라.

序가 끝난 다음 銘에서 한 말을 한 대목 들면 이렇다. 중국 당나라가 침공하자 싸워서 물리친 공적을 기리고, 당나라 군사가 초라하게 패배한 상황을 묘사했다. 李宓은 당나라 장수이다. 10만 대군을 거느리고 쳐들어와 전술을 잘 구사하기까지 했으나, 이기지 못하고 참혹하게 패배했다. 불의의 침공은 부당하고, 남조가 위대한 나라임을 입증해서 변명의 여지가 없지만, 나무라기만 한 것은 아니다. 당

나라 군사의 죽은 혼령을 위해 제사를 지내주고, 정겨운 노래를 불러 위로한다고 했다.

현장에서

덕화비를 현지에 가서 보지 못한 것이 부끄럽고 유감스러웠다. 雲南(운남) 관광을 하고 왔다고 자랑하는 사람들에게 덕화비를 보았느냐고 물으니 보지 못했으며 알지도 못한다고 했다. 단체여행 코스에는 덕화비 구경이 없어, 수고스러워도 개인여행을 해야 했다.

서울서 昆明(곤명)까지 비행기로 네 시간 이상, 昆明에서 大理(대리)까지 기차 여섯 시간 이상, 오랜 시간이 걸리는 지루한 여정이었다. 호텔에서 일반 택시는 들어오지 못하게 하고 자기네 택시를 이용하라고 했다. 호텔 택시로 시 서쪽 蒼山(창산) 아래 南詔 王城이었던 大和城遺址(대화성유지) 입구 德化碑 앞까지 가서, 드디어 도착한 감격을 누렸다.

입구에 문을 잘 만들어놓고, 안으로 들어가니 왼쪽에 "南詔碑"라는 현판을 단 비각이 보이고, 그 안에 비가 서 있었다. 자연석을 다듬지 않고 써놓은 글이 대부분 마멸되고 잘 보이지 않았다. 이미 알고 있는 문구를 마음속에서 불러내면서 눈에 보이는 광경과 맞추었다. 현장에서 가서 찍은 사진을 여기에 내놓는다. 들어가는 곳에 있는 문, 가까이 가서 본 비의 모습도 사진에 담았으나 이것 하나만 내놓아 인상을 선명하게 한다. 비를 잘 모시고 자랑스럽게 여기는 마음을

읽어낼 수 있다.

〈광개토대왕릉비〉는 벌판에 방치하다가 전각 안에 가둔 것과 상당한 거리가 있다. 후손이 행복을 누리는 것은 아니지만, 곁에 있는 것과 없는 것은 다르다. "州人 白族" 아무개가 썼다는 柱聯(주련) 형식의 찬양문을 양쪽에 걸어 놓았다.

南詔國은 당나라의 침공을 물리치고 주권을 유지하다가, 大理國(대리국)으로 바뀐 다음에 元(원)나라에 복속되어 중국의 일부가 되었다. 碑에서 멀지 않은 곳에 〈元世祖平雲南碑〉(원세조평운남비)가 있어 주권을 상실한 내력을 말해준다. 오늘날의 大理는 白族自治州(백족자치주)이지만, 당나라의 침공을 물리쳤던 민족의 쾌거를 마음껏 자랑할 수는 없다.

망국의 유민이 중국의 소수민족으로 전락하고 말아, 당나라의 침공을 물리친 것이 반역이었다고 하는 평가를 받고 있다. 비가 남아 있어도 역사 왜곡을 시정하지 못한다. 박물관에 가서 보니 戰勝(전승)은 말하지 않고, 閣羅鳳 임금이 당나라 사신을 받아들여 和親(화친)을 한 사건만 등장인물들의 마네킹을 실감 나게 만들어 전시하는 방식으로 야단스럽게 알려주었다.

오늘날 중국인은 이 碑에 대해서 말했다. "말이 工巧(공교)하고, 문체가 高潔(고결)한 것이 모두 최고 수준에 이르렀다"고 했다. "唐나라 대가의 글이라도 이런 정도에 이른 것은 흔하지 않다"고 했다. "이것은 분명히 아주 좋은 銘詞이다"라고 하고, 이런 것을 빌려서 唐나라 조정에 대한 반역을 가리는 장식으로 삼았다"고 했다.[18]

외국인의 글이어서 하는 말이다. 중국인이 아닌 외국인이 글을 잘 쓴 것을 확인하고 심술이 나서 하는 말이다. 글이 뛰어난 것은 인정하면서 의의는 폄하해 불편한 심기를 달랬다. 唐나라 침공을 물리친 것은 반역이라고 하고, 뛰어난 글로 반역을 가리는 장식으로 삼았다고 폄하했다.

비문의 내용을 바로 말하는 것은 허용되지 않는 것 같다. 唐나라를 부득이 모반한 고충을 말했다고 하는 말을 德化碑에 관한 설명에서 반드시 되풀이하는 것을 볼 수 있다. 이런 견해가 전10권의 방대한 분량으로 간행한 《中華文學通史》(중화문학통사)에도 분명하게 기술되어 있어,[19] 재론의 여지가 없는 정설로 군림한다. 異口同聲(이구동성)을 따르고 다른 말을 하지 말아야 한다.

---

18 徐嘉瑞, 《大理古代文化史稿》(香港: 三聯書店香港分店, 1985), 233면
19 張炯 外 主編, 《中華文學通史》 3(北京; 華藝出版社, 1997), 362면

비문을 쓴 사람이 누군지는 말하지 않았다. 최고의 명문이니 漢族이 썼다고 해야 마땅한데, 증거를 제시하지 못해 유감이라고 여기는 것 같았다. 그러다가 전에 없던 일이 생겼다. 지금은 인터넷에 올라 있는 〈德化碑〉 서두에 작자가 "鄭回 漢族"라고 일제히 적어놓았다. 성명만 적지 않고 "漢族"이라는 말을 반드시 추가한다.

清平官 段忠國 段尋銓 等 咸曰 有國而致理 君主之美也 有美而無揚 臣子之過也 夫德以立功 功以建業 業成不記 後嗣何觀 可以刊石勒碑 誌功頌德 用傳不朽 俾達將來

청평관 단충국, 단심전 등이 모두 말했다. 나라 다스림이 지극한 경지에 이른 것은 군주가 훌륭함이다. 훌륭함이 있어도 찬양하지 않는 것은 신하의 과오이다. 무릇 덕으로 공을 세우고, 공으로 나라를 일으킨 것을 기록하지 않으면 후대 사람들이 어찌 알아보리오. 돌 비석을 가다듬어 공을 적고 덕을 기린 것을 없어지지 않게 전해, 장래에 전달되도록 돕겠노라.

비문에는 이런 대목이 있다. 清平官은 관직이다. 여러 사람이 있어 段忠國, 段尋銓 등의 이름을 열거했다. 나라를 일으킨 공적을 비에 새겨 찬양하고 후세에 전해야 한다면서, 비문을 작성한 취지를 밝히고 적을 내용도 말했다. 이 사람들이 발의자이고 작자여서 집단창작을 했다고 할 수 있다. 글을 맡아서 쓴 사람이 누군지 별도로 밝히지 않은 것은 그래야 할 특별한 이유가 없었기 때문이라고 생각된다.

비문을 쓴 사람이 鄭回라는 말은 후대 사람의 책에 있다는 것이다.[20] 간접적인 전언에 지나지 않는다고 생각되는데, 결정적인 증거

---

20 인터넷 Baidu에 올라 있는 王叔武, 〈南詔德化碑作者考〉, 《民族志文献研究》(微

라고 내세우고 마침내 오랜 의문이 풀렸다고 단언한다. 鄭回는 漢族으로 확인되는 사람이어서 훌륭한 글을 쓸 수 있었다고 일제히 주장한다. 비문의 내용이 중국과 화친을 도모한 것이라고 하는 데에 보태 왜곡을 하나 더 하고 있다. 다른 말은 하지 못하게 한다.

현지의 白族은 침묵할 수밖에 없으나, 누군가 진실을 말해야 하므로 내가 따지고 나선다. 漢族이라야 훌륭한 글을 쓸 수 있다고 주장하는 논자들에게 묻는다. 최고 문장가라는 韓愈가 쓴 〈平淮西碑〉는 초라하고, 〈德化碑〉가 훨씬 훌륭한 것을 어떻게 설명할 수 있는가? 鄭回는 글재주가 韓愈보다도 뛰어났다고 할 것인가? 중국문학사를 온통 수정할 것인가? 이 물음에 대해 어떻게 대답할 것인가?

글재주가 뛰어나면 훌륭한 글을 쓸 수 있는 것은 아니다. 위대한 창작의 근거가 되는 자랑스러운 역사가 침략자 唐에게는 없고, 침략을 격퇴한 南詔에게는 있어 우열이 역전된 것을 알아야 한다. 唐은 자국의 무력을 뽐내면서 상대방을 위협하는 말이나 하고, 南詔는 천지만물이 하나이게 하는 커다란 질서를 이룩해 그 혜택이 금수나 초목에게까지 미친다고 했다. 둘은 엄청난 차이가 있다.

〈德化碑〉를 읽고도 알 것은 알지 못해야 하므로, 漢族이라야 훌륭한 글을 쓸 수 있다고 하는 치졸한 주장을 하는 것을 개탄한다. 학자들을 나무라고 말 것은 아니다. 漢族 중심의 차등론을 국가 시책으로 하고 비판이나 반론을 제기하지 못하게 하는 것을 먼저 나무라야 한다. 중국 안에서는 하지 못하는 일을 밖에서 먼저 해야 한다.[21]

信号 : mzzwxyj 发布日期: 2018-04-03)에서, 元나라 사람 郭松年의 《大理行記》라는 책에 이 비문을 쓴 사람이 鄭回라고 한 말이 있다고 했다.

중국이 南詔를 차지하고서도, 지배민족인 漢族은 우월하고 피지배민족 白族은 열등하다고 하는 차등론을 버리지 않고 있다. 진정한 가치는 훼손하고, 중국은 크고 힘이 세어서 위대하다고 한다. 大國의 小心이 획일화되어 구속력을 가진다. 그 폐해를 小國의 大心으로 시정해야 한다.

小國의 大心은 〈德化碑〉가 잘 말해주고 있다. 오늘날 중국이 잘못되고 있는 것을 시정하고 대등한 화합을 이룩할 수 있는 발상의 원천을 이 비에서 찾을 수 있다. 비문이 다 마멸되지 않고 남아 있어 왜곡을 바로잡을 수 있다. 원문이 별도로 전해져 멀리서도 읽을 수 있다. 중국이 달라지기를 기다리지 말고 밖에서 먼저 분발하자.

시야의 확대

德化碑는 광개토대왕릉비에서 시작된 한 시대의 절정을 보여주는 위대한 유물이다. 나라의 위엄을 나타내는 동아시아 각국의 금석문 가운데 내용과 표현 양면에서 으뜸가는 가치를 지니고 있다. 인류 전체의 유산으로서 높은 가치를 지닌다. 白族을 주인으로 한 중국의 문화재로 여기지 말고, 동아시아 공유의 자랑스러운 창조물로, 인류의 위대한 업적으로 높이 평가해야 한다.

---

21 이런 말이 있어 이 책은 중국어로 번역되지 못할까 염려한다. 《동아시아문명론》을 중국어로 번역하면서, 孔子가 훌륭한 것은 "和而不同"을 말했기 때문인데 오늘날 중국에는 "和"만 있고 "不同"은 어디 갔느냐고 한 대목을 삭제했다.

성지순례를 하듯이 가서 이 비를 보고, 평소의 생각을 더욱 분명하게 했다. 동아시아는 하나이면서 여럿이고 여럿이 하나이다. 하나인 문명이 여러 문화와 생극의 관계를 가지고 더 큰 하나를 이루었다. 동아시아를 자기 방식대로 하나이게 하는 중국의 구심력을 많은 나라 여러 민족이 각기 다른 원심력으로 제어해 동아시아문명이 역동적이고 창조적으로 발전했다.

琉球國의 〈萬國津梁鐘銘〉을 다시 생각할 필요가 있다. 거기서 "南海의 勝地"의 나라가 "三韓의 빼어남을 뭉치고, 大明으로 輔車를, 日域으로 脣齒를 삼는다"고 하고, "배와 노를 萬國津梁으로 삼는다"고 했다. 〈德化碑〉에서는 "三才를 통괄해서 禮를 마련하고, 六府를 이용해서 나라를 경영하니, 信義가 돼지나 물고기에게까지 미치고, 은혜가 초목까지 적신다"고 했다. 이 둘은 어떻게 같고 다른가?

상이한 것들을 대등하게 아울러 커다란 화합을 이루고자 하는 소망은 같다. 소망을 실현하는 영역이나 방법은 각기 다르게 설정했다. 유구는 수평적 공간에서 융합하고 소통하는 것이 가장 소중하다고 하고, 남조는 가장 높은 곳에서 이룩한 화합의 혜택이 밑바닥까지 미치게 한다는 수직적 사고를 나타냈다. 자리 잡고 있는 곳이 해양이기도 하고 내륙이기도 해서 상보적인 발상을 한 것으로 이해하고 둘을 합칠 수 있다.

일본은 琉球를 차지하고, 南詔는 중국의 일부가 되어, 두 나라가 없어진 것이 종말은 아니다. 역사를 되돌릴 수 없어도, 잘못된 사고는 바로잡아야 한다. 승리는 위대하다고 하는 낡은 차등론을 추종하지 말고 정신을 차려야 한다. 유구나 남조가 남긴 위대한 유산을 찾아내 재평가해야 대등한 화합의 이상을 실현하는 새로운 시대가 시작될 수 있다.

월남사상사를 거울로 삼아

시작하는 말

국명을 '월남'이라고 하는 이유부터 밝힌다. '中國'을 '중국', '日本'을 '日本'이라고 하니 '越南'은 '월남'이라고 해야, 한자어 국명을 우리 음으로 읽는 일관성이 있다. 한국·중국·일본·월남이라는 국명을 일관되게 사용해 네 나라 모두 동아시아 한문문명권임을 분명하게 해야 불필요한 혼란이 시정된다.

'越南'을 '베트남'이라고 하면, '中國'은 '쭝구어', '日本'은 '니혼' 또는 '니뽄'이라고 해야 하는 난점이 있다. '쭝구어' 원음은 한글로 표기할 수 있는 것과 거리가 있다. '니혼'인지 '니뽄'인지는 그 나라에서도 정하지 못해 선택이 어렵다. '越南'을 '베트남'이라고 하는 것은 원음이 아닌 영어 명 표기인 줄 알고, 중국은 '차이나', 일본은 '재팬'이라고 해야 할 것도 아니다.

사이공에 수도를 둔 남쪽의 나라는 '월남', 수도가 하노이인 북쪽의 나라는 '월맹'이라고 하다가, "월남 패망"을 말하고 '베트남'이라는 나라가 새로 생긴 것처럼 생각하도록 한 것은 적절하지 못하다. '베트남'에 관한 논의를 미국에서 수입하다가 그 나라와 직접 교류하게 되었는데, 인식의 전환이 따르지 못해 혼란을 겪고 있다. 그 나라는 수천 년 동안 '越南'이라고 자타가 일컬은 한문문명권의 일원임을 분명하게 알고, 문명사의 관점을 갖추어야 한다.

중국이나 일본도 더 알아야 하지만, 월남을 잊지 말아야 동아시아문명의 전모를 이해할 수 있다. 《동아시아문명론》이 일본·중국·월남어로 번역된 것은 다행이지만, 반성할 것이 있다. 중국·일본·월남을 균형 있게 고찰하지 못하고 월남은 아는 바가 모자라는 것이 그 책의 결함이다. 말을 몰라 월남어 책은 읽지 못하는 결격 사유를 깊이 자책하면서, 우리 학계의 태만도 함께 반성하지 않을 수 없다.

남다른 노력을 해서 유인선 교수는 월남사를, 최귀묵 교수는 월남문학을 개관하는 책을 쓴 것을 높이 평가한다.22 이 둘과 대등한 작업이 월남철학이나 월남사상에 관해서도 이루어지기를 간절히 바라면서, 견디기 어려운 갈증을 해결하려고 내 나름대로 노력해 이 글을 쓴다. 앞의 두 분의 위업은 흉내 내지도 못하지만, 알 것을 알지 못하고 동아시아문명론을 함부로 전개한 잘못을 조금이라도 줄이려고 한다.

월남을 아는 지름길은 없다. 과거에 불국은 월남을 식민지로 하고, 그 뒤에는 세상만사를 다 관장한다고 하는 미국이 월남과 불행한 관계를 깊이 가졌어도, 월남의 역사, 문학, 사상 등을 불어나 영어로

---

22 유인선, 《새로 쓴 베트남의 역사》(도서출판 이산, 2002); 최귀묵, 《베트남 문학의 이해》(창비, 2010)

고찰한 책은 거의 없다. 월남의 지배나 침공에 필요한 정보는 많이도 모았겠으나, 학자들이 성실하게 연구해 내놓은 업적은 없다.

미국 언론에 떠도는 말을 편집해 미국의 월남전을 비판하는 책이 나온 것을 잘 기억한다. 위험을 무릅쓰고 대단한 일을 했다는 칭송을 받은 것을 당시의 여건을 고려하면 나무라기 어렵지만, 무책임하다고 하지 않을 수 없다. 이제는 하노이를 방문할 수 있고, 그곳에서 불어나 영어로 내는 책은 구해 읽을 수 있어 미국 쪽으로 귀를 기울이지 않아도 된다. 그런 책들은 대강 훑어보면 되는 입문서이다. 이해를 깊게 하려면 월남어 책을 읽어야 한다. 월남의 한문 고전에서 도움을 받는 것도 필수이지만, 해석과 논의는 오늘의 업적에서 확인해야 한다.

월남사상사를 읽고 우리의 경우는 어떤지 되돌아보고자 한다. 유럽은 너무 멀고, 중국은 너무 크고, 일본은 특수해 근접된 비교고찰을 하기 어려웠다. 월남은 우리와 비슷한 점이 더 많아 우리를 비추어보는 거울로 삼을 수 있다.

업적 확인

월남어는 모르면서 월남철학사를 알고 싶어 가능한 방법을 찾았다. 계명대학교 석좌교수 시절에, 유학 와서 한국학을 공부하는 월남 학생 도풍뚜이(Do Phung Tuy)에게 부탁했다. 먼저 월남철학사 책을 있는 대로 사달라고 했더니, 도서관에 있는 책 복사본 다음 넷을 가지고 왔다.

Tran Van Giau, *Su phat trien tu tuong o Viet Nam tu the ky XIX den Cach mang Thang Tam*(월남 사상의 발전 19세기부터 8월혁명까지, Hanoi: Nha xuat ban khoa hoc xa hoi, 1973) 전2권.

Nguyen Tai Thur 편, *Lich su tu tuong Viet Nam*(월남사상사, Hanoi: Nha xuat ban khoa hoc xa hoi, 1993)

Quang Dam, *Nho giao xua va nay*(유교, 과거와 현재, Hanoi: Nha xuat ban hoa, 1994)

Phan Dai Doan, *Mot so van de ve nho giao Viet Nam*(월남 유교의 몇 가지 문제, Hanoi: Chinh tri Quoc gia, 1998)

이들 책 목차를 알려달라고 하고, 다음에는 주요 대목을 우리말로 번역하라고 했다. 그 학생은 능력이 뛰어나 책의 내용을 잘 이해하고 비교적 무난하게 우리말로 옮겼다. 번역문의 우리말이 어색하고 어법에 맞지 않는 것은 나무랄 수 없으며, 대강 무슨 말인지 아는 데는 지장이 없어 칭찬할 만하다. 한자를 전연 사용하지 않는 월남어 문장에서 한자어 용어를 골라내 한자로 이해할 수 있게 한 것을 높이 평가할 만하다.

번역문이 그대로 출판할 수 있는 수준은 아니다. 윤문을 하면 원문과 거리가 멀어지지 않을 수 없다. 출판할 생각은 하지 못하며, 있는 그대로 읽고 이용하기나 한다. 인용할 때에는 어법에 맞고 말이 통하도록 하지 않을 수 없어 고민이다. 세부까지 잘 다듬기는 어려워, 조금 축약해 대의를 전하는 방식을 택한다. 책 내용을 자세하게 거론하는 것은 포기하고 특히 중요한 대목만 제시하고 논의한다. 번역문의 '베트남'도 '월남'으로 고쳐 통일을 이룬다.

월남철학사를 보고 싶다고 했는데, 구한 책은 모두 사상사나 유학에 관한 것들이다. 월남철학사는 없고 월남사상사만 있다. 월남사상사를 써내 철학을 포함한 다방면 사상의 유산을 총괄하는 작업을 했다. 전쟁을 하고, 전후 복구에 어려움을 겪는 상황에서도 사상사의 중요성을 크게 인식하고 힘을 기울인 것이 주목할 만한 일이다. 문학사는 나오지 않은 것과 상당한 차이가 있다.

작업을 하는 주체는 사회과학원 철학연구소이다. 사회주의 국가의 사회과학원 철학연구소는 마르크스주의 철학 또는 그 연장인 자국 지도자의 이념을 해설하고 보급하는 기관이고, 자국의 철학사를 다루더라도 유물론 또는 자국 지도자의 이념을 견지한다. 이러한 특징은 북한에서 분명하게 확인할 수 있다. 마르크주의 유물론에서 주체사상으로 넘어가 유일 지도이념의 절대적 타당성을 주장한다. 월남의 철학연구소는 이와 거리가 있는 작업을 했다. 이에 관해 고찰하는 것이 앞으로 하는 작업에서 큰 비중을 차지한다.[23]

---

23 도풍뚜이의 번역을 보고 이 글을 4분의 3쯤 썼을 때 응웬 따이 트 편저, 김성범 옮김, 《베트남 사상사》(소명출판, 2018)가 나와 있는 것을 알고 사서 보았다. 어려운 일을 훌륭하게 해낸 것을 치하한다. 양쪽 번역을 견주어보고, 둘 다 신뢰하게 되었다. 도풍뚜이의 번역에서 가져온 인용을 출간본을 이용해 고치고 면수 표시를 다시 할까 생각하다가 그만두기로 했다. 이따금 기본용어를 풀어 번역한 것을 그대로 두어서는 논의 전개에 지장이 있는데, 출간본을 개작할 권한은 없기 때문이다. 번역자는 한국과 월남의 철학 비교연구로 충남대학교에서 박사학위를 받았다고 소개되어 있다. 인터넷을 이용해 충남대학교 도서관에 들어가 학위 논문을 찾아보았다. 두 나라 근대사상을 비교해 고찰해서, 이 글에서 다루는 내용과는 무관하다. 외세의 침략에 저항하는 시기 두 나라 근대사상은 공통점이 뚜렷해 함께 다루기 쉽고 미시적인 비교론을 전개할 수 있다. 그 전의 철학, 철학사의 전개, 그리고 오늘날의 철학사 서술을 거시적인 관점에서 비교해 고찰하

월남사상사 총괄 검토

여러 책 가운데 두 번째 것은 사회과학원 철학연구소에서 낸 공동
저작이고 월남사상통사여서 대표작으로 들 수 있다. 편집 Nguyen
Tai Thu(웬 따이 트) 부교수이고, 집필 Phan Dai Doan(판 다이 지
완) 교수, Nguyen Duc Su(웬 득 쓰) 부교수, Ha Van Tan(하 반 떤)
교수, Nguyen Tai Thu(웬 따이 트) 부교수라고 했다. 이들 공저자 이
름이 출간된 번역본에는 누락되어 있다. 책 차례는 다음과 같다.

면서 우리를 되돌아보자는 것은 처음 하는 일이다.

서론을 길게 써서, 서술의 방향과 방법을 자세하게 고찰했다. 무엇이 문제인지 분명하게 하고, 문제점 해결을 위한 논의를 진지하게 폈다. 절대적인 이념을 총론으로 선택하면 이미 있는 전례에 따라 각론은 저절로 해결된다는 생각을 버리고, 전인미답의 경지로 나아가는 참신한 시도를 했다. 최고지도자의 교시 같은 것은 없고, 학자들이 스스로 자국민의 생각을 최적의 방향으로 계도하는 책무를 성실하게 수행하고자 했다. 개개인의 창의력을 집성해서 증대하는 작업의 본보기를 보여주었다.

"월남에는 철학이 특별하게 발전하지 않았으나, 그 나름대로의 철학사상이 갖추어져 있었다."(13면, 이하 모두 원문의 면수이다.) 먼저 이렇게 말해 철학사가 아닌 사상사를 쓰는 이유를 밝혔다. 월남에는 철학이 특별하게 발전되지는 않아 철학사를 따로 쓸 자료는 미비하지만, 그 나름대로 철학사상이 갖추어져 있다고 했다. 사상사를 써서 철학을 포함시켜 다루는 것이 적절한 방안이라고 했다. 철학사와 사상사의 관계에 관한 오랜 논란 해결을 위해 소중하게 여겨야 할 선례를 제시했다.

"황폐한 땅을 싱싱한 논밭으로 개조하고, 독립을 지키기 위해 아무리 강한 침략군이라도 섬멸하고, 시대의 흐름에 맞게 하려고 무거운 과거를 버리고, 국가의 운명과 관련된 큰 임무를 수행할 때, 이 모든 시대의 대표자들이 총괄했다. 총괄이란 역사적 경험을 이론이나 인식으로 고양시키는 작업이다. 바깥의 사유를 자기 것으로, 경험적 사유를 논리적 사유로 바꾸면서 철학을 해왔다."(16면)

철학이 무엇인가 하는 물음에 대한 해답을 이렇게 제시했다. 간추려 말하면 "역사적 경험을 논리적으로 총괄한 사유가 철학이다"라고 했다. 그렇다면 누구에게든지 철학이 있는 것이 너무나도 당연하므로, 월남철학을 이해하고 월남철학사를 서술하기 위해 고민할 필요가 없다. 공연할 것 같은 수고를 구태여 하는 이유는 경험의 총괄인 사유가 개념으로 정립되고, 개념들끼리의 관계에 심각한 논란이 있기 때문이다. 이런 특징을 구비한 사유는 철학이라고 하고, 미비한 것들은 철학의 주변영역인 사상이라고 한다. 이런 관례에 반론을 제기하지 못하고 월남철학 이해를 위한 독자적인 방법을 구축하려고 노력했다.

"아리스토텔레스 이래로 2천년 동안 철학사 연구의 방법이 많이 있었으나, 서로 비교해보면 마르크스-레닌의 방법이 가장 뛰어나다고 할 수 있다. 마르크스-레닌주의 학자들이 유럽철학사를 연구하는 모형을 만든 것이 어느 정도 가치 있는 성과이다. 이것을 동방철학사(특히 월남철학사)에 그대로 적용할 수는 없다. 유럽철학사처럼 본체론과 인식론에 근거를 두고, 유물론·유심론·경험론에 집중해 월남사상사를 서술해야 한다고 하면, 부당한 요구가 민족의 사상을 왜곡하고 가난하게 하며, 민족사상에 대한 비판적 심리를 빚어낸다. 민족사상에 바탕을 둔 적절한 모형이나 양식으로 문제를 제기해야 한다. 우리가 찾고 있는 이러한 모형이나 양식이 사회철학, 치국노선, 천도, 인도, 세계관, 인생관 등에 관한 것이 아닐까?"(26면)

이 발언의 핵심을 검토해보자. 마르크스주의에서 철학사는 유심론과 유물론이 투쟁해온 역사라고 하는 견해를 월남에서는 받아들일 수 없다고 했다. 그 이유가 무엇인가? 월남에는 그런 철학사가 없는 것을 열등하다는 증거로 삼을 수 없기 때문이라는 것이 소극적인 이

유이다. 월남을 비롯한 동방의 철학사는 유심론과 유물론과는 다른, 天道(천도)와 人道(인도) 같은 것들을 기본 개념으로 해서 전개되었기 때문이라는 것이 적극적인 이유이다.

소극적 이유는 감정에 호소하는 소박한 민족주의로 나아간다. 월남에는 본격적인 철학이 없는 특징을 철학에 대한 이해를 바꾸어 합리화하려고 하면 학문의 수준을 낮추거나 한다. 적극적 이유는 철학의 존립을 위험하게 한다. 동서의 철학은 다르다고 하는 쪽으로 치달아 철학의 보편성이 남아나지 않는다. 이것이 유물론의 기성품 철학사관을 받아들이지 않아야 하는 적극적인 이유이다.

동서의 철학이 다르면, 어느 쪽이 보편적인지 시비해야 하므로 출발에서부터 차질이 생긴다. 유심론과 유물론, 천도와 인도는 배타적인 관계를 가져 양자택일을 해야 할 것이 아니며, 시각의 차이 때문에 갈라졌으므로 겹친다고 보아 마땅하다. 천도에서도 유심론과 유물론이, 인도에도 유심론과 유물론이 있다. 천도와 인도의 관계에 관한 유심론의 견해도, 유물론의 견해도 있다. 이런 관점을 갖추고 월남철학사를 서술하면 세계철학사에 대한 이해를 더욱 풍부하고 정확하게 할 수 있다.

천도와 인도는 가로축이라면, 유심론과 유물론은 세로축이라고 직교좌표의 비유를 들어 말할 수 있다. 세로축만 보면 유심론과 유물론은 대립하기만 하는데, 가로 축의 천도와 인도에서는 유심론과 유물론이 근접된 관계를 가지기도 한다. 유심론의 정신과 유물론의 물질이 천도나 인도의 氣에서는 하나가 된다는 것이 요체 가운데 요체이다. 氣는 상생이 상극이게 하면서 상극이 상생이게 하는 것을 밝혀 논해, 동방의 철학은 상생과 상극이 둘이기만 하다고 하는 서방의 철학보다 앞섰다. 이것을 밝혀 논하는 것이 최대의 과제이다. 월남철학사를 서술하면서 이런 생각에도 이르지 못한 것이 안타깝다.

월남에는 철학이라고 할 것이 별반 없어 사상사를 쓴다고 했으므로 위의 논의는 지나치다. 사상사는 정확한 개념이나 엄격한 논리에서 벗어나 사실을 다양하게 이해하고 서술하면 되는데 월남 학자들이 철학사에 관한 논의를 과분하게 전개하다가 파탄을 보였다. 이렇게 말할 것은 아니다. 철학사와 사상사의 관계를 분명하게 하고, 난국을 수습하는 방안을 내 나름대로 제시하고자 한다.

생각은 개념과 논리를 갖추어 정립될 수도 있고, 체험한 사실에 상상을 보태 표현되기도 한다. 앞의 것은 철학을 이루고, 뒤의 것은 예술이 잘 보여준다. "언어를 사용하는 표현"으로 범위를 한정하면, 뒤의 것을 잘 보여주는 예술이 문학이다. 철학은 철학인 철학이라면 문학은 철학이 아닌 철학이다. 철학은 개념과 논리를 갖추어 정립되어 있어 철학인 철학이다. 문학은 개념과 논리가 아닌 체험과 상상을 철학하는 방법으로 삼고 있어 정립되지 않은 철학이다. 철학은 문학으로 읽어야 구체적인 이해가 가능하고, 문학은 지니고 있는 철학을 발견해야 온전히 파악된다.

그렇다면 사상은 무엇인가? 사상이란 생각이 나타난 것들의 총칭이다. 넓게 잡으면 철학에서 문학까지 모두 사상이다. 좁게 잡으면 철학과 문학 사이에 있는 것들이 사상이다. 월남사상사를 쓴 것을 보면 좁은 의미의 사상과 넓은 의미의 사상을 함께 다루었다. 때로는 철학을 논의하고, 많은 경우에 문학을 고찰의 대상으로 해서 사상사에 대한 구체적인 논의를 진행했다. 특히 요긴한 대목을 든다. "월남은 여러 강대국에 의해 침략당하고 천여 년 동안 애국주의를 형성했다. 애국은 본능적 행동으로 적개심을 나타내기만 하지 않고, 전투의 방향, 운동의 동력, 필승의 이념의 근거가 되는 이론을 갖추고, 나라를 구하는 방법으로 발전했다. 동포면 서로 사랑하고 비호하는 의무가 있으며, 단결하면 힘이 있고, 힘을 합쳐서 협력하면 산을 움직이고 바다를 메울 수 있다는 원리를 마련했다."(21면)

"중세 시기 유럽 각국의 세계관이 천주교라면, 옛날 베트남의 세계관은 유교·불교·도교의 결합체이다. 이 셋은 종교는 서로 달라 다툴 때도 있지만, 친밀한 관계를 가지고 서로 보충해 하나의 세계관을 이루는 것이 예사였다. 그 점에서 중국이나 일본과 달랐다."(22면)

"월남인은 외부 세계나 내심의 영역에 대한 새로운 인식을 얻는 것은 긴요한 과제라고 여기지 않았다. 사회와 인생 문제에 관심을 많이 기울이고, 정치·사회윤리의 문제를 중요시했다. 사람이 사람답게 사는 도리가 무엇인지 탐구하고 교육하는 데 힘을 기울였다."(22–23면)

누구나 알 수 있는 말로 월남사상의 요체를 설명했다. 이런 자부심을 가지고 어려운 조건에서도 외세와 맞서서 당당하게 싸웠구나. 적이 강해 패배를 당하고 유린된다고 해도, 도덕적 우월성에는 조금도 꿀리지 않는다고 자부했구나. 유럽문명이 세계사 발전의 절정을 보여준다고 하는 선전에 대한 반론을 마음속 깊이 간직했구나. 이런 생각을 하게 한다.

월남은 공산당이 지도하는 마르크스주의 국가이다. 학문은 그 이념에 맞추어 하지 않는 것을 확인할 수 있다. 마르크스주의 유물론은 다른 모든 역사가 그렇듯이 철학사도 계급투쟁이라고 한다. 간악한 지배계급이 관념론으로 진실을 호도하고 자기네 계급의 이익을 부당하게 옹호하는 데 맞서서 정당한 반대자인 피지배계급은 유물론을 내세워 그 허위를 격파하고 계급투쟁에서 승리하고자 했다고 한다. 북한의 철학사는 이런 특징을 잘 보여준다. 월남이 아주 다른 길로 간 것은 아니지만, 계급모순과 함께 민족모순이나 문명모순 또한 중요한 모순이이라고 여겼다. 민족모순이나 문명모순을 해결하는 것이 철학의 기능이고 철학사 서술의 사명이라는 생각도 함께 하고, 때로는 확대했다.

월남은 중국의 침공을 거듭 받고는 물리치고, 불국의 식민지가 되어 해방투쟁을 해야 하고, 다시 미국과 있는 힘을 다해 힘들게 싸웠다. 그러는 동안에 외세를 물리칠 수 있는 월남민족의 힘이, 정신력이 어디에 있는지 확인하는 것이 절실한 과제로 등장했다. 피압박계급이 노동을 하면서 계급투쟁을 하는 힘으로 외세를 감당하니 착취자인 지배계급은 비난을 받고 물러나라고 하는 것은 부적절한 노선이다. 지배계급은 모두 부당해 외세의 앞잡이 노릇이나 한다고 단언하지 말고, 지적인 능력을 피지배급의 직접적 투쟁에 보태 민족의 역량을 확대해야 민족모순을 바람직하게 해결하는 승리를 거둔다고 확신했으며, 그 내력을 밝히는 것을 사상사 서술의 과제로 삼았다.

지배계급의 지적 능력은 유교 또는 유불선 삼교를 내용으로 했다. 그런 것들은 가치 없다고 하면 민족허무주의이고, 모두 버려야 한다고 하면 무장해제이다. 유교 또는 유불선 삼교에서 관념론을 반대하는 유물론이 등장했다고 하고, 다른 것들은 가치가 없고 버려야 하지만 유물론만 소중하다고 한 것은 아니다. 유물론으로 국한되지 않는 유교 또는 유불선 삼교도 민족문화를 풍부하게 한 것을 인정하고, 중국에 꿀리지 않는 민족의 자존심을 북돋우고, 불국이나 미국이 서방의 자유주의가 최고의 가치를 지닌다고 하는 주장에 대한 반론 제기에 활용할 수 있었다.

중국을 상대할 때에는 동질성을, 불국이나 미국을 상대할 때에는 이질성을 중요시한 것을 주목할 필요가 있다. 동아시아문명의 보편적 가치 구현에서 월남은 중국보다 뒤떨어져 교화를 받아야 할 처지가 아니고, 오히려 앞서서 자랑스럽다고 했다. 불국이나 미국이 개인의 자유가 절대적이라고 하는 주장에 맞서서, 동포를 사랑하는 민족의 유대가 더욱 소중하다는 것을, 어떤 희생이라도 무릅쓰는 완강한 투쟁으로 입증했다.

응우옌짜이

응우옌짜이(Nguyen Trai 阮廌 완채, 1380-1442), 흐엉하이(Huong Hai 香海 향해, 1627-1715), 레귀돈(Le Quy Don 黎貴惇 여귀돈, 1726-1784), 이 세 사람을 특히 자세하게 고찰하고 높이 평가했다. 두 사람은 이미 잘 알려져 있으나, 한 사람은 처음 만났다. 세 사람을 어떻게 고찰했는지 하나씩 들어 살피고, 우리를 되돌아보는 거울로 삼기로 한다.

응우옌짜이는 월남을 침공해 통치하던 명나라 군대를 물리치고 독립을 되찾은 전략가이면서 한시와 월남어시를 함께 창작한 뛰어난 시인이다.[24] 사상사에서도 높이 평가해야 한다면서 자세하게 고찰했다. 요긴한 대목을 옮긴다.

(가) "인간됨의 도리에 관해 유교의 여러 관점을 빌려와 확대했다." 원시 유교, 한나라 유교, 송나라 유교 가운데 그 어느 것도 아니다. "孔孟(공맹)의 正名이나 上下(상하)의 질서 의식, 한나라 유교의 신비로운 성향, 송나라의 유교의 엄한 윤리도 보이지 않는다." 이런 전례와 총체적인 관련을 가지면서, 사람의 도리에 관해 자기 나름대로의 논의를 전개한 것을 다음과 같이 논의했다.

(나) "'忠'(충)이란 어느 특정 왕조가 아닌, 국가에 대한 충성이어야 한다. '仁'(인)이란 누구에게 고루 퍼지 않고, 고생하며 사는 가난한 사람들에 집중해야 하는 사랑이다. '智'(지)란 도덕의 교리만이 아닌, 살아가는 데 필요한 제반 지식을 이해하는 것이다."(280면)

'天道'(천도)와 '人道'(인도)의 관계를 모호한 관념으로 이해하지 말고, '時'와 '勢'의 관계로 구체화해야 한다. 천도가 '時'(시)로 나타나는 것을, 인도에서는 '勢'(세)를 갖추어 파악하고 실현해야 한다. "'時'만 있고 '勢'가 없다면 적절하게 대응하지 못한다. '時'도 있고 '勢'도 있다면 상황을 바꾸어 급속하게 강해질 수 있다. '時'와 '勢'를 다 잃으면 강하다가 약해지고, 편안함이 위태로움으로 변한다."(292면)

(다) "이런 생각을 발전단계가 낮은 사회에서 할 수 있었던 이유는 무엇인가? 보수적 유교의 영향을 받고 진보적인 발상을 갖춘 것은 우연인가? 돌발적인 천재였기 때문인가? 이렇게 말할 것은 아니다. "나라를 구하고 건설하는 사업은 어려움과 도전이 많이 있으니

---

24 조동일·지준모, 《베트남 최고시인 완채 Nguyen Trai》(지식산업사, 1992)에서 인물을 소개하고 한시를 전부 번역했다.

지식이 있고 용감한 사람들이 필요하다. 지식이 있으면 시세를 이해할 수 있으며, 일어날 사건을 미리 예측하고 기대하는 결과가 나오게 행동할 수 있다." "오늘의 어려움과 고통은 하늘이 나를 시험해본 것이다." "변란을 많이 겪으면 계략이 깊어지고 먼 일을 고려하면 성공할 것이다."(294면)

(가) 유교의 관점에서 생각해야 일상적이고 개별적인 사고를 넘어서서 철학을 하는 기초를 갖춘다. 유교의 유산을 널리 참고하면서 발상을 넓힐 필요가 있다. 어느 학파나 학설을 따르지 않고 종합적이고 총체적인 사고를 해야 한다.

이것은 우리 경우와는 다르다. 우리는 논란을 첨예하게 해서 어느 한쪽의 견해를 뚜렷하게 하려고 했다. 이것은 선진의 폐해이다. 월남은 유교의 성장이 부진한 후진이었으므로 엉성하기는 하지만 종합적이고 총체적인 사고를 하는 장점을 지닐 수 있었다.

(나) '天道'와 '人道'의 관계에 관한 논의는 상위의 '天道'를 하위의 '人道'가 따라야 한다면서 理氣(이기)이원론으로 나아가는 것이 예사이다. 天人이 모두 氣이고, 道라는 것은 氣의 작용이라고 하는 반론을 제기하기까지에는 많은 어려움이 있었다.

'時'와 '勢'라고 하는 누구나 절실하게 생각하는 말을 사용하자 논의가 분명해졌다. '天道'란 객관적으로 주어지는 정세여서 '時'로 나타나고, '人道'는 주관적으로 대응하고 실천하는 능력이므로 '勢'라고 하면 긴 설명이 더 필요하지 않다. 전투 경험에서 얻은 것으로 모든 이치를 설명하는 데 이르렀다. 공연한 시비를 길게 하지 않고 바로 요령을 얻었다.

(다)는 (나)의 발상을 갖춘 이유를 설명하는 것 이상의 의의를

가진다. 철학은 기존의 학습을 통해 점차로 발전하지 않고, 현실의 어려움을 타개하기 위한 실천적 투쟁에서 참신하게 창조된다. 고난이 행운이어서 후진이 선진이 된다. 명나라는 선진임을 뽐내면서 월남을 강점하다가 전투에서 패배했을 뿐만 아니라, 철학에서 앞섰다는 것도 허망하게 되었다. 침략하다가 얻어맞은 것은 창조의 계기와는 반대가 되어, 공연한 논란을 지지부진하게 펴는 철학이나 했다.

응우옌짜이는 새 왕조 창건의 주역이고 이념 담당자인 점이 동시대의 鄭道傳(정도전)과 흡사하다. 관념에 매이지 말고 현실을 소중하게 여기자고 한 것도 상통한다. 너무나 출중한 탓에 원통하게 피살된 것도 같다. 그러면서 지향점은 달랐다. 응우옌짜이는 외세와 싸우기 위해 민족이 단합해 힘을 모으자고 하면서 상생이 소중함을 밝혔다. 정도전은 내부의 변혁을 위한 상극 투쟁을 강경하게 전개했다. 상극의 소중함을 밝힌 언설은 논리가 충분하지 않아도 시대를 넘어서서 지속적인 의의가 있고, 상극 투쟁을 전개하는 강경한 언사는 대안 제시가 미흡해 평가가 제한된다.

고려를 무너뜨린 것은 명나라의 침공을 격퇴한 것만큼 큰 울림이 아니어서 사상 혁신을 위해 직접적인 기여를 하지 못했다. 고려의 불교 대신 유학을 새로운 이념으로 삼고 철학적 근거를 다지는 작업을 오래 진행하는 동안에 보수노선이 자리 잡고 정도전의 의욕마저 저버렸다. 응우옌짜이는 일거에 시도한, 낡은 관념을 청산하고 생동하는 현실을 받아들여 논리화하는 작업을 비주류 쪽에서 은밀하게 진행해야 했다. 徐敬德(서경덕)이 선도한 氣(기)철학을 崔漢綺(최한기)가 일단 완결하기까지 4백 년 정도가 필요했다. 논의가 치밀해지고 철학사를 서술할 유산이 풍부하게 된 것은 다행이지만, 이룬 성과가 일반인이 이해하기에는 너무 난해해 철학 불신론을 막기 어렵다.

흐엉하이

흐엉하이(Huong Hai 香海, 1627-1715)는 불교 승려이다. 〈제19장: 16-17세기와 18세기 초의 불교사상〉에서 이 사람이 가장 큰 비중을 차지한다. 유학이 지배이념으로 확고하게 자리 잡은 다음에 승려 사상가가 출현한 것이 특이하다.

우리의 경우에는 元曉(원효)나 知訥(지눌)을 앞세우고 이른 시기의 불교사상을 힘써 고찰하는데 월남에는 이에 해당하는 것이 없다. 우리는 거론할 것이 없다고 여기는 17세기 전후의 불교사상이 월남에서는 사상사적 의의가 있다고 평가했다. 발전이 빨라 쇠퇴하고 있을 때, 늦은 쪽은 향상을 이룩하는 것이 당연하다고 하고 말 것은 아니다. 우리도 불교사상의 후대의 발전을 힘써 찾아 평가해야 하리라고 생각한다. 비범한 것을 찾다가 범속한 것의 가치를 망각하지 않았는지 염려한다.

"'禪'의 사상에 대해서 흐엉 하이는 특별한 점이 없었다."(387면) 이렇게 말하면서 논의를 시작했다. 다른 사상가들도 독자적인 사상을 창조했다고 인정할 만한 것이 없다고 한 것과 같은 논법이다. 유산이 대단하다고 하지 않고 평가를 낮춘 것은 불필요한 겸양이라고 할 것이 아니다. 특별한 것이 없는 가운데 깊이 새겨 이해해야 할 말이 있다고 해서, 기대가 커서 실망하지 않도록 하고, 범속과 비범이 둘이 아니라고 흐엉 하이가 말한 것을 이해하는 데 장애가 없도록 했다.

철학만 철학이지 않고, 철학이 아니어야 철학이다. 철학만 철학이라고 하는 철학은 난삽한 개념과 논리에 묶여 힘을 잃고 있다. 철학이 아니어야 철학이라고 하는 철학은 묶인 것에서 벗어나 마음껏 뛰놀면서 누구나 하는 말이 부처의 뜻이라고 한다. 이런 해방 투쟁을 禪語(선어)니 禪詩(선시)니 하는 것을 가지고 야단스럽게 하는 공연한 소동은 그만두어야 한다. 멀리 가서 요상한 무엇을 추구하지 않은, 있는 그대로의 것이 진실이다. 이런 말은 말을 최대한 줄여, 하지 않은 듯이 해야 한다. 이런 방향을 제시했다.

"우리 마음에 저절로 부처가 있어서 다른 곳에서 온 부처가 필요 없다."(이하 388면) 흔히 하는 말을 좀 과격하게 했다. "범부가 부처이고, 번뇌가 보리다." 대뜸 이렇게 말하는 것은 충격을 완화하려고 이해하기 쉬운 비유를 들었다.

"해가 뜨면 온 천하가 밝아지지만, 허공이라는 곳은 더 밝아지지 않는다. 해가 지면 온 천하가 어두워지지만, 허공이라는 곳은 더 어두워지지 않는다. 어둠과 밝음은 서로 다투어도, 허공의 본성은 아무 변함도 없었다. 부처와 중생 그리고 참된 마음의 관계도 이와 같다. 만일 부처를 빛남이나 깨끗함으로, 중생을 어둠이나 더러움으로 여기면, 황하의 모래 수만큼 오랜 기간을 거쳐도 보리의 도를 보일 수 없다." 어둡고 더러운 중생은 빛나고 깨끗한 부처를 향해 나아가야 한다는 통상적인 주장을 부정했다. 밝음과 어둠, 부처와 중생을 둘이 아니고 하나라고 여기는 참된 마음이 보리라고 일컫는 깨달음의 지혜라고 했다.

'迷'(미)와 '悟'(오), '眞'(진)과 '妄'(망)에 관해서도 비슷한 말을 했다. "'迷'와 '悟'는 의존하고, '眞'과 '妄'은 연속되어 있다. '진'을 찾고 '망'을 버리려는 것은 그림자가 자기를 따를까 두려워 햇빛 속에서 뛰어가는 사람과 다름이 없다. '망'이 '진'이라는 것을 똑똑히 알면 햇빛이 없는 곳에 들어간 것처럼 그림자가 저절로 사라진다."

기발한 비유를 들어 두 가지를 말했다. (가) '妄'을 버리고 '眞'을 찾으려고 하면 '妄'이 없어지지 않는다. (나) '眞'이 따로 있지 않고 '妄'이 '眞'인 줄 알면 '妄'이 없어진다. 충격을 받고 물러나지 말고 새겨 이해하자. (가)는 부처를 믿고 도를 닦아 '迷妄'을 떨칠 수는 없다는 말이다. (나)는 헛된 환상을 버리고 충실하게 살아가고, 성실하게 노력하는 것이 '眞悟'의 경지라는 말이다. 대수롭지 않은 것 같은 언설로 엄청난 발언을 했다.

'心'(심)과 '境'(경)에 관한 것으로 논의가 이어졌다. '심'을 편안하게 하려고 바깥의 '境'을 피하면 '境'이 '心'의 장애를 일으킨다. 그러면 어떻게 해야 하는가? "'境'이 있으니 '心'도 생기지만, '心'이 없다면 '境'도 생기지 않는다"고 했다.(이하 389면) '心'이 없다는 것은 일정한 데 머무르지 않고 융통자재한 상태를 말한다. 어느 '境'에도 치우치지 않으면 모든 '境'이 허공과 같이 되어 장애가 될 수 없다.

이렇게 말하고 만 것을 출발점으로 삼아 생각을 더 할 수 있다. 사람은 '境'과 관련을 가지고 살아간다. '境'을 부정하거나 없앨 수는 없다. '境'을 이용하면서 매이지 않고, '境'과의 관계가 한정되어도 무한한 가능성을 생각하면 주체의 능력을 자유롭게 발휘할 수 있다.

흐엉하이는 불교로 불교를 넘어서는 깨달음을 얻었다. 현실에 능동적으로 대처하는 지혜를 말했다. 이것은 네 세기 전쯤 李奎報(이규보)가 〈答石間〉(답석문)에서 한 말과 흡사하다. 요긴한 대목을 든다.

"나는 안으로 실상을 온전하게 하고, 밖으로 인연의 경계를 비운다. 물건을 위해 부림을 당한다고 해도 물건이 마음에 있지 않다. 사람에게 밀림을 당한다고 해도 말려들지는 않는다. 다그친 다음에 움직이고, 부른 다음에 간다. 갈 만하면 가고, 멈출 만하면 멈춘다. 가함이 없고, 불가함도 없다. 그대는 빈 배를 보지 못하는가? 나는 그것과 비슷하다."(子則內全實相 而外空緣境 爲物所使也 無心於物 爲人所推也 無忤於人 迫而後動 招而後往 行則行 止則止 無可 無不可也 子不見虛舟乎 子類夫是者也)

이규보는 불교에서 출발하지 않고 세상 경험을 하면서 깨달아 안바를 돌이 묻는 데 대답한다는 기발한 우언을 지어 나타냈다. 불리한 처지에서 억눌리거나 짓밟히고 있는 사람들이 비굴하게 굴종하지 않고 당당하게 살아가면서 주어지는 상황에 적절하게 대처하는 방안이 무엇인지 밝힌 것이 두 사람이 함께 수행한 작업이다. 두 사람이 한 말을 합쳐서, 범부가 침해받아 괴로워하지 않고 당당하게 살아가려면 부처의 마음을 지녀야 한다고 할 수 있다.

흡사한 유산이 다르게 취급된다. 이규보의 논설은 철학이 아니라고 여겨 한국철학에서 취급하지 않는다. 흐엉하이의 지론은 사상으로 높이 평가되어 월남사상사에서 큰 자리를 차지하고 있다. 폐쇄되어 있는 철학사보다 개방을 장점으로 하는 사상사가 더 큰 기여를 한다. 사상사는 어느 학문 분야가 자기 것이라고 주장하지 않아 만인이 드나드는 광장이다.

레귀돈

월남도 한국처럼 송나라 유학을 14세기부터 받아들였다. 李滉(이황, 1501-1570)과 같은 시기에 응우엔 빈 키엠(Nguyen Binh Khiem 阮秉謙 완병겸, 1491 - 1585)도 太極(태극)이나 理氣(이기)에 관한 논의를 하면서 理를 소중하게 여기는 경향을 보여주었다. 氣일원론을 주장하는 徐敬德(서경덕) 같은 선학이 월남에는 있지 않아, 반론을 제기하려고 理氣이원론을 분명하게 정립할 필요는 없었다. 논쟁이 없어, 사상의 경향이 철학의 논리로 다져지지 않았다고 할 수 있다.

이런 전례를 알고 레귀돈(Le Quy Don 黎貴惇, 1726-1784)을 이해할 필요가 있다. "우리나라 역사상의 다른 사상가들처럼 레귀돈은 철학논문이 없고 철학적 인용이나 평론만 있다"고 했다. 그렇더라도 레귀돈의 사유는 "세계관의 기본에 속한 문제들에 이르렀다"고 했다. (이상 439면) 사상사를 써서 철학에 관한 논란을 고찰해야 한다는 말이다. 그 내역과 서술 방법이 둘 다 검토의 대상이다.

서술한 내용은 레귀돈이 (가) 민족의 특색을 가진 사고를 하고, (나) 온 인류의 견식을 받아들이고, (다) 유교의 독주를 견제하고, (라) 세계관의 기본문제를 인식한 공적이 있다고 평가했다. (가)에서 (다)까지는 사상의 경향에 관한 것이고, (라)만 본격적인 철학이다.

사상의 근거가 되는 철학에 대한 논의를 뒤로 돌린 것은 적절한 서술 방법이 아니다.

(가)는 새삼스러운 의의가 있는 것이 아니었다. 중국의 침공에 대항하면서 나라를 지키고 문화를 이룩해온 월남에서 민족의 특색을 가진 사고를 하는 것은 당연하다. 레귀돈이 월남의 문화유산에 대한 지식을 확대하고 종합했다고 높이 평가했는데, 이것은 다룬 내용과 서술한 관점 양면에서 미흡하다. 지식의 양이 아닌 질, 사실을 포괄하는 원리가 소중하고, 특수성을 들어 자기를 옹호하지 말고 보편적 가치를 재인식해야 한다.

(나)는 서양에서 전래된 새로운 지식을 많이 얻어 견식을 넓혔다는 것이다. 당연한 말이지만, 문화상대주의로 나아가기만 하면 자아를 상실할 수 있다. (다)에서 유교를 불신하고 다른 여러 사상을 받아들이는 것도 같은 결함을 지녀, 의식이 분열된 상태에 중심을 잃고 방황할 수 있다. 사상의 주류를 이루어온 유교를 내부에서 혁신해 독소를 제거하고 나와 남, 우리와 세계를 바람직하게 이해하는 개방의 원리를 밝혀야 한다.

(라)에서 "레귀돈은 '氣'가 해, 달, 별, 우주공간, 천둥, 폭풍 등을 발생시킨다고 주장했다. 이 인식은 중국 고대 사상가들의 책을 읽어 얻은 것이고 그것이 근대유럽과학의 지식으로 보충되었다. 그렇기 때문에 그 지식은 송나라의 理학자들의 氣에 대한 관점보다 더 풍부하고 증명의 기초를 잘 갖추었다. 氣로써 만물의 실제적인 기원과 본질은 아직 말해낼 수 없었지만, 레귀돈의 철학적 입장이 유물론적임을 보여주었다."(439면)

"氣와 理는 대립하지 않는다고 했다. 음과 양, 홀과 짝, 지와 행,

체와 용이라는 개념은 대립시켜 말할 수 있지만 理와 氣는 대립시켜 말할 수 없다고 했다. 理는 氣의 한 속성으로 여겼다. 理가 氣 속에 있고, 각 사물에 理가 하나씩 있다고 했다. 理는 봉건도덕의 한 정신 실체가 아니고, 사물이 존재하고 발전하는 규칙이라고 했다. 이것은 인식방법 및 인식목적 측면에서 깊은 의미가 있는 문제 제기 방법이다."(440면)

이렇게 말한 것은 氣철학에 대한 초보적이고 서론적인 논의이다. 徐敬德(서경덕, 1489-1546)은 일찍이 "氣 바깥에 理가 있는 것이 아니다. 理라는 것은 氣의 원리이다"(氣外無理 理者氣之宰也, 〈理氣說〉)라고 논파했다. 레귀돈은 2백여 년 뒤에 비슷한 견해를 여러 말로 펴기나 하고 종시 적실하지 못하다. 서경덕이 하나의 氣가 둘을 산출해 生克의 관계를 가진다(一不得不生二 二自能生克 生則克 克則生, 〈原理氣〉)고 한 것과는 거리가 멀어, 서론에 머무르고 앞으로 나아가지 못했다.

현실을 직접 체험하고 연구해 철학을 혁신했다고 하지 않고, 중국 고대의 책을 읽어서 안 바를 근대 유럽과학으로 보충했다고 해서, 철학을 지식으로 여기는 수준에 머물렀다. 氣에 관한 레귀돈의 견해가 송유보다 앞섰다고 막연하게 말하고 철학적 논거를 들지 않았다.[25] 氣는 유물론에서 말하는 물질보다 더욱 포괄적이라는 사실은 논외로 하고 氣철학은 미흡한 유물론이라고 하는 견해는 도처에 있

---

25 張載와 서경덕의 차이에 관해 《창조하는 학문의 길》, 360-362면에서 밝혀 논했다.

으나, 위의 서술은 정도가 심하다. 레귀돈이 모자라는 것만 그 이유가 아니고 논자의 견해가 피상적이기 때문이다.

우리의 경우에는 徐敬德이 개척한 존재론이 저류로 이어지다가 발전했다. 任聖周(임성주, 1711-1788)·洪大容(홍대용, 1731-1783)·朴趾源(박지원, 1737-1805)이 인성론과 사회철학을 보태고, 崔漢綺(최한기, 1803-1877)가 인식론 혁신을 추가해 기철학의 세찬 발전을 이룩했다. 유교를 내부에서 혁신해 독소를 제거하고 나와 남, 우리와 세계를 새롭게 이해하는 개방의 원리를 실제로 밝힌 것을 보자.

하나이면서 둘인 氣가 상생하면서 상극하고, 상극하면서 상생하는 것에 근거를 두고 그 작업을 했다. 레귀돈이 했다는 (가)·(나)·(다)가 철학에서 정립한 근본 이치와 필연적인 관계를 가지고 이어졌다. 백과사전적 지식을 열거하는 것과 철학을 하는 것은 아주 다르다. 박식하면 철학자가 되는 것은 아니다.

무엇을 어떻게 했는지 말해보자. 홍대용이 누구나 자기 쪽은 '內'이고 다른 쪽은 '外'이며, 자기 쪽은 '華'이고 다른 쪽은 '夷'라고 하는 것이 보편적 이치라고 한 것은 잘 알려져 있다. 최한기는 한 걸음 더 나아갔다. 〈除袪不通〉(제거불통, 《神氣通》 권3)에서 다음과 같이 말한 것은 모르고 있으므로 좀 길게 인용하지 않을 수 없다.

"사람의 일에 통하지 않는 자는 반드시 자기의 일만 뽐내고 자랑하며, 타인의 일은 비방하고 훼손한다. 집안의 일에 통하지 않는 자는 반드시 자기 집의 일만 기리고 추키며, 다른 집의 일은 헐뜯고 나무란다. 다른 나라 일에 통하지 않는 자는 반드시 본국의 일만 칭찬하고 자랑스럽다고 하며, 다른 나라의 일은 깔보고 싫어한다. 다른 종교의 교리에 통하지 않은 자는 반드시 자기 종교만 높이고 대단하게 여기며, 다른 종교는 물리치고 배척한다."(不通乎人之事者 必誇伐己之事 而非毁人之事 不通乎人家之事者 必讚揚己家之事 而誹訕人家之事 不通乎他國之事者 必稱譽本國之事 而鄙訾他國之事 不通乎他敎法者 必尊大其敎 而攘斥他敎) "物(물)과 내가 통하는 마땅함을 얻으면 나와 타인이 서로 받아들여, 사람의 도리가 이룩된다. 다른 집안과 나의 집안이 서로 화목해 선한 풍속이 형성된다. 크고 작고 멀고 가까운 나라들이 서로 마땅함을 지키면, 예의와 양보가 생겨나고, 윤리에 따라 법률이 이루어진다. 인정에 맞게 교육을 하고, 법률과 교육이 밝게 정비된다. 삶을 소중하게 여기고, 죽음은 소중하게 여기지 않는다. 사물을 취하고 버리는 것이 이로운가 해로운가에 있고, 이쪽이냐 저쪽이냐에 있지 않다. 이것이 변하고 통하는 방법이 된다."(通物我而得其常 則我與人相參 而人道立焉 人我之家相和 而善俗成焉 大小遠近之國 相守其宜 禮讓興焉 從倫常而立法 因人情而設敎 法敎修明 貴生活 而不貴死朽 事物取捨 在利害 而不在彼此 是爲變通之術)

"物과 내가 통하는 마땅함을 얻는다"는 것이 문제 해결의 출발점이다. '物'이라고 한 것에 자연물도, 사람이 아닌 다른 생물도 포함된다. 사람은 자연보다 위대하고 다른 생물보다 우월해 무엇이든 지배하고 유린할 수 있다는 생각을 버리고, 氣를 발현하고 삶을 누리는 점에서 피차 대등하다고 하는 것을 알아야 한다고 했다. 하나인 氣가 둘로 나누어져 生克의 관계를 가진다고 하는 氣철학의 기본원리가 변하고 통하는 방법을 갖추어 소통론으로 쓰였다.

우리가 할 일

월남사상사는 다룬 유산이 미비하고, 서술이 엉성하다. 큰 기대를 가지고 읽으면 실망할 수 있다. 월남은 철학사라고 하기는 부족해 사상사를 쓴다고 했다. 우리는 철학사가 있다. 문명권이 아닌 민족 단위의 철학사가 있는 곳이 어디 더 있는가? 우리만인 것 같다. 이 것은 자랑이면서 부담이다. 부담인 것을 심각하게 생각하자.

우리는 철학사를 잘 쓰지 못하고 헤매고 있다. 논쟁이 많았으므로 철학이 이룩되고 철학사를 서술할 유산이 전한다. 논쟁은 동력이면서 질곡이기도 하다. 철학사 서술에서 논쟁을 계속하고 논리를 엄정하게 하려다가 필요 이상의 충돌이 일어난다. 포용력을 가지고 대국적으로 사태를 수습하는 데 월남사상사가 도움이 된다.

월남사상사는 우리의 남북이 함께 나아가야 할 공동의 방향을 암시한다. 월남사상사를 거울로 삼고 잘못을 반성할 필요가 있다. 북쪽의 철학사는 관념론에 대한 유물론의 투쟁만 평가하는 좁은 시야에서 벗어나 민족문화 유산을 광범위하게 계승해야 한다. 남쪽의 철학사 논의는 각자의 근시안적 집착 탓에 혼미해진 상태에서 벗어나, 거시적인 관점을 갖추고 역사의 진로 개척에 기여해야 한다. 민족모순이나 문명모순을 바람직하게 해결할 수 있는 통찰력을 갖추는 것이 공동의 과제이다.

남북 양쪽에서 각기 해야 할 일을 성실하게 하면 만나게 되어 있다. 자주 만나 교류를 확대하고 양보할 것은 양보해 적절한 선에서 타협하면 어려운 문제가 해결될 것이라고 안이하게 낙관하지 말아야 한다. 학문이나 사상 분야에서 할 일을 충분히 한 성과를 두고 저술 단위의 토론을 진행해야 통일의 기반을 다질 수 있다.

철학사를 사상사로 후퇴시켜 월남과 동행할 수는 없다. 앞으로 나아가 철학사를 바람직하게 쓰면서 철학의 구김살을 펴는 거대한 경륜을 갖추어야 한다. 남북 학계의 지혜를 모아 철학사를 함께 쓸 수 있으면 통일을 저해하는 이념적 장애가 모두 제거된다.

그 작업을 위해 필요한 최소한의 기본설계를 생극론에서 마련하자고 제안한다. 생극론은 주체적이면서 보편적인 철학이다. 동아시아철학의 정수를 민족문화로 재창조한 유산을 이어받아 주체적 학문의 가치를 입증하면서 세계사적 과업을 수행할 수 있다.

상극이 상생이고 상생이 상극이라는 것은 민족통일의 철학으로 가치를 발현하고, 인류를 불행하게 하는 민족모순이나 문명모순을 해결하는 지침이 된다. 생극론을 교리화하는 것은 자살이다. 모든 것을 포용한다면서 다른 주장은 배제하는 자가당착을 저지르지 말아야 한다. 생극론은 생극론이 아니어야 할 일을 한다.

생극론은 없는 듯이 움직여야 한다. 다른 철학을 배격하지 말고, 무엇이든지 포괄하는 융통성을 가지면서 원론보다 각론에서 더 많은 일을 자랑하지 않고 해야 한다. 남북에서 각기 창조하는 철학이 만나 상극이 상생임을 커다랗게 구현할 수 있으면, 생극론은 이름을 지우고 사라질 수 있다.

낮은 자리에서

이름이 없어야

부처가 아니어야

낮은 자리에서

1

차등론자는 자기 위치를 높인다. 높은 위치에서 위세를 뽐내면서 지배력을 행사하고자 한다. 차등론을 거부하고 대등론을 대안으로 제시하려면 차지하고 있는 위치를 낮추어야 한다. 낮은 자리로 내려와야 대등한 화합을 이룩하자고 할 수 있다.

낮은 자리로 내려오면 무력해지지 않는가? 무력해지고서 어떻게 세상을 움직여 화합을 이룩하는가? 이런 의문에 대답하기 위해, 자리가 낮은 덕분에 넓게 포용하는 감화력을 갖추는 것을 구체적인 본보기를 들어 말하고자 한다. "상여 앞소리꾼이 최고의 예술가이다." 2017년 11월 16일에 방영된 교육방송의 〈시대와의 대화: 국문학자 조동일〉에서 이렇게 말한 데 최상의 본보기가 있다.

피해자여서 축적한 분노가 민중의식이라고 하는 것은 相克(상극)의 일면만 아는 단견이다. 다른 일면도 알아야 生克(생극)이 온전해진다. 더 낮은 사람이 없어 어느 누구도 멸시하지 않는 하층민이 모든 사람을 포용하며 공동체 전체를 결속시키는 相生(상생)의 주체 노릇을 하는 것도 알고 평가해야 한다. 분노가 포용이고, 포용이 분노인 것까지도 밝힐 수 있어야 한다.

2

내 고향 마을 이야기를 하기로 한다. 내 고향은 경상북도 영양군 일월면 주곡리 주실이다. 앞산은 800미터쯤, 뒷산은 1,200미터쯤 되는 산골 마을이다. 거기서 어릴 적에 보고 들은 기억이 어렴풋하게 있고, 나중에 다시 가서 알게 된 사실에 대해 말하고자 한다.[1]

우리 마을에 여러 등급의 문학이나 예술이 있다. 노래라고 할 수 있는 것에 漢詩(한시)·가사·현대시가 있고, 민요도 그 가운데 하나이다. 민요는 대단하게 여기지 않지만 가장 자랑스러운 유산인 것을, 학문에 뜻을 두고 조사를 하려고 가서 분명하게 확인했다.

"공부하려고 고향을 떠났는데, 공부란 다름이 아니라 고향으로 돌아가기 위한 멀고 험한 길이라는 것을 알았다." 그때 꿈에서 깨어난 듯한 충격을 받고, 이런 말로 나타낸 적 있다. 고향에 돌아가 민요의 가치를 발견한 것이 입산수도와 같은 의의를 가지고 뒤이은 모든 연구의 방향을 결정했다.

민요는 하층의 전승이고, 민요를 부르는 집단을 인도하는 앞소리꾼은 지체가 미천하고 학식과는 거리가 멀다. 표면은 그렇고, 이면은 다르다. 중요한 일이 있을 때 으레 맡아서 부르는 민요의 힘으로 마을 사람이 모두 하나가 되게 한다. 상층에서 할 수 없는 일을 가장 낮은 자리에서 맡아 대등한 화합을 이룩하는 본보기를 보인다.

---

1 이 글은 2019년 2월 23일 한국민요학회에서 발표하고 《한국민요학》 55집(한국민요학회, 2019. 4.)에 게재한 《민요는 얼마나 소중한가》를 서두와 결말을 바꾸고 논지를 보완해 다시 쓴 것이다.

3

지체 높은 남자들은 한문을 공부하고 한시를 지었다. 동아시아문명권의 일원임을 잘랑하면서, 당면한 현실에 대한 중대 발언을 하기도 했다. 趙任(조임, 1573-1644)이라는 분이 임진왜란 때 의병으로 나서서 〈南征〉이라는 장시를 지었다. 마을을 떠나 대구를 거쳐 남쪽으로 가면서 보고 생각하고 다짐한 바를 전했다. 한 대목을 든다.

曠野入望中 넓은 들 눈 안에 들어와도
赤地少稼穡 마른 땅에 농사지은 것 적다.
胡天降楘割 어찌 하늘이 재앙을 내려
使我靡遺子 우리 백성의 씨 말리려 하는가.
道逢一隊師 길에서 한 무리 군사를 만나니
咸願爭死敵 모두 죽을 각오로 적과 싸우려 하네.
旣云同聲氣 소리와 기백 이미 같다고 말하고,
聊與吐胸臆 가슴에 품은 바를 함께 토로하네.

지체 높은 여성들은 가사를 짓고 읽는 것을 취미로 삼아 국문문학의 발전에 기여했다. 그런 전통의 마지막을 장식한 趙愛泳(조애영, 1911-2000)은 창작한 작품을 모아 새 시대의 방식에 따라 《隱村內房歌辭集》이라는 책으로 출판했다. 그 열정과 재주를 이어 두 조카가 趙世林(조세림)·趙芝薰(조지훈)이라는 이름으로 알려진 시인이 되었다. 고모의 고전문학과 조카들의 현대문학이 바로 이어져 전통 단절론을 극복하는 소중한 자료를 제공한다.

지체 낮다는 사람들은 민요를 독자적인 예술 영역으로 삼고 알뜰하게 가꾸어왔다. 민요는 남녀의 것이 구분된다. 여자들은 길쌈을 하면서 이야기가 있는 민요를 길게 부른다. 이런 것을 서사민요라고 이름 짓고, 전승되는 자료를 우리 마을에서 시작해 남쪽으로 청송군을 거쳐 영천군에 이르기까지 조사해 연구한 책이 《서사민요연구》이다. 길쌈 노래 서사민요를 출발점으로 삼아 문학에 대한 새로운 탐구를 하는 논하는 연구의 긴 여정을 시작했다.

모내기노래는 남녀가 한 줄씩 주고받으면서 부른다. 남자들이 "방실방실 해바라기 해를 안고 돌아서네"라고 하면, 여자들이 받아서 "어제 밤에 우리 님은 나를 안고 돌아서네"라고 한다. 이런 것을 교환창이라고 한다. 모내기를 하면서 교환창의 사랑 노래를 불러 심은 모가 잘 자라게 하는 오랜 전통이 다른 데는 없어졌는데 우리 마을에서는 이어졌다. 전국민속예술경연대회에 나가 모내기노래를 이렇게 불러 상을 받았으며, 전문 학자들까지 놀라게 했다.

남자들만 위세 당당하게 부르는 민요는 장례요이다. 사람이 죽으면 상여소리를 부르면서 시신을 운반하고, 시신을 매장하고는 덜구소리를 부르며 무덤을 다지는 것은 하층 남성으로 구성된 전문집단의 소관이다. 상여소리나 덜구소리는 선후창으로 부른다. 한 사람이 길게 이어지는 앞소리를 하면, 다른 사람들은 단순한 여음을 되풀이하는 뒷소리를 한다.

4

어려서 들은 상여소리를 잊지 못한다. 사설은 제대로 알아듣지 못했으나 구슬픈 가락이 마음을 깊숙이 흔든 것이 내가 평생 접한 모든 예술 공연 가운데 가장 강렬한 기억을 남기고 있다. 코흘리개 시절에 죽음을 생각해야 하는 것이 큰 충격이었다. 그때 보고 들은 것이 의식 깊은 층위에 내려가 있다가 이따금 위로 올라와 일상적인 나에게서 벗어나 몽환경 속으로 들어가게 한다. 그 이유와 의미를 캐는 것이 크나큰 공부이다.

어릴 적의 기억을 안고 민요조사를 하러 갔을 때 우리 마을의 앞소리꾼은 오수근이라는 분이었다. 이름을 한자로는 어떻게 쓰는지 모른다. 묻는 것이 실례라고 생각했다. 만났을 때 59세였다. 체구는 자그마한데 소리를 시작하면 대단한 경지였다. 최고의 기량을 가지고 필수의 임무를 담당하고 있었다.

마을에서 과세를 하게 되어 그분을 찾아뵙고 세배를 했다. 이 일이 알려지자 마을 어른들이 호통을 쳤다. 조상 대대로 이어온 마을의 질서를 무너뜨리는 것을 용서하지 않는다고 했으나, 나는 개의하지 않았다. 가장 존경하는 어른에게 세배를 하는 것이 당연하다고 여겼다. 아래 위의 구분을 없앨 때가 되었다고 내심으로 선언했다.

앞소리꾼은 한 사람으로 정해져 있다. 최고의 기량은 나누어 가질 수 있는 것이 아니다. 노쇠하거나 세상을 떠날 때까지 장기 집권을 하는 것이 너무나도 당연하다. 그 사이에 후계자를 길러야 하는 것은 아니고 후계자가 될 사람이 스스로 노력해 대권을 물려받을 수 있는 자격을 갖추어야 한다.

앞소리꾼은 목청이 좋아야 하고 문서가 풍부해야 한다. 문서가 풍부하다는 것은 기억하는 것이 많고 새로 지어내는 창조력이 뛰어나다는 말이다. 남다른 능력을 가지고 오랜 수련을 거쳐야 한다. 지신밟기를 할 때 풍물패를 지휘하는 상쇠 노릇을 하면서 덕담을 맡아서 하는 것이 예사이다. 모내기노래를 비롯한 다른 여러 노동요를 부를 때에도 큰 활약을 한다. 마을의 모든 공연예술을 주도한다.

상여소리를 어떻게 하는지 보자. 앞소리꾼은 상여를 메지 않고 행렬 맨 앞에서 가면서 요령을 흔들며 긴 사설을 갖춘 앞소리를 한다. 상여를 메고 가는 상두꾼들은 여음을 되풀이하면서 뒷소리를 한다. 주고받는 소리가 모두 힘을 내게 하고 지루하지 않게 하는 노동요이면서 고인을 무덤으로 모셔가는 장례요이다.

뒷소리의 여음은 언제나 같고, 앞소리의 사설은 기본적으로 같으면서 경우에 따라 다르다. 죽어서 떠나가는 것은 어느 사람이든 같아 하던 소리를 다시 한다. 죽음을 길게 서러워할 것은 아니라고 한다. 사람은 누구나 죽는다. 저승길이 멀다 해도 대문 앞이 저승이다. 적막강산에 누워 있는 것이 외롭다고 하기만 할 것은 아니라고 한다. 죽음은 받아들이면 문제가 될 것이 없다. 내세의 구원을 희구할 것은 아니다. 이런 말이 당연하다고 인정되어 시비가 일어나지 않는다.

그러면서 죽은 사람이 누구이며 남은 사람이 누구인가는 다 달라 하는 말이 일정하지 않다. 죽은 사람이 하고 싶은 말, 죽은 사람이 남은 사람에게 남기고 싶은 말, 남아 있는 사람이 죽은 사람에게 전하고 싶은 말을 구체적인 형편에 맞게 한다. 남아 있는 사람 누구누구를 불러내 고인이 특별히 하고 싶은 말을 전하기도 한다. 손을 잡으면서 이별을 한탄하기도 한다.

이런 앞소리꾼들 덕분에 더욱 생동하는 구비문학이 면면히 이어지면서 국문문학의 원천이 되고, 한문학에 자극을 주어 문학사가 역동적으로 전개되도록 했다. 이것이 우리문학사의 특징이라고 《한국문학통사》를 길게 써서 자세하게 고찰했다. 민요의 고장에서 자라난 촌사람의 이점을 최대한 살려, 한국문학사에서 동아시아문학사로, 다시 세계문학사로까지 나아갔다.

5

상여소리에 이어서 덜구소리까지 한참 들어보자.

상여소리 (가)

너호너호 에이점차너호 나는 간다 나는 간다.
너를 두고 나는 간다
　　　너후너후 에이넘차너후.
대궐 같은 저 집을랑 누굴 맽기고 간다 말고.
　　　에이에이 너무넘차후.
　　　너후너후 에이넘차너후.
사람이라 내가 나면, 일평생을 내 못 사고.
　　　에이에이 너무넘차후.
　　　너후너후 에이넘차너후.
얼시구 내 못 살고 황천길이 웬 말이로.

상여소리 (나)

때가 늦고 시절 늦어 이때 저때 다 보내고.
　　　에이에이 너무넘차후.
　　　너후너후 에이넘차너후.
잘 있거라 잘 있거라 우리 아들 잘 있어래이.
　　　에이에이 너무넘차후.
　　　너후너후 에이넘차너후.
이승 구경 다하고야 저승에야 나는 간대이.
　　　에이에이 너무넘차후.
　　　너후너후 에이넘차너후.

상여소리 (다)

불쌍하다 우리 부모 인제 가면 언제 오노.
　　　에이에이 너무넘차후.
　　　너후너후 에이넘차너후.
명년이라 춘삼월에 꽃 피거든 오실라나.
　　　에이에이 너무넘차후.
　　　너후너후 에이넘차너후.
제사 때나 와서 이내 난들 만나볼까.

덜구소리 (가)

역려 같은 이 세상에
　　　어허리 달개여
초로 같은 이 인생이
　　　어허리 달개여

노던 친구 하직하고,
　　　　　어허리 달개여
북망산천 들어갈제
　　　　　어허리 달개여
황토로 밥을 삼고,
　　　　　어허리 달개여
떼딴지로 옷을 삼아
　　　　　어허리 달개여
속새로 울을 삼아
　　　　　어허리 달개여
낙락장송 벗을 삼아
　　　　　어허리 달개여
기 홀로 누웠으니,
　　　　　어허리 달개여
어느 누가 날 찾을꼬
　　　　　어허리 달개여

덜구소리 (나)

덜구소리 나거들랑
　　　　　어허리 달개여
엉구벌죽 물러서소
　　　　　어허리 달개여
행전말을 주점이며
　　　　　어허리 달개여
꼴두상투 건들거리며,
　　　　　어허리 달개여
귀나 한 귀 찾아보세.

　　　　어허리 달개여
외발 가진 돌자귀요.
　　　　어허리 달개여
두발 가진 까마귀라.
　　　　어허리 달개여
시발 가진 통나귀요
　　　　어허리 달개여.
니발 가진 당나귀라.
　　　　어허리 달개여
양반 상인 도포귀요.
　　　　어허리 달개여
아전 관속 직립귀라.
　　　　어허리 달개여
바우 밑에 꺽다귀요.
　　　　어허리 달개여
아해 중은 바랑귀요.
　　　　어허리 달개여
어린 중놈 송낙귀라.
　　　　어허리 달개여
이 귀 저 귀 합쳐보니,
　　　　어허리 달개여
아홉 귀가 분명하네.

덜구소리 (다)

에이 용화, 용코 말고,
　　　　어허리 달개여
도랑용도 용일런가.

어허리 달개여
어화 소리 나거들랑
　　　어허리 달개여
한 마딜랑 높게 하고,
　　　어허리 달개여
한 마딜랑 낮게 하소.
　　　어허리 달개여
청룡 황룡이 굽우를 치네.
　　　어허리 달개여

　진행 단계에 따라 소리의 완급이나 장단이 결정된다. 상여소리는 무거운 상여를 메고 오래 가면서 계속 불러야 하므로 유장하게 이어진다. 앞소리꾼이 사설에다 붙여 넘겨준 여음을 뒷소리꾼이 불러 중단이 없게 한다. 덜구소리는 무덤을 다지는 데 쓰는 덜구(달고, 달구)라는 들돌을 새끼로 얽어 들었다 놓았다 하는 움직임에 맞게 짧은 말이 반복된다. 앞소리와 뒷소리가 빠르고 절도 있게 교체된다.
　상여소리에서는 말하는 사람이 달라진다. (가)는 죽은 사람이 스스로 하는 말이고 자문자답이다. 떠나기 싫은데 떠난다고 자기만의 사정을 들어 말하기도 한다. (나)는 죽은 사람이 남은 사람에게 하는 말이다. 남은 가족이 누군가에 따라 말은 달라진다. (다)는 남은 사람이 죽은 사람에게 하는 말이다. 죽은 사람을 누가 다시 만나고 싶어 하는가에 따라 사설이 바뀐다. 앞소리꾼이 이 세 가지 말을 다 하면서 죽은 사람과 산 사람, 죽음과 삶을 연결시킨다.
　덜구소리를 부를 때에는 앞소리꾼이 적극적으로 나서서 장례 참가자들을 죽음에서 삶으로 이끈다. (가)는 죽은 사람이 하려는 말을 대신 전하는 것이다. 무덤에 묻혔으니 외롭고 쓸쓸하지만 주위에 있는 모든 자연물이 보호해준다고 여기고 위안을 얻는다고 한다. (나)에서는 재미있는 말을 이어나가면서 관심을 삶으로 돌린다. 두 단계 진행을 갖춘 것을 아래의 두 단락에서 정밀하게 분석한다.

(나)의 첫 단계에서 "덜구소리 나거들랑 엉구벌죽 물러서소, 행전 말을 주점이며, 꼴두상투 건들거리며"는 구경하는 사람들에게 하는 말이다. 덜구소리를 하면서 함께 일하는 것이 장례를 위한 노동이기만 하지 않고 신명풀이기도 하다는 것을 직접 말할 수는 없어 간접적으로 알린다. "엉구벌죽"은 원하지 않으면서도 어색하게 일어나 동작을 함께 한다는 뜻을 지닌 절묘한 말이다. "행전"은 바지에 감은 헝겊이다. 몸을 춤추듯이 움직이니 행전 끝이 가만 있지 않고 조금씩 들석이는 모습을 "주적거리며"라고 해야 할 것을 "주점이며"라고 감칠맛 있게 간추렸다. "꼴두상투"는 꼭대기에 있는 상투이며, 상투 꼭대기라고 이해할 수도 있다. 상투 꼭대기가 건들거리며 춤을 춘다는 말이다. 구경하는 사람들도 신명을 내고 덜구꾼들과 함께 춤을 춘다고 죽음에서 삶으로 나아간다.

(나)의 둘째 단계에서는 "돌저귀", "까마귀", "당나귀"처럼 끝에 "…귀"가 오는 말이 얼마나 더 있는가 말해 보자고 하면서 관심을 말놀이로 돌린다. 말놀이는 다른 모든 것을 잊게 하는 마력이 있다. 죽음을 잊게 하는 최상의 치료제이다. 이탈에서 성공하고는 가고 싶은 길로 간다. "…귀"로 끝나지 않은 말들까지 주어 섬기면서, 양반, 상인, 아전, 관속, 승려 등으로 나누어져 차등을 겪는 각양각색의 사람들이 모두 "…귀"인 것은 마찬가지라고 한다. '귀'가 단순한 허사에서 '구석'이라는 뜻을 지닌 실사로 바뀐다. 모든 사람은 자기 나름대로

세상의 한 구석을 차지하고 있어 특별히 잘난 것도 없고 특별히 못난 것도 없다고 하는 놀라운 말을 한다. 끝으로 "이 귀 저 귀 다 합쳐보니 아홉 귀가 분명하네"라는 것은 이 사람 저 사람 있는 대로 합치면 완결에 가까이 간 아홉은 된다고 한다.

죽음의 노래가 삶의 노래로 되어, 간략한 말로 많은 것을 암시한다. 차등을 대등으로 바꾸어놓으면서, 아직 미완이어서 열이 아닌 "아홉"이라고 한다. 차별을 받아 분노해야 할 사람이 모두를 포용하는 데 앞서서, 분노가 포용이고 포용이 분노이게 한다. 고난을 겪으면서 어렵게 사는 것을 행운으로 삼고 지극히 높은 이치를 깨달아 모든 사람에게 알려준다.

(다)는 덜구소리를 마칠 때 덜구를 높이 치어들어 용화소리라는 것을 하는 대목이다. 덜구가 높이 올라가 약동하는 것을 "청룡 황룡이 굽우를 치네"라고 한다. 죽음은 어디갔는지 행방을 감추고, 삶의 약동의 예찬이 절정으로 올라가는 것이 결말이다.

(가)에서 (다)까지 전개되는 앞소리꾼의 사설은 놀라운 작품이다. 趙芝薰이 이런 수준의 시를 지었는가? 조지훈은 문학관을 만들어 높이 받들면서 앞소리꾼이 최고의 예술가인 것은 무시하고 말 수 없다.

앞소리꾼은 마을의 사제자이기도 하다. 최하층의 사제자가 밑에서 보듬으니 빠지는 사람도 예외자도 없다. 이것은 향교의 전교도, 사원의 승려도, 교회의 목사, 부르면 오는 무당도 할 수 없는 일이다. 그런 개별적인 종교의 사제자는 자기 단골만 챙기고, 앞소리꾼 사제자는 친소 관계를 가리지 않고 모든 사람을 돌본다.

그 이유를 둘 들 수 있다. 영향력을 늘리거나 이득을 챙기려고 하지 않고 무조건 봉사하기 때문에 시기질투의 대상이 되지 않는다. 다른 하나 더 중요한 이유는 사제 행위를 오직 소리를 하면서 예술로 하면서, 예술이 종교보다 더 큰 힘을 지닌 것을 입증하기 때문이다. 앞소리꾼의 예술은 상극이 상생이게 하는 위대한 힘을 발휘한다.

앞소리꾼이 모두를 보듬어주는 마을은 공동체이다. 공동체의 결속이 와해되는 것 같다가도 누가 죽어 앞소리꾼이 나서야 할 일이 생기면 회복된다. 장례가 마을 전체의 일이다. 돈이 있으면 돈으로, 돈이 없으면 음식으로, 음식도 노동을 보태 해야 할 일을 함께한다. 죽은 사람이 외롭게 가지 않게 해서 산 사람도 외롭지 않게 한다.

6

그런 풍속이 지금은 잘 이어지지 않는다. 우리 마을에서 들어보니 4·19를 겪고 세상이 달라졌다고 한다. 하층이었던 사람들만 상여를 메라는 법이 어디 있는가 하면서 손을 놓았다. 상층이라고 자처하던 쪽이 감당하겠다고 나섰으나 서툴러 일이 되지 않고, 앞소리꾼의 임무를 졸지에 맡는 것은 전연 가능하지 않았다.

하층이 주도한 공동체가 상하의 구분을 없애자 와해된다. 학교에서 갖가지 새로운 예술을 공부하자, 마을 사람들이 하나이게 하는 최고의 예술은 퇴색된다. 좋아진다고 하는 세상에서 소중한 것들이 사라지고 있다.

지금은 상두꾼이 없어진 것이 아니다. 겉보기에는 전에 하던 대로 하는 것 같은 상두꾼 노릇이 벌이 수단이 되고 있다. 돈을 원하는 것만큼 주어야 움직이고 소리도 한다. 소리가 공감을 불러일으키지 못하고, 그리 긴요하지 않은 절차이거나 돈 낚는 올가미가 아닌가 하는 생각이 들게 한다.

마을을 떠난 지 수십 년이 되어도 소식 한 마디 전하지 않다가 선산을 찾아 장례를 지내겠다는 상주는 돈 자랑을 일삼는 특권층이다. 매장을 하지 못하게 하는데도 편법을 이용한다. 벌금을 보태 많은 돈을 우려내도 된다. 이렇게 말하는 것이 정당하다.

명산의 가슴을 훼손해 무덤을 보라는 듯이 크게 쓰고 석물까지 야단스럽게 세워놓은 것을 보면 구역질이 난다. 위대한 선조를 두어 후손은 더욱 위대하다고 한다. 매장을 즉각 완전히 금하는 조처를 하루 빨리 내려야 한다는 생각이 들게 한다.

7

"상여 앞소리꾼이 최고의 예술가이다." 이 말을 하는 글도 처참한 결말에 이르러야 하는가? 아니다. 분노가 포용이고 포용이 분노인 원리를 거대한 규모의 공연으로 나타내야 한다. 갈등과 불신이 심각해 피해를 절감하기 때문에, 있는 그대로 두지 않고 해소하고 공동체로 되돌아갈 수 있게 하는 온 나라의 앞소리꾼이 있어야 한다.

동아시아나 온 세계의 타락도 함께 시정해야 한다. 대책 또한 다르지 않다. 낮아야 포용하는 원리를 온몸으로 실현하는 다국적 앞소리꾼 집단의 출현을 기대한다.

이름이 없어야

1

차등론은 名聲(명성)의 차이를 기본 요건으로 한다. 상위자는 이름이 크게 나는 것이 당연하고, 하위자는 알아주는 사람이 없으니 이름이 있으나 마나라고 한다. 대등론은 이런 주장을 뒤집어, 有名(유명)은 헛되고 無名(무명)이 소중하다고 한다. 하층의 無名에 다가가 세상을 바로 알고 바람직하게 바꾸어놓을 수 있는 지혜를 얻고자 한다.

옛 사람들도 이 점을 깨닫고 無名의 소중함을 밝히고, 無名이고자 했다. 민요 앞소리꾼 같은 이름 없는 백성과는 정반대로 지체가 높고 학식이 많아 有名(유명)의 정점에 이른 高士(고사)들이, 극단적인 전환을 위해 노력한 것을 확인할 수 있다. 앞소리꾼은 마음껏 노래하는 자유를 누리지만, 그런 노력을 하려고 하니 언설이 힘들고 실행은 더 어려웠다.

無名에 다가가고자 한 경과를 고찰하고 계승을 시도한다. 말이 많은 것은 경과가 복잡하기 때문만은 아니다. 지식 열거에 빠진 것이 없어야 한다는 것과도 거리가 멀다. 옛 사람들의 노력을 오늘날의 형편에 맞게 이어받으면서 한 걸음 더 나아가려면 어떻게 해야 하는지 고심하느라고 논의가 순탄하지 않다.

2

서방에서는 有名(유명)을 대단하게 여긴다. 名譽(명예)를 드높이려고 목숨을 걸고 싸운다. 이름이 가장 높고 빛나는 英雄(영웅)이 되고자 한다. 그것은 차등을 키운다. 동방에서는 無名(무명)을 으뜸으로 삼는다. 有名을 두고 생기는 시비나 다툼을 넘어서는 無名의 경지에 이르기를 바란다. 이름도 자취도 없는 隱士(은사)를 높이 평가한다. 이렇게 해서 대등으로 나아간다.

儒家(유가)에서 正名(정명)을 말하는 것은 가치관을 분명하게 하자는 주장이며, 자기 이름을 내려고 하는 수작은 아니다. 佛家(불가)에서는 我相(아상)이 없어야 한다고 하는 거창한 말로, 잘났다고 우쭐대는 것을 경계한다. 無名을 으뜸으로 삼고 다툼을 해결해야 한다고 道家(도가)가 앞서서 편 지론에 儒家나 佛家도 동조해, 이것이 동아시아 사람들의 공통된 소망이 되었다.

無名論이라고 할 수 있는 글이 많이 있다. 모두 훌륭하지만 꼭 마음에 들지는 않아, 〈이름이 없어야〉라고 하는 것을 다시 쓴다. 졸작이라고 나무라면서 후진은 더 좋은 글을 다시 쓰리라고 생각한다.

3

　이름 없는 無名(무명)이 최고의 경지라고, 이름난 스승들이 일찍부터 일러주었다. 老子(노자)는 "無名天地之始 有名萬物之母"(무명은 천지의 시작이고, 유명은 만물의 어머니다)라고 말했다. 천지가 이루어지고 만물이 생겼듯이, 有名(유명)보다 無名이 먼저 있어 모든 것의 근원이 된다고 했다.

　莊子(장자)는 "至人無己 神人無功 聖人無名"(지인은 자기가 없고, 신인은 공적이 없고, 성인은 이름이 없다)고 했다. 최상의 경지에 이른 至人·神人·聖人은 바라는 바가 없는 것이 공통된 특징이라고 하고, 그 가운데 聖人은 이름이 없는 無名人이라고 했다. 無名人이 마지못해 하는 일이 무엇인지 말했다. "遊心於淡 合氣於漠 順物自然 無容私焉 而天下治矣"(마음이 담담한 데서 놀고, 氣가 막막한 것과 합치고, 만물의 자연스러움을 따르고, 사사로운 것을 용납하지 않으면 천하가 다스려진다)고 했다.

　邵雍(소옹)은 號(호)를 無名公이라고 했으며, 無名公이라는 인물의 행적을 기리는 〈無名公傳〉을 지었다. 그 인물이 어려서부터 자유분방하게 살면서 보여준 여러 행적 가운데 無名인 것이 특히 훌륭하다고 했다. "有體而無跡者也"(몸은 있으나 흔적이 없고), "有用而無心者也"(쓰임은 있으나 마음이 없어), "無心無跡者"(마음도 흔적도 없는 사람이어서) 無名이라고 했다. 無名은 이름이 없는 것만이 아니고, 마음도 흔적도 없어 거리낄 것이 없는 경지라고 했다.

　이름이 없다고 하는 無名 대신에, 이름이 잊혔다고 하는 忘名(망명)을 말하기도 한다. 顔之推(안지추)의 《顔氏家訓》(안씨가훈) 〈名實〉

(명실)에서는 "上士忘名 中士立名 下士竊名"(상위의 선비는 이름이 잊히고, 중위의 선비는 이름을 높이고, 하위의 선비는 이름을 훔친다)고 했다. 이름을 얼마나 대단하게 여기는가에 따라 선비의 등급이 나누어진다고 했다.

훔친 이름은 가짜이다. 높인 이름은 계속 노력해야 유지된다. 잊힌 이름은 시비의 대상이 되지 않고 유지하려고 노력할 필요도 없어, 전연 근심거리가 아니다. 이름의 부정적 기능이 사라지니 실상이 온전할 수 있다. 이렇게 말했다.

이런 말은 듣기에 아주 좋지만 실행이 가능한가? 위에서 든 분들 모두 자기네가 말한 대로 실행한 無名人이 아니고, 무명을 기리는 것으로 이름이 나서 有名人이 되었다. 無名 에 관한 논의는 처음부터 어려움을 지닌다.

4

무명인이 되는 것이 얼마나 힘이 드는지 李滉(이황)이 술회한 말을 들어보자. "滉少嘗有志於學"(滉은 일찍이 學에 뜻을 두고) "山林終老之計 結茅靜處 讀書養志"(산림에서 끝내 늙을 계획을 세워, 조용한 곳에 띠집을 얽고, 책을 읽으면서 뜻을 기르려고 했다.) 과거를 보고 벼슬을 하는 동안에 "虛名之累 愈久愈甚 求退之路 轉行轉險 至於今日 進退兩難 謗議如山 而危慮極矣"(虛名의 累가 더욱 오래 되고 더욱 심해지며, 물러남을 구하는 길은 어렵게 되고 험하게 되어 오늘에 이르러 진퇴

양난이다. 주위의 나무람은 산과 같아 위험이 극도에 이르렀다.)

山林處士(산림처사)로 일생을 보내려고 하다가 과거를 보아 벼슬을 하는 동안에 虛名(허명)을 얻었다고 탄식했다. 虛名의 累가 날로 심해졌다고 했는데, 累라는 것은 무엇인가? 累積(누적)이기도 하고 煩累(번루)이기도 하다. 허명이 누적된 것은 자기 손해이고, 허명으로 타인에게 번루의 고통을 끼친 것은 죄과가 된다. 벼슬을 그만두면 허명에서 벗어날 수 있을 것인데, 물러나기도 어려워 주위의 비방을 듣고 있다고 했다.

물러나는 것이 왜 어려운가? 벼슬에 미련이 있기 때문은 아니리라. 국왕이 만류하는 것을 거역할 수 없다는 말인 것 같다. 한 번 작정해서 한 일은 돌이키기 어려우니 작정을 잘 해야 한다고 한 것으로 보면 이해가 깊어진다.

벼슬을 그만두고 물러나면 虛名은 없어지고 有名만 남고, 오래 되면 有名이 無名으로 바뀌는가? 그렇지는 않다. 한 번 얻은 이름은 없어지지 않는다. 無名이기를 바라는 것은 이룰 수 없는 희망이다. 虛名의 '虛'는 다른 사람들이 벗겨주어야 하는데, 名이 높으면 가능하지 않고 기대할 수 없다. 李滉은 지금도 이름이 지나치다고 할 만큼 높다.

5

虛名을 두고 옛 사람들이 많은 말을 남겼다. 李穡(이색)은 자기 잘못을 나무라는 시 〈自責〉(자책)에서 "才薄釣虛名 微功躋膴仕"(재주는 옅으면서 허명을 낚고, 공은 미미한데 좋은 벼슬에 올랐다)고 했다. "膴仕"(무사)는 생기는 것이 많은 좋은 벼슬이다.

"才薄釣虛名"의 "釣"(조)는 "낚시로 낚는다"는 말이다. "微功躋膴仕"의 "躋"(제)는 다리를 들고 좋은 관직으로 올라간다는 말이다. 스스로 올라가면 되는 것이 아니다. 자기 노력은 올려주도록 만드는 데까지이다. "낚시로 낚는다"는 전적으로 자기 스스로 하는 짓이다. 실패의 가능성이 있어도 끈덕지게 시도해 성공하면 쾌재를 부르는 것이 낚시질이다. 낚는 쾌감을 즐기기만 하고, 낚이는 것이 얼마나 비참한지는 생각하지 않는다.

몇 마디 말에 많은 것이 들어 있어 자세하게 살필 필요가 있다. (가) 재주가 옅으면서 공연히 큰 이름을 얻는 것이 허명이다. (나) 공은 미미한데 좋은 벼슬에 오른다. 이 두 말을 이어서 해서 '-고'라는 조사로 연결시켜 번역했다. (나)가 이유가 되어 (가)의 결과가 나타난다고 했는가? 그렇다면 (나)를 앞세우고 (가)는 뒤에 적어야 한다. (가)와 (나)는 별개의 것이면서 유사해, (나)에다 견주어 보니 (가)를 납득할 수 있다고 했는가? (가)를 먼저 (나)를 나중에 드는 어순을 택해 이런 말을 했다고 이해하라고 지시했다.

徐居正(서거정)은 〈卽事〉(즉사)라는 시에서, "浮生閑亦樂 何用尙虛名"(떠서 사는 삶에서 한가함이 또한 즐거움인데, 어디 쓰려고 허명을 대단하게 여기는가)라고 했다. 허명은 한가하게 사는 즐거움을 누리는 것을 방해한다. 허명은 쓸데없는 것이다. 허명을 좋아하다가 더 큰 것을 잃어버리는 줄 모르니 안타깝다.

張維(장유)는 〈放言〉(방언)이라는 글 한 대목에서 세상 사람들은

"夸名營利 慕貴樂壽"(이름을 뽐내면서 이득을 추구하고, 귀하게 되기를 바라며, 오래 사는 것을 즐긴다)고 했다. 이름을 뽐내는 것은 귀하게 되고 수를 누리기를 바라는 것과 같은 본능이기만 한 것은 아니다. 이름을 이익 추구를 위한 수단으로 삼으니 관대하게 보아줄 수 없다.

"虛名은 능력에 비해 너무 큰 이름이다." 이런 정의를 내릴 수 있다. 그렇다면 허명이 그리 나쁘지 않으니 심하게 나무라지는 말아야 한다. 문제는 누가 이름을 크게 만드는가에 있다. 세상 사람들이 어쩌다가 이름이 크게 나게 만들었으면, 그리 큰 문제가 아니다.

虛名의 정의를 다시 내려야 한다. "虛名은 능력에 비해 너무 큰 이름을 자기 스스로 낚시를 하듯이 해서 만들어낸 것이다." 낚시에 낚인 고기가 상처를 입듯이, 이름을 조작해 虛名을 만들어내면 지시물과의 상관관계가 파괴되어 이름이 제 구실을 하지 못하고 훼손된다.

6

벼슬을 그만두고 은거를 하면 無名이 되는 것은 아니다. 曹植(조식)을 보자. 조식은 이황처럼 관직에 나아가지 않았다. 이황이 초년에 바랐다는 것처럼 "山林終老之計 結茅靜處 讀書養志"로 일생을 보냈다. 바로 그 이유로 이름이 크게 났다.

金時習(김시습)은 관직에 나아가지 않았을 뿐만 아니라 세상을 등지고 산 사람이다. 세상을 등지는 행적이 기이해 이름이 크게 나고 시비의 대상이 되었다. 李珥(이이)는 김시습이 어떤 사람인지 알리라는 국왕의 명을 받고 〈金時習傳〉을 써서, 떠도는 소문을 정리하고 나무라는 말을 붙였다. 미친 척하고 다닌 것은 이해할 수 있으나, "危言峻議 犯忌觸諱 訶公詈卿 略無顧藉"(위태로운 말과 준엄한 논의를 하고, 피해야 할 것을 함부로 건드리며, 높은 관원을 꾸짖고, 형편을 고려하지 않은) 잘못이 있다고 했다.

이름이 나면 논란이 따른다. 許穆(허목)은 조식이 "대담한 주장과 드높은 행실로 홀로 우뚝 서서 "秋霜烈日壁立萬仞"(가을 서리 매서운 날, 만 길로 서 있는 벽) 여덟 자를 숭상한 것은 지나치다"고 했다. 제자 鄭仁弘(정인홍)이 나라를 망치려고 한 데서 조식 학문의 말폐가 드러난다고 했다. 조식을 高士(고사)라고 칭송하는 것은 적절하지 않다고 했다.

7

이름을 버리고 無名이 되려고 하는 사람들이 《無名子集》이라는 문집을 남긴 것이 이따금 보인다. 왜 무명이어야 하는지 밝혀 논하지 않았으며, 무명자라고 자처해 관심을 끌기나 했다. 작품만 남고 이름은 망각되면 無名氏가 된다. 《東文選》(동문선)에도, 역대 歌集(가집)에도 무명씨가 적지 않다. 무명씨가 되려고 해서 된 것은 아니며 우연하게 행운을 얻었을 따름이다.

無名氏는 원하면 되는 것은 아니다. 아무 특별한 일을 하지 않고 범속하게 살아가는 만백성은 시종일관 무명씨이다. 韓龍雲(한용운)은

《十玄談註解》(십현담주해)에서 "博地凡夫 本自具足 一切聖賢 道破不得"(넓디넓은 땅에서 살고 있는 수많은 凡夫[범부]는 본디 스스로 만족함을 갖추고 있으며, 모든 聖賢[성현] 누구라도 그 道[도]를 論破[논파]할 수 없다)고 했다. 이름 없는 백성 또는 중생이 살면서 자연스럽게 실행하고 스스로 만족하는 도리를, 聖賢이라는 이들이 밝혀 논하려고 하는 시도는 언제나 미흡하다는 말이다. 본원의 無名이 그 자체로 지닌 최상의 가치를 어떤 이론으로도 충분히 밝혀 논할 수는 없다고 다시 말할 수 있다.

여기서 無名이 무엇인지 정리해보자. 無名은 최하이므로 최상인 경지이다. 무얼 안다고 여기면 無名에서 멀어진다. 말을 하면 식견이 제한된다. 말로써 말을 없애지는 못한다.

8

이름은 감추고 號만 알리는 奇人의 이야기에다 자기를 숨긴 사람들도 있다. 陶淵明(도연명)은 〈五柳先生傳〉(오류선생전)에서 "先生不知何許人也 亦不詳其姓字"(선생은 어떤 사람인지 알 수 없으며, 성명이 자세하지 않다)는 인물이 집 근처에 버드나무 다섯이 있는 것으로 호를 삼았다고 했다. "閑靜少言 不慕榮利"(한가하고 조용하며 말이 적고, 영리는 바라지 않으며), "好讀書 不求甚解 每有會意 便欣然忘食"(독서를 좋아하지만 지나친 이해는 구하지는 않고, 마음에 맞을 때마다 흔연히 밥 먹는 것을 잊는다)고 했다.

李奎報(이규보)가 〈忌名說〉(기명설)을 써서 이름나는 것을 꺼리는 사람이 있다고 한 것은 자기를 두고 한 말이기도 하다. 이름이 감추어지기를 바라고 〈白雲居士傳〉(백운거사전)을 썼다. "白雲居士"라고 자칭하고 "晦其名顯其號"(이름은 어둡게 하고 호는 드러낸) 사람을 소개했다. 집이 가난해 끼니를 잇지 못해도 즐겁게 지내며 "性放曠無檢 六合爲隘 天地爲窄"(성격이 넓게 트이고 억제함이 없어, 六合[육합]이 좁다고 하고, 천지를 갑갑하게 여긴다)고 했다.

成俔(성현)은 〈浮休子傳〉(부휴자전)이라는 것을 지었다. 삶과 죽음은 떴다가 쉬는 것에 지나지 않는다고 하는 말로 號(호)를 삼은 것만 알려진 인물이 "浮亦何榮 休亦何傷"(뜨는 것이 어찌 영화롭고, 쉬는 것이 어찌 슬프랴)라고 한 것을 높이 평가했다. "吾師道也 非慕外物也"(나는 도를 스승으로 삼고, 그 밖의 것들은 사모하지 않는다)고 한 것이 지극히 높은 경지라고 했다.

이런 글에서 하는 말이 그리 다르지 않다. 예사롭지 않은 號(호)만 남기고 이름은 없앤다. 명리를 바라지 않고 숨어서 지내는 것을 즐거움으로 한다. 작은 것에 매이지 않고 뜻을 아주 넓게 가진다. 이렇게 살아가기를 바란다고 일제히 말했다.

그래보았자 遮名(차명)이지 無名은 아니다. 자기가 누군지 간접적인 방법으로 드러내 알아주기를 바랐다. 과장이 심해 시비의 대상이 될 수 있다. 遮名으로 無名을 대신할 수는 없고, 無名의 품격을 훼손하기나 한다.

李晩燾(이만도)는 〈無名子說〉(무명자설)이라는 글을 써서 無名子라고 자칭하는 사람 이야기를 했다. 그 사람은 모든 것이 훌륭하며, 아우가 집안 살림을 잘 꾸려 형을 도와 아쉬울 것이 없었다. 반줄의 글을 읽고 한 편의 시를 읊기만 하면 분연히 號를 일컫고 자기를 내세우는 폐단이 극심한 것을 시정하려고, 자기는 無名子라고 자처했다.

그 때문에 널리 알려져 찾아오는 사람이 많아지자 말했다. "나의 착함이야 일컬어질 것도 없고, 나의 행실이야 이름날 것도 없다"고 했다. 글 쓴 사람은 말했다. "그림자를 두려워하여 해가 나는 곳에 숨는 것에 가깝지 않겠는가. 무명자가 옳지 않은 줄을 내 알겠다."

무명자라고 자처하면 숨어 지낼 수 없고 더 널리 알려진다. 겸손하고 경계하는 의도가 있지만, 무명자라고 자처하는 것은 자기선전의 방법일 수 있어 경계해야 한다. 선행이 지나치면 위선이 된다.

9

최한기는 《人政》(인정)의 한 대목 〈名有虛實〉(명유허실)에서 논의의 방향을 바꾸었다. "避名不可爲"(이름을 피하는 것은 가능하지 않다)는 말부터 했다. 이름을 피하려고 하지 말고, 虛名과 實名을 구분해야 한다고 했다. 虛名을 자랑하며 욕심을 채우고 해독을 끼치는 것은 용납할 수 없지만, 명성이란 모두 믿을 것이 못된다고 하면서 實名을 허명으로 몰아붙이는 것도 잘못이라고 했다. 이름을 숨기고 숨어 사는 것이 능사가 아니다. 천지만물의 이치인 운화를 알고 실행하는 사람의 이름은 실명이다. 虛名을 버리고 實名을 얻어 적극적으로 나서서 할 일을 해야 한다고 했다.

허명을 피하려고 하는 소극적인 대책을 적극적인 것으로 바꾸어놓고, 實名으로 虛名을 몰아내야 한다는 것은 그럴듯하다. 원칙론은 잘 세웠으나, 실행이 문제이다. 아웅다웅하고 부대끼며 사는 실제 상황에서는 이름의 허실이 혼동되고, 實名은 虛名보다 시기질투를 더 많이 받는다. 방해꾼들과 싸우느라고 할 일을 하지 못하고, 實名이 손상을 입어 虛名이 되고 말 수 있다. 누적된 문제를 일거에 해결하는 명답을 최한기의 통찰력으로도 내놓지 못했다.

10

《三國遺事》(삼국유사)에서 승려들의 행적을 서술한 기사 말미에 〈避隱〉(피은)이라는 대목이 있다. '避隱'이란 세상에 알려지는 것을 피해 숨어 지낸다는 말이다. 불도를 닦아 높은 경지에 이른 고승 가운데 그런 분들이 적지 않게 있었다고 했다. 無名을 선택하는 이유가 避隱에 있다고 하면서 실제 행적을 문제 삼은 실질적인 내용을 주목해야 한다.

세상에 알려지는 것을 피해 숨어 지내는 사람들을 소개하는 것은 語不成說(어불성설)이다. 알려지지 않았으면 이용할 자료가 없다. 미지의 행적이 뜻하지 않게 노출된 것만 서술 가능해 避隱이 파괴된 잔해나 보여준다. 그 내역을 소개해 기억해야 할 인물을 늘이는 부질없는 짓은 하지 않고, 본보기만 하나 든다.

첫 대목 〈朗智乘雲 普賢樹〉(낭지승운 보현수) 말미의 讚詩(찬시)를 든다. "想料嵓藏百歲間 高名曾未落人寰 不禁山鳥閑饒舌 雲馱無端洩往

還"(생각하니 바위에 숨어 지낸 백 년 동안, 높은 이름이 세상에 추락하지 않았는데, 한가로운 산새들이 함부로 지껄이는 것을 막을 수 없어, 구름 타고 왕래한 것이 무단히 누설되었네.) 무슨 말인지 알아보자.

지금의 蔚州(울주) 靈鷲山(영취산) 어느 암자에 오랫동안 불도를 닦는 승려가 있었는데, 누군지 이름조차 알려지지 않았다. 출가한 童僧(동승)에게 신령스러운 까마귀가 찾아가서 "朗智(낭지)의 제자가 되어라"고 해서 스님의 이름을 알렸다. 普賢菩薩(보현보살)이 나타나 童僧에게 戒(계)를 주고는 인도했다. 사람들은 몰라도 보살을 알아, 朗智가 이름 없이 숨어 지낼 수 없게 했다. 朗智가 구름을 타고 중국의 淸凉山, 인도의 靈鷲山을 왕래하면서 신이한 초목을 몰래 가져온 비밀이 식견 높은 이들에게는 감추어지지 못했다.

세상에 알려지지 않도록 숨어 지내야 방해받지 않고 도를 닦을 수 있다. 도가 어느 경지에 이르렀는지, 구름을 타고 중국과 인도의 성스러운 산을 왕래했다는 것으로 나타냈다. 그쯤 되면 無名을 지킬 수 없다. 得道(득도)의 비밀이 식견 높은 이들에게는 알려져 가르침을 베풀라고 하는 요청은 거절하지 못한다. 소통의 범위를 함부로 확대하면 의혹이나 키우니 조심해야 한다. 이렇게 이해하니 깊은 진실과 교훈이 있다.

11

2004년에 서울대학에서 정년퇴임한 다음 다섯 해 동안 계명대학에서 석좌교수 노릇을 하면서 공개강의를 했다. 강의 원고에 토론을 붙여 내놓은 《세계·지방화시대의 한국학》 전10권 맨 마지막에서 말했다. "학자 조동일의 번거로운 이름을 떨쳐버리고 전혀 무명의 아마추어 화가로 다시 태어나서 더 더욱 즐겁다."

이 말대로 되지 않았다. 그림을 그리면서 학자의 일도 계속하지 않을 수 없다. 무명의 아마추어 노릇을 해도 학자의 이름이 지워지지 않는다. 아마추어 화가도 무명에서 벗어나 허명을 누릴 수 있다. 그림이 많이 모여 전시회를 하지 않을 수 없고, 누구의 전시회라고 이름을 적고 알려 작심한 것이 허사가 되었다.

12

아파트에 사니 문패를 달지 않아 좋다. 몇 동 몇 호면 그만이다. 얼굴을 보고도 누군지 서로 몰라 숨어 산다고 할 수 있다. 강연을 해도 내가 거주하는 시에서는 하지 않는다. 저자 거리에 숨어 살았다는 옛적 市隱(시은)이라는 분들을 감히 본받으려고 한다.

어느 날 종형이 시골 고가에 내 문패를 달겠다고 했다. 안에까지 들어와 조아무개의 옛 집이냐고 묻는 사람들을 상대하기 귀찮아, 대문에 내 이름을 적은 문패를 내걸기로 하고, 마을에 동명이인이 있으므로 어느 대학 명예교수라는 것까지 적어 넣는다고 했다. 얼굴이 뜨거웠지만, 귀찮지 않으려고 한다니 말릴 수 없었다.

문패를 만드는 데 5만원이나 들었다고 하니 미안하지만, 그 돈을 드릴 수는 없었다. 여러 해 지난 다음 겨우 시간을 얻어 가서 보니, 문패의 글씨가 반쯤 마멸되어 읽기 어렵게 되어 있었다. 마음속으로 몰래 쾌재를 불렀으나 소용없었다. 문패를 다시 만들어 달겠다고 했다. 지출이 10만원으로 늘어나 피해가 확대되었다.

어이없다는 것이 이럴 때 쓰는 말이다. 지금 사는 곳에는 방문객이 없고, 아득히 먼 곳에서 옛 자취를 찾는 호사가들이 이어지고 있다니. 이름을 감추려고 하는 것이 헛일이어서, 연로하신 종형이 조용히 지내지 못하게 하고 돈을 헛되게 쓰게 하다니. 한창시절과 그리 다르지 않다고 여기면서 할 일을 하고 있는 나를 퇴락한 고가에서 흔적을 더듬어야 하는 옛 사람으로 여기다니.

13

이름을 없애려면 지금까지 말한 것들과는 다른 길을 찾아야 한다. 그 전례를 趙潤濟(조윤제)에게서 발견한다. 조윤제가 문학사를 쓰자 시야가 열려 모두들 그 속에서 호흡했다. 시간이 흐르니, 조윤제의 견해는 계속 문제가 되는 것 극히 일부를 제외하고 모두 공유재산이 되었다. 누구나 인용하지 않고 이용한다. 원래부터 있었던 것으로 여기거나 자기의 착상이라고 생각한다.

조윤제는 제자들에게 숭앙을 요구하지 않고, 관계를 소원하게 해서 虛名이 생기지 않게 막았다. 평가절하나 험담비난이 적절한 정도로 나와 허명의 싹을 자른 것이 행운이다. 후손이 받들고 나서지 않는 것도 큰 부조이다. 여러 이유가 겹쳐, 요즈음은 조윤제의 이름을 들먹이지 않는다. 조윤제는 망각에 묻혀 마땅한 예우를 받고 있다.

14

그렇다. 이름이 흩어져 散名(산명)이 되고, 옅어져 薄名(박명)이 되다가, 마침내 사라져 消名(소명)이 될 수 있다. 消名은 無名에 다가간 경지이다. 散名·薄名·消名의 과정을 거쳐 無名에 다가가고 싶다고 감히 외람되게 발원한다.

구름을 타고 성스러운 산을 왕래하는 경지에 이르려고 하는 것은 아니다. 옛글을 별나게 읽고 헛된 희망을 키우지 않도록 경계한다. 누구나 할 수 있는 말을 너무 많이 한 것이 잘못인 줄 알고 반성한다. 업적을 자랑하는 철부지가 아닐 수 있게 도와주기를 바란다.

써낸 글을 출처를 밝히지 않고 가져다 써도 된다. 틀렸거나 무용하다고 생각되는 것은 사유재산으로 남겨두고, 타당하고 유용한 것이 있으면 이름을 지우고 공유재산으로 만들어 누구나 자기 것으로 이용하기 바란다. 흐르는 물이나 부는 바람은 이름이 있어야 이유가 없지 않은가.

15

이 책에서 한 말을 누구나 가져갈 수 있게 개방한다. "출처 미상의 말을 나도 한다"고 하기를 바란다. 가져간 것을 보태고 고치고 다듬어 훌륭하게 만든다면, 길을 잃고 헤맬 수 있는 산악인을 정상으로 안내하는 이름 없는 세르파의 즐거움을 마음속으로 누릴 수 있다. 학문의 세르파 노릇을 하기 바라고, 호를 雪坡(설파)라고 한다.

16

대등론은 無名論이어야 한다. 그래야, 잘나고 못난 것을 가리지 않고 서로 화합할 수 있다. 이름나기 경쟁에서 승패를 가리는 차등론의 횡포를 평등론으로 제어할 수는 없다. 이름난 정도를 평균하는 것은 있을 수 없는 일이다. 재산을 고루 나누는 것보다 더 어렵다. 有名 경쟁의 폐해를 없애려면, 無名을 선호하고 선택해야 한다.

무엇이든 지나쳐서 횡포를 자아낼 염려가 있는 개인이나 집단, 국가나 문명은 無名을 겸양의 지혜로 삼아야 다른 쪽과 화합할 수 있다. 이것은 도달점이 아닌 출발점이지만, 많은 논의를 거쳐야 절감할 수 있으므로 이제 말한다. 대등한 화합에 이르는 멀고 험한 길이 출발을 잘하면 가깝고 쉬울 수 있다.

부처가 아니어야

1

낯은 자리로 내려와 이름이 없는 無名의 경지에 이르는 것은 修道
(수도)의 과정을 거쳐 한 소식 얻게 된 得道(득도)인가? 이미 得道한
분을 따르고 修道의 전례를 본받아야 뜻한 바를 이루는가? 아니다.
전연 그렇지 않다는 것을 누구나 쉽게 납득할 수 있게 말하고자 한
다. 앞의 두 글에서 남들의 사정을 살피느라고 멀리 돌아온 것이 공
연한 수고일 수 있어, 이번에는 최소한의 예증만 들고 내가 하고 싶
은 말을 바로 한다.

2

2018년 10월 24일 오늘 서울 인사동에 가서 미술 전시회를 구경
했다. 어느 화랑 한 층에 가니 입구에 부처 조각을 전시했다. 쇠로
만든 것 같은 느낌을 주는 부처 둘을 만들어 나란히 앉혀 놓았다.
온통 망가진 모습이다. 녹이 슬고 두상이 깨어졌으며, 복부나 무릎에

금이 가서 텅 비어 있는 속이 들여다보였다.

그래도 부처인가? 부처는 불변이어서 예배 대상이라고 여기면 부처가 아니다. 갖다 버리고 부처를 다시 만들어 모셔야 할 것인가? 아니다. 온통 망가진 모습 그대로가 부처이다. 부처는 불변이어서 예배의 대상이 된다는 망상을 깨고 諸行無常(제행무상)을 말해주니 부처이다. 부처는 부처가 아니어야 부처이다.

한 층을 더 올라가자 연꽃 그림을 전시하고 있었다. 연꽃이 막 피어올라 청순함을 자랑하는 모습을 화면 가득 그려 탄성을 자아낸다. 조각해놓은 부처는 세월이 가면 망가지는데, 연꽃은 해마다 다시 피고, 후손이 전과 다름없는 꽃을 피워 언제나 싱싱하다.

연꽃은 망가진 부처를 본 것과는 전연 다른 느낌을 준다. 부처 조각과 연꽃 그림은 다른 사람이 별도로 제작해 각기 전시했다. 그 둘을 나는 내 마음속에 모아 놓고 한 작품으로 이해한다. 내 그림을 그리면서 무엇을 어떻게 해야 할지 생각한다.

불교에서는 연꽃이 부처의 상징이라고 한다. 더러운 데서 자라나 깨끗하기 이를 데 없는 꽃을 보여주는 것을 그 이유라고 한다. 이것은 부처의 일면을 말할 따름이다. 낡은 꽃은 지고 새 꽃이 피어나는 것을 보고서 생각을 넓혀야 한다. 諸行無常이 萬休更有(만휴갱유)이기도 하다는 것을 연꽃은 말해준다.

있음이 없음이라고 하고 말면 한쪽에 치우친다. 없음이 있음이라는 것도 함께 알아야 한다. 연꽃만 있음이 없음이고 없음이 있음임을 깨닫게 하는 것은 아니다. 부처는 따로 없다. 天然(천연)으로 行休(행휴)하는 모든 것은 부처가 아니므로 부처 노릇을 더 잘 한다.

3

대등한 화합은 天然으로 行休하는 모든 존재가, 得道를 필요로 하지 않고 당연히 하는 행위이다. 이를 두고 야단스러운 논의를 새삼스럽게 전개하는 것은 잘못일 수 있다. 논의는 논의가 아니어야 말이 되고, 학문도 학문이 아니어야 타당성을 지닌다.

끝말

　지금까지 쓴 내용이 미비하고 더 하고 싶은 말이 많이 있으나 걸음을 멈춘다. 증거를 보태고 논의를 자세하게 하면 설득력이 커진다고 생각하지는 않는다. 신선한 발상을 위한 참신한 서술이 손상되지 않도록 하는 것이 무엇보다도 긴요하다고 판단하고, 교향곡이나 영화처럼 다채로운 표현을 갖추고 전개되는 연구서를 쓰고자 했다.

　이치를 밝히는 작업이 개념과 논리에 갇혀 있는 질곡에서 벗어나야 한다. 학문·언론·창작이 배타적이지 않고 원리나 방법에서 하나였던 총체를 회복해야, 서양 추종의 근대를 넘어서서 다음 시대로 나아갈 수 있다. 이런 희망을 실현하기 위해, 글쓰기 혁명 전술을 다채롭게 구상하고 실현했다. 그 충격을 받고 세상이 조금이라도 달라지기를 기대한다.

　동아시아의 대등한 화합, 이것을 목표로 설정하고 실현이 가능하게 하는 힘을 찾으려고, 문명의 심층을 철저하게 탐구하려고 했다. 문학·사학·철학에다 미술을 보태고 음악까지 언급했으나, 밑면을 충분히 넓히지 못해 미답의 영역이 아직 많이 남아 있다. 그 모두를 아우르는 원리를 어느 수준까지 정립해야 공동의 꼭짓점이 만족스럽게 드높을지 아직 말하기 어렵다.

미완이고 미흡한 책을 출간하는 이유는 토론을 확대하고 진전시키는 더 좋은 방법이 없기 때문이다. 강의, 강연, 연구발표 등의 기회가 많이 있어 탐구하고 생각한 바를 논란해달라고 하지만, 원고 분량이나 이용할 수 있는 시간이 제한되어 언제나 불만이다. 이미 내놓은 여러 책에 신참자를 보태 토론이 더욱 활성화되기를 바란다. 혼자서는 감당하지 못하는 작업을 여럿이 함께 진행하기를 열망한다.

쉬지 못하는 단점을 장점으로 활용할 수밖에 없으나 좀 더 신중하고자 한다. 집필하고 있는 책 여럿을 한꺼번에 쏟아놓고 싶은 마음을 누르고, 발상이나 표현이 시간을 두고 성숙되기를 기다린다. 토론 동참자들이 여유를 가질 수 있도록 해야 하는 것도 잘 알고 있다. 단독 신작은 기껏해야 한 해 한 권 정도 출간하겠다고 작정하고, 의욕이 지나치거나 기력이 모자라 차질이 생기지 않기를 바란다.

미완의 작업이 불씨가 되어 동아시아문명에 대한 탐구가 크게 타오르기를 기대한다. 국가나 민족의 구분을 넘어서서 공유해야 할 유산을 적극적으로 찾아내, 상극이 상생이게 하는 근거로 삼는 운동이 일어나기를 기대한다. 누구나 관심을 가지게 하고, 특히 정치인이나 언론인이 눈앞의 분쟁에 넓게 열린 시야에서 접근하도록 하면 거대한 전환이 시작된다.